JN027487

◉まえがき

本書は、この作家にこのテーマで執筆依頼をすれば、きっと怖い話を書いてもらえるのではないか——という僕の妄想が元になっている。

これを企画として具体化するために、まず七人のホラー系作家を選び、それから各人に相応しいテーマを考えた。そこに僕自身も入っているのは、編者の特権としてお許し願いたい。

その結果、左記のような構成になった。

怪談

七人

加門七海
菊地秀行
澤村伊智
霜島ケイ
名梁和泉
福澤徹三
三津田信三 編著
七人怪談
角川

澤村伊智（さわむらいち）　霊能者怪談
加門七海（かもんななみ）　実話系怪談
名梁和泉（なばりいずみ）　異界系怪談
菊地秀行（きくちひでゆき）　時代劇怪談
霜島ケイ（しもじま）　民俗学怪談
福澤徹三（ふくざわてつぞう）　会社系怪談
三津田信三（みつだしんぞう）　建物系怪談

各作家に伝えたのは各々のテーマと原稿枚数と締切、そして「自分が最も怖いと思う怪談を書いて下さい」という注文だけである。
それでは読者の皆様、どうぞお楽しみ下さい。

二〇二二年一二月の仏滅に
三津田信三

目次

◎

装画　奇鳥
装幀　坂野公一（welle design）

澤村伊智

◉

サヤさん

澤村伊智（さわむら いち）

◎

１９７９年大阪府生まれ。東京都在住。幼少時より怪談／ホラー作品に慣れ親しみ、岡本綺堂を敬愛する。２０１５年に「ぼぎわんが、来る」（受賞時のタイトルは「ぼぎわん」）で第22回ホラー小説大賞〈大賞〉を受賞。19年、「学校は死の匂い」（角川ホラー文庫『などらきの首』所収）で、第72回日本推理作家協会賞短編部門を受賞。その他の著作に比嘉姉妹シリーズで知られる『ずうのめ人形』『などらきの首』『ししりばの家』『ぜんしゅの跫』『ばくうどの悪夢』『さえづちの眼』や、『予言の島』『うるはしみにくし　あなたのともだち』『怪談小説という名の小説怪談』などがある。

戦慄の読者体験
恐怖！　慟哭！
血まみれ顔潰れ男の怨霊が招く災厄
立ち向かうのは謎の霊能者

体験・報告／マサミさん（仮名）
挿絵／日下日出

これは、わたしが小学校の、高学年だった頃の話です。

お父さんが新しく始めた仕事がうまく行って、わたしたち家族は、それまで住んでいたアパートから、郊外に引っ越しました。新しい家は広くて、わたしと妹はとても嬉しく、引っ越しの日は家じゅうを走り回り、引っ越しのお兄さんの邪魔をしてしまって、お父さんとお母さんに怒られました。引っ越しが終わって引っ越しソバを食べて、まだ家具とかをちゃんと置いていない和室で、お父さん、お母さん、わたし、妹の四人で、一緒に寝ました。その時は、先に起こることも何も知らなくて、とても幸せでした。また、ワクワクもしていました。

次の日、お父さんが階段から落ちて、右足に怪我をしました。

最初は、足首のところがちょっと腫れていただけだったので、捻挫かなと思っていたのですが、日が経つにつれてどんどん赤黒く腫れてきて、歩くのも大変になりました。痛くて夜も眠れないと言うので、やっと病院に行きました。でも、お医者さんも捻挫だと言って、湿布をくれただけでした。わたしは本当に効くのかなと心配でしたが、お医者さんが言うのだから大丈夫だろうと思いました。

でも、お父さんの足はそれからずっと治りませんでした。お父さんは、家のリビングのソファにずっといるようになりました。痛い痛いと言いながらテレビを見てお酒を飲んで、そのまま寝てしまいます。寝る時間もバラバラでした。会社も部下の人に任せっきりで、お母さんは心配そうにしていましたが、お父さんは「気にするな」と言うばかりでした。

そのうち、お父さんの足の腫れているところから、変な臭いがするようになりました。わたしと妹はリビングに近付くのが嫌になりました。色々理由を作って、新しい学校でできた友達の家に、できるだけ長くいるようにして、帰ってもすぐ、自分の部屋に引っ込むようになりました。

食事は、みんな一緒に食べる決まりだったので、大急ぎで、ほとんど息を止めて食べるようにしました。お父さんと顔を合わせるのは、食事の時だけになったのですが、お父さんはずっと顔をしかめていて、その顔も変な色になっていました。

二階の、自分の部屋で寝ていると、お父さんのうめき声が聞こえるようになりました。うめき声が大きい時は、妹が「一緒に寝ていい？」と、わたしの部屋に来るようになりました。妹と寝ながら、どうしたんだろう、変だなあと思いましたが、自分では何もしませんでした。その時は、お母さんに任せっきりにしていました。

まだ、お父さんが何とか歩けた頃、お母さんはあちこちの病院に診てもらいに、お父さんを連れて行ったのですが、どこも「軽い捻挫です」と、湿布をくれるだけでした。お母さんは、お医者さんに頼るのはやめて、漢方や生薬を買い集めるようになりました。中にはちょっと効くものもあったみたいですが、ほとんどは効かなくて、その度にお母さんはガッカリしていました。でも、次の日には、また違う薬草か何かを売ってくれるところに電話していました。

わたしはお母さんに甘えていました。お母さんがなんとかしてくれるから大丈夫だろうと、勝手にいい方に考えて、楽をしていました。

そのうち、お母さんは、知らない人たちを家に呼ぶようになりました。知らない人たちは一人で来て、家によくわからないお札や、変な像や、葉っぱを置いて帰って行きました。お母さんが買ったのです。知らない人たちは、お母さんに何か話していたみたいですが、よく分かりません。お母さんは「マサミは心配しなくていいのよ」と、わたしに言うばかりでしたが、それでもわたしが食い下がると、少しだけ教えてくれました。

この家には悪い霊がいる。

この家には悪い気が溜まっている。

前世の因縁だ。

知らない人たちは、みんなバラバラなことを言っているようでした。

夜、寝ていると、一階のリビングから聞こえてくるのは、お父さんとお母さんが言い争う声になりました。お母さんはいつも、途中で泣きました。お父さんは怒鳴ってはうめく、その繰り返しでした。毎日部屋に来て一緒に寝ている妹が、たまに顔を布団で隠して「うっうっうっ」と泣いていました。わたしは妹の頭をなでて、早くお父さんの足が治って、嫌なことが全部なくなりますようにと祈りました。

その夜は、お父さんとお母さんの言い争いもすぐ終わり、二人とも寝ついたようでした。隣で寝ていた妹も「一人で寝られそう」と、自分の部屋に戻ろうとしました。

その時です。こちらを向いて「お姉ちゃん、おやすみ」と言ったかと思うと、妹は不意に顔を引きつらせ、その場に尻(しり)もちをついたのです。腰が抜けたのか、立ち上がることもできません。わけの分からないことも言っています。わたしは妹に駆け寄って「大丈夫？　大丈夫？」と何度も声をかけました。お父さんお母さんを呼ぼうとは思いませんでした。せっかく寝た二人を起こしたくありませんでした。

背中をさすっていると、妹は少し落ち着いてきました。やがて、妹はわたしと目を合わせて言いました。

「お姉ちゃんの後ろに、血まみれで、顔が半分崩れた男の人が立っていたの」

わたしはぞーっとして妹の目を見ました。後ろに強い気配を感じましたが、振り返ることはできませんでした。暗い部屋で、わたしと妹は肩を寄せ合って震えていました。

どれくらい経ったでしょう。妹が、思い出したかのように、

「今はもう、いないよ」

と言って、わたしはおそるおそる振り返りました。

誰もいませんでした。気配も消えていました。

わたしはホッとして、「もお〜驚かさないでよ」と、わざと明るい声で言って妹を見ると、そこにいたのは妹とは似ても似つかぬ、顔の潰れた男の人でした。

着ているシャツは、千切れて真っ赤に染まっていました。めちゃくちゃに崩れて、歯と骨が飛び出した口から、ずたずたの舌をベロリと出していました。

わたしは気を失いました。目が覚めると、わたしと妹は布団の上で寝ていました。妹は何も覚えていませんでした。


妹はそれからも時折、わたしの部屋に寝に来ましたが、あれこれ理由を付けて追い返すことが増えました。寝間着の妹を見ると、あの、目の前に迫ったぐちゃぐちゃの男の顔を思い出すようになったのです。それでも、階下で両親が言い争いをしている時などは、さすがに可哀想になって一緒に寝ましたが、妹が隣にいると満足に眠れません。朝礼で貧血を起こして倒れたり、授業中に気分が悪くなって保健室に行ったりすることが増えました。

いつの間にか、お父さんの会社は乗っ取られていました。代わりに働きに出るようになったお母さんは、あまり家にいなくなりました。

当然、お父さんの世話はわたしと妹がすることになりましたが、その頃のお父さんはガリガリにやせていて、肌が灰色で、頭もほとんど禿げていました。右足首の辺りだけが、ぶくっと木の瘤みたいにふくらんでいました。瘤にはあちこちに小さい穴が空いていて、そこから茶色い膿が急にピュッと出て、それがすごく臭かった。わたしも妹も、お父さんの前では普通にしていたけど、ものすごく気持ち悪かった。お父さんの身体を拭いたり、薬を飲ませたり、着替えさせたりが済んで、自分たちもご飯を食べ終えて、リビングを出ると、すぐトイレに行って手を洗いました。食べたばかりのご飯を吐くこともしょっちゅうでした。服に膿が付くと、どれだけ洗っても臭いが取れないので捨てました。

お父さんは目に涙を浮かべて「すまんなあ」「ごめんなあ」とずっと言っていましたが、その口も臭くて、正直「黙っててくれないかなあ」と思っていました。

一度、飛んだ膿がわたしの髪の毛に、べったりと付いたことがあって、大慌てでお風呂場に駆け込みました。シャンプーでいくら洗っても臭いので、あきらめて妹に頼んで、ハサミで髪を切ってもらいました。変なベリーショートになったわたしが「せっかく伸ばしてたのに」と泣くと、妹は「すぐ伸びるよ」と慰めてくれました。リビングからは喉が壊れたみたいな、お父さんの泣く声が聞こえました。

ドライヤーを当てていると、隣で妹の口が動いていました。でもドライヤーがうるさくて、何を言っているのか全然聞こえません。わたしは「え？」と言って、妹の口に顔を近付けました。すると、

「げっげっげ」

妹の口から不気味な笑い声がしました。妹の声ではありませんでした。

目の前にいたのは妹ではありませんでした。あの男です。潰れた顔。飛び出した歯と骨。赤く染まったシャツ。

わたしは悲鳴を上げて逃げようとしましたが、足がもつれて転んでしまいました。ドライヤーのコンセントが抜けて、床に落ちて大きな音を立てました。

「マサミお姉ちゃん、どうしたの」

妹がきょとんとして、わたしを見下ろしていました。

お母さんが家の前でバイクに轢(ひ)かれたのは、その日の夜遅くのことでした。

お母さんは無事でした。

轢かれたのは右足の甲で、そこの骨折だけで済みました。

でも、どうしたことか、轢かれてもぶつけてもいない顔が引き攣(つ)って、唇が曲がって、歯茎が丸見えの開いたままの口になりました。左目もセロハンテープで貼って、引っ張ったみたいになりました。テレビで芸能人がやっていたら笑えるでしょう。でも、わたしは病院でお母さんの顔が変になっていくのを見て、心の底からゾッとしました。怖くて可哀想で涙を堪(こら)えるのに必死でした。妹は面会の度に泣いていました。お医者さんは「ストレスからくる顔面マヒかもしれない」と言っていましたがよく分からないみたいで、首を傾(かし)げていました。

一度、お母さんは「もう来ないで、見られたくないの」と、引き攣った顔で言いました。すぐ「ごめんね、ごめんね、来てくれて嬉しいのに」と謝って、吊り上がった目から涙を流しました。それからは大きなマスクと、サングラスみたいなので、顔を隠すようになりましたが、擦れると痛いみたいで、辛そうでした。

我が家には働ける人がいなくなりました。

どうしようと思っていると、お母さんから電話で事情を聞いて、親戚のおじさんとおばさんが、田舎から車を飛ばしてやって来ました。お母さんの従弟とその奥さんで、会うのはその時が二回目か三回目でした。

「うっ、何だこれは」

家に入るなりおじさんが言いました。お父さんの臭いのことを言っていると思って、わたしは消えてしまいたくなりましたが、おじさんは真剣な表情で、

「こんな家、見たことないぞ」

と、顔をしかめました。家に入るのを躊躇っているようでしたが、わたしを見て「よし」と靴を脱ぎました。おばさん、冬なのにハンカチで顔の汗を拭きながら、家に上がりました。

家中を見て回って、お父さんと少し話して、おじさんはわたしと妹に言いました。

「この家には悪霊が取り憑いているみたいだ。マサミちゃんのお父さん、お母さんがこんなことになったのは、そいつの仕業だ」

やっぱりそうか、とわたしは思いました。でも、おじさんがこんなことを言い出すのは変だと

思いました。

「本当に？」

「うん。だからね、悪霊を追い払わなきゃいけない」

「どうやって？」

「お祓いが出来る人を知ってるから、その人に頼んでみる」

「お金ない」

「子供はそんなの心配しなくていい」

おじさんは青い顔で笑いました。

それからおじさんは、家の電話で、あちこちに連絡をしました。わたしたちは二階で、おばさんと一緒にそれを聞いていました。おばさんはその後、買い出しに行って、ご飯を作ってくれました。わたしと妹は久しぶりに、まともなご飯を食べました。二階の自分の部屋で食べたのもあって、とても美味しかったのを覚えています。

「ねえ、おじさんはどうして、悪霊のせいだって分かるの？　おじさんも見える人なの？」

ご飯を食べ終わってすぐ、わたしは訊ねました。おばさんは少し考えて、

「はっきり見えたりはしないけど、感じる人なんだって。よくないことが起こるかどうかも、ちょっと分かるみたい。わたしもそれで、事故に遭わずに済んだことが何回もあるの」

と、わたしもテレビで見て知っている有名な事故を、いくつも挙げました。だったらおじさんの言うことを信じていいかなと、思うようになりました。お金を欲しがらないのも、信じられる

と思いました。

「よかった、有名な霊能者さんと連絡が付いた。これから直接会って、詳しい話をして、それからここに来る日を決めるって」

電話を終えたおじさんが、子供みたいな顔で言いました。それからすぐに、車で出かけてしまいました。

お父さんの世話はおばさんに任せて、わたしと妹はお風呂に入って、部屋でテレビゲームをしました。お父さんにもおばさんにも悪いと思ったけど、久しぶりに安心できました。もうすぐこの家が、引っ越しする前みたいな普通に戻ると思うと、嬉しくて泣きそうでした。

行方が分からなくなったおじさんが、とても離れたところにある波止場で見付かったのは、それから一週間後のことでした。引き上げられたぺしゃんこの車の中で、おじさんは潰れていたそうです。

おばさんはショックで頭がおかしくなりました。「お前らのせいだ！」とわたしたちを殴ろうとして、病院と警察の人たちに取り押さえられ、どこかに連れていかれました。

わたしたちの家は、近所からお化け屋敷と言われるようになりました。事故が続いたことと、変わり果てたお父さんの姿を、窓の外から見た人が言いふらしたのが原因でした。多分、わたしの同級生の男子たちだと思いますが、確かめることはできませんでした。その前から、わたしの家の庭に忍び込んで、「探検」するのが、何人かの男子の間で流行(はや)っていたと、後になって知りました。

そんなある日のことです。

夏の、お昼過ぎでした。

下校中だったということは、多分土曜日だったのでしょう。

家のすぐ近くまで来た時、名前を呼ばれました。振り向くと、痩(や)せていて、優しそうで、お金持ちそうなおばさんが、日傘を差して立っていました。

「マサミちゃんね？」

「はい」

「よかった、やっと見付けた」

おばさんはニッコリしましたが、すぐ表情を引き締めて、こう言いました。

「頼まれて来たの。あなたの家を助けてくださいって。ほら、あの、こういう人から」

おばさんは身振りでちょっとお腹が出てる体型と、丸い顔の形を表現しました。でも分かりません。おばさんは困った顔をしていましたが、

「ごめんね、あのね、言い方は悪いけど、車ごと海に落ちて亡くなった、見えないものがちょっとだけ見える男の人。多分だけど、左の眉毛(まゆげ)のところに、傷跡が残ってるんじゃないかな」

おじさんのことでした。おじさんの左の眉の真ん中あたりには、子供の頃、転んで切ったという傷が白く残っていたのです。

あの時、おじさんが車で会いに行った〝有名な霊能者〟とは、この人のことだ。わたしはピンと来ました。

おばさんは「マッシタサヤ」と名乗りました。漢字は分かりません。

「すぐに案内してちょうだい」

サヤさんは、にこやかに言いました。わたしは言われるまま、サヤさんを家に案内しました。

家の前に着くと、サヤさんは「あらあ」と変な声を上げました。

「どうしてかしらねえ。こんなに真っ黒なのに、何で気付かなかったのかしらねえ」

レースの手袋をした手を頰に当てて、何度も独り言を言います。どうやらサヤさんは、悪い霊の住む場所が、遠くからでも分かるらしいのです。でも、わたしの家は、何となくの地域までは見えたそうですが、そこから先は、モヤがかかったみたいになって、心の目をどれだけ凝らしても、集中しても、全然見えなかったといいます。

「スランプとかですか」

わたしは心配になって訊きました。今は失礼だと分かりますが、その時は気付きませんでした。でもサヤさんは平気そうでした。それどころか楽しそうに「そんなわけないわ、絶好調よ」と笑いました。

「この家の悪いやつがね、わたしの目をくらましてたみたい」

頭から、氷水をかけられたみたいな気持ちになりました。崩れた顔の、あの男の人のことが頭に浮かんでいました。あいつはそんなこともできるのか。いや、できてもおかしくない。お父さんやお母さんを苦しめ、おじさんを殺したあの悪い霊なら、霊能者のおばさんを追い返すことも、きっと簡単だろう。嫌なのに、嫌で仕方ないのに、わたしは納得していました。

「大丈夫よ」

サヤさんはそれまでと同じ、のんびりした口調で言いました。

「それはね、逆に言うと、わたしを近付けたくないってことなの。ビビってるのよ」

そして、くるくると日傘を回しました。


家に入るとサヤさんは迷わずリビングに向かい、お父さんの前で正座をして、挨拶しました。それだけのことで、お父さんはぽろぽろと大粒の涙を流しました。

「これはこれでいい、足掻くのは面倒だ。そう思うようになっていた。違いますか」

サヤさんの質問に、お父さんは「違いません、そうです」と答えました。小さな小さな声でしたが、お父さんの声だと感じました。

「それも悪しき者のせいです。身体だけでなく、心も傷付け、変えてしまう。あなただけではありません。奥様も。そして娘さんたちも」

気付くとわたしは床に座り込んでいました。足腰に全く力が入りません。そこでやっと、怖いという気持ちが追い付いてきました。自分の気持ちがあの男の人に操られていたと、その時初めて気付きました。もういいかとか、気が楽だとかは、全部あの男の人の仕業だったのです。

その時久しぶりに、本当に久しぶりに、お父さんに治ってほしいと思いました。お父さんが臭くて嫌なんじゃなくて、臭いお父さんから逃げたいんじゃなくて、お父さんの足が治って、元気になってほしいと。お母さんも治って退院してほしいと。

家族を元に戻してほしい。そう強く願いました。

いつからそう思わなくなったのか。願うことすらしなくなったのか。考えただけでおかしくなりそうでした。

お父さんも同じ気持ちだったのでしょう、泣きながらサヤさんの手を取り、しぼり出すような声で言いました。

「助けてください」

「もちろん。そのために来ました」

サヤさんはそう言うと、立ち上がりました。レースの手袋を外して、深呼吸をして、また深呼吸をして、それから手を叩(たた)きました。

パン、と大きな音が、リビングに響き渡りました。

辺りにゴミが転がっているのが見えました。いいえ、これまでお母さんが買い集めた、有り難い魔除(まよ)けの数々です。くしゃくしゃになった御札。割れた壺(つぼ)。真っ二つの神像。それらが突然、明るいライトが点(つ)いたみたいに、わたしの目の前に現れたのです。

手がチクチクしたので見てみると、真っ黒に枯れた葉っぱを床に押し付けて、潰していました。これも魔除けでした。いつだったかお母さんが、テーブルの上に置いていたのを思い出しました。

「見えていなかったのよね？　そう。それもあいつの仕業なの」

サヤさんの言葉が信じられませんでした。

魔除けが全部ダメになって床に散らばっていたことにも、部屋がめちゃくちゃに汚くなっていることにも、わたしはそれまで全く気付いていませんでした。どこかで目を向けなくなっていました。

　パン、パンと手を叩きながら、サヤさんはむにゃむにゃと何かを唱えます。低くてしわがれていて、何も聞き取れません。でも、耳を澄ますうちに、ぼんやりした頭と心が少しずつ晴れていくようでした。自分に危険が迫っていたと、その時やっと思えました。

　だから、どんどん怖くなりました。助けてくれそうな人がいるのに、少しも安心できませんでした。サヤさんの顔がそれまでとは違って、もの凄く怖かったせいもあるかもしれません。手を打つごとに、辛そうに息を継いでいたせいもあると思います。

　お父さんが手を合わせて、サヤさんを拝んでいました。ソファの上で身体を起こして、何度も苦しそうに咳き込んでいましたが、それでも拝むのを止めませんでした。手を叩く音のせいか、二階から妹が下りてきました。寝起きらしく不機嫌そうでした。わたしは駆け寄って「大丈夫だよ、もう大丈夫だよ」と言いました。

「おじさんが言ってた霊能者の人が、来てくれたんだよ。ちょっとずつ良くなってるのが分かる。助かるよ」

「そうなんだ」

「うん、そうだよ」

「マサミちゃん」

　サヤさんに呼ばれて、わたしは振り向きました。

サヤさんは、もの凄く悲しそうな顔をしていました。

「違う。それはあなたの思っている人じゃない。悪いやつが姿を変えて、ずっとあなたの側にいたの」

ゆっくり首を横に振って、サヤさんはそう言ったのです。

二秒か、三秒だったと思います。

わたしの頭は、もの凄い速さで回転していました。

わたしに妹がいる。いつからそう思うようになったのか。名前も知らないのに。何年生かも知らないのに。

目の前にいる、妹だと思っていた子は、誰なのか。この家でわたしに降りかかった事を思い出せば、それは明らかでした。

「ああーっ！」

わたしは叫んでいました。窓際まで一気に後退り、カーテンを摑んでいました。何かを持っていないと、底なしの穴に落ちてしまう。そんな気持ちになっていました。それくらい深く、どこまでも続く恐怖に襲われていました。

「うっうっうっ、ぐっぐっぐっ」

妹だった子は、いつの間にかあの男の人に変わっていました。背がぐんぐん伸びて、天井に届きそうでした。顔から血を流して、ぐちゃぐちゃの口を開けて笑いながら、わたしを見下ろします。

明るくなった部屋が、また暗くなっていました。床も、壁もぼんやりとしか見えなくなって、頭もぼおっとしました。

「苦しいのね。辛いのね」

サヤさんが言いました。

「わたしには分かる。だからもう、このご家族を苦しめるのは止めてちょうだい」

手を差し出しました。

その手の周りが、ぼんやりと光っているように見えました。本当の光ではなく、白くキラキラした粒が、手を中心に暗闇を舞っている。そんな風に書けばいいでしょうか。

男の人はいつの間にか縮んで、お父さんと同じくらいの背になっていました。そして、サヤさんの手を握ったのです。

「ああ、ああ」

男の人が声を上げました。表情からは分かりませんでしたが、泣いていると感じました。

暗闇が遠ざかっていく。この家に貼り付いていた見えない悪いものが、はがれていく。はっきりとそう感じた時、わたしは気を失いました。


目が覚めたら、病院にいました。

お母さんが、「マサミ、マサミ」とわたしの名前を呼んで、泣いていました。顔が元どおりになっていました。側でお父さんが、「よかった、本当によかった」と涙ぐんでいました。痩せていましたが、表情や目の光で、元のお父さんに戻りつつあるのが、はっきりと分かりました。臭いもしませんでした。

わたしが三日三晩寝ている間に、お父さんの足が治り、お母さんの顔が治っていました。退院して三人で帰ると、ただの汚い家がそこにありました。わたしたちは三日かけて、家を掃除しました。ピカピカになりました。

それからのわたしたちは、引っ越す前の明るい家族に戻りました。男の人は現れません。変な怪我もしないし、誰も事故に遭ったり、変な病気にかかったりもしません。もちろん、あくまで「今のところは」の話ですし、悪霊と関係なく不幸な目に遭うかも知れません。でも、わたしもお父さんもお母さんも、毎日楽しく生きています。お父さんは新しく始めた仕事が上手くいっています。お母さんはお料理教室に通い始めて、毎日おいしい料理を作ってくれます。わたしは、学校で親友と呼べる子が二人できました。

サヤさんはその後どうなったのか知りません。どういう人なのか調べても分からないし、連絡先も見付かりません。お父さんに聞いたところによると、あの後、サヤさんは家に救急車を呼んですぐ、出ていってしまいました。でも、その直前、お父さんに、あの男の人について説明してくれたそうです。

あの男の人は十数年前、この近くの大通りを車で走っていて、トラックと正面衝突して亡くなった会社員でした。ぶつかった時の衝撃で身体はバラバラになったそうですが、その中の、頭部の一部が、当時まだ空き地だった、この家の敷地にまで飛んできたのです。それは不幸なことに、誰にも見付けてもらえないまま腐って、土に埋もれてしまったのです。男の人には婚約者がいました。

凄まじい苦痛と無念は、弔ってもらえない肉体の一部の中で煮えたぎり、この土地に染み渡りました。そして、ここに移り住んだわたしたち一家に襲いかかったのでした。

お父さんが調べてみると、たしかに十三年前、大通りでトラックと乗用車の事故があり、乗用車を運転していた会社員が死亡していました。乗用車はガソリンに火が点いて、大爆発したそうです。その当時、ここはまだ空き地だったことも分かりました。

サヤさんはお父さんに、男の人の霊の、供養の仕方も教えてくれました。わたしたちは二日に一回、リビングで線香をたき、冷たい水を供えて、「どうぞ安らかにお眠りください」と、そろってお祈りしています。

引っ越ししてから一年近くにわたって、わたしたち一家の身に降りかかった恐ろしい出来事は、こうして終わりを迎えたのでした。わたしは今、とても幸せですが、叶うなら是非、わたしたちを救ってくれたマツシタサヤさんに、もう一度お会いしたい。そして感謝の言葉を伝えたい。そう思っています。

——『ユアフレンド増刊　私は幽霊を見た！見た！見た！』
一九八七年夏号（光増社）より

○3○

※　※

人と生きること

プロデューサーの竹塚(たけづか)さんとの奇妙なご縁から、テレビをはじめとするマスメディアで「霊能者」という肩書きで活動をするようになって、十数年。

その間に出会った立派な方、素晴らしい方は数えきれません。どなたのお顔も、お会いした場所も、交わした言葉も、すべて昨日のことのように思い出せます。

もちろん、一部の方からは心ない罵声(ばせい)を浴びせられました。今も浴びせられています。お前の家族に危害を加えてやる——そんな趣旨の言葉が殴り書きされた、脅迫状を受け取ったことさえあります。「霊能者なんて恥ずかしいから止めて」「お母さんの子供なんて嫌だ」と娘に言われたことも、一度や二度ではありません。ですが私、宇津木幽子(うつぎゆうこ)は、自分の信じた道を歩み続けました。

人は、この世界を少しでもよくするために生きるべきではないでしょうか。そのために自分にできることを、全てやり尽くす。そんな義務があるのではないでしょうか。少なくとも私はそう思います。母もそう信じていたからこそ、先天的な視覚障害を抱えながらも、人々の幸せを第一に考え、老いてなお、苦しむ人に手を差し伸べ続けた。死の間際までイタコであり続けた。私と母との関係は決して良好なものではありませんでしたが、私が母の生き方に影響されたのは、紛れもない事実です。

そのようにして私が生きることで、私に疑いの目を向け、嘲りの視線を投げかけていた人々が、変わることもあります。それまでの頑なな態度を崩し、私への不信感を脇へ置いて、死者の魂を思うことを始めた方は、決して少なくないのです。

「幽霊なんて存在するわけがない。今もその信念は微塵も揺らがない。でも、あんたの言うとおり、息子の死にもう一度、向き合ってみようと思う」

私をインチキと非難していた物理学の教授が、とある討論番組の打ち上げで、ぽつりと仰った言葉です。彼は息子さんを若くして病気で亡くしました。息子さんの霊はいつも教授の側に、心配そうに佇んでいました。だから私はそのことを番組中に教授に告げたのです。息子さんの容姿、表情、仕草、そして息子さんが私に向けて言った言葉。その全てを、ありのままに。

番組中、教授は表情一つ変えませんでした。「どうせ事前に調べたに決まっている」と斬り捨てました。論理の上ではその可能性も充分に有り得ます。ですが、教授は自分でそう言っておきながら、完全に割り切ることはできなかった。だから自分の信念と矛盾しない形で、死者の魂を思うことを選び、その決意を私にそっと打ち明けてくださったのです。

こうした経験を通じて、わたしは「論敵」と呼ぶべき人はいても、「敵」なんていない、と考えるようになりました。たとえ考え方が違っても、決定的に相容れなくても、こちらが信念に沿って生き続け、世界の理を説き続ければ、人は死者の魂、死後の世界、大宇宙の真理に、必ず目を向けてくださるからです。

ですが、そう考える一方で、「どうにも困ったな」と途方に暮れてしまうこともあります。いいえ、「罪悪感に苛まれる」と強く言い切ってしまった方がいいのかもしれません。私や私の言葉が、たくさんの人に悪い影響を与えてしまったのではないか。誰かの心や考え方を、悪い方に歪めてしまったのではないか。そう思うことがあるのです。

霊を求める人々

私の事務所には毎日のように、たくさんの郵便物が届きます。その多くは、全国から送られてくる心霊写真です。もっとも、ほとんどは何の変哲もないスナップ写真か、あるいは記念写真です。言い方は失礼かもしれませんが、送り主が心霊写真だと早合点しているだけの、ただの写真。

木の瘤が光と影の具合で、たまたま人の顔に見える。

レンズストラップが写り込んだだけ。

被写体の人物が大きく動いたせいで、ブレてしまった。

ガラスの反射。二重露光。実際そこに人がいた。

そうしたケースが圧倒的に多いのが、本当のところなのです。

写真は光学的に「その瞬間」をフィルムに焼き付けるだけの、ただの機械です。霊的な何かが写ることなど、原理のうえでは有り得ないはずなのです。「真実を写すから写真なのだ」と、もっともらしく語る同業者もいますが、私に言わせれば、そんなものは出来の悪いこじつけに過ぎません。

もちろん、ほとんどの人は霊能力を持っておらず、写真や撮影の知識をお持ちの方も、決して多くはない。心霊写真の真贋(しんがん)の判定など、できようはずもありません。だからこそ私のような人間は存在するのです。私のような人間は、真贋が分からない方々に頼っていただくことで生計を立てています。ですから、送り主の方には感謝こそすれ、無知蒙昧(むちもうまい)だと嘲ったりなど決していたしません。死者の魂を馬鹿にするなと憤ることもありません。

ですが、さすがに「これはどうなのか」と首を傾げてしまうような、そうした写真が届くことはあるのです。

写真のあちこち、何でもないところを十箇所以上もマルで囲んで、「顔が浮かんでいる」とお手紙を添えて送ってくる方。

「動物霊が写り込んでいます」と、可愛らしいマルチーズのアップ写真を送ってくる方。

冗談なら何とも思いません。そもそも冗談やいたずらの投稿写真は、封を開けずとも分かります。「からかってやろう」「困らせてやろう」という送り主の念は、写真に染み付き、封筒へ移り大気へ染み出し、私の目に留まるからです。

ですが、そうした悪意からではなく、疑いようもなく普通の写真を「心霊写真だ」と本気で受け取り、不安や恐怖を抱いて私を頼る人は、幾人もいらっしゃるのです。

これは私のせいではないか。

私が霊の話、死者の魂の話をしたばかりに、それを誤った形で愛し、求める人が出てきてしまったのではないか。

そう感じてしまうのです。

ここまで書いてふと、ある出来事を思い出しました。今まですっかり忘れていたのが不思議なくらい、印象的な体験でした。あまりにショックだったので、無意識に記憶の片隅に追いやっていたのかもしれません。あるいは私自身の罪を、認めたくなかったのかもしれない。

数年前のことです。

雑誌の仕事でご縁のできた、ある男性から相談を受けて、私は都内の一軒家を訪れました。

男性の親戚である一家が、この家に引っ越して以来、相次いで不運に見舞われている。

具体的には、世帯主である父親の怪我。母親の病気。父親が社長を務める会社の経営不振。そして二人いる娘のうちの次女、妹にあたる小学二年生の女の子が、家族との会話を拒み、学校に行かなくなったこと。

結論から言うと、原因は複数ありました。そのうち霊が引き起こしていたのは、一つだけでした。

父親の怪我が長引いているのは単なる医者嫌いのせいで、経営不振は部下との意思疎通が不充分だったせいでした。そして母親は、父親の身を案じるあまり、ストレスから顔面神経痛になっていたのでした。その引き攣った顔と、なかなか全快しないことに、「ひょっとして狐が憑いたのでは」「それとも低級な動物霊の仕業か」と考えた男性が、私に相談を持ちかけたのでした。結果的にこの憶測は間違いだったわけですが、まったく的外れだったわけではありません。実は妹である女の子にこそ、まさにその動物霊が憑いていたのです。

まだ空き地だった頃、その土地で飢えて死んだ子猫の霊が、淋しさのあまり妹に接触していました。

遊んでほしい、構ってほしい、ひもじい、お母さん猫やきょうだい猫に会いたい。

霊の悲しみを鋭敏に感じ取った妹は、塞ぎ込んでしまっていたのです。学校にも行くことはおろか、家族と話すこともできなくなるほどに。

線香と水、そして温かい毛布を庭に供えることで、幼い猫の魂は解き放たれ、霊界へと向かいました。翌月再訪すると、家は見違えるほど明るくなっていました。父親も母親もほぼ全快し、妹も元気に学校に通っていました。涙を浮かべて感謝するご両親を見ていると、私まで泣きそうになりました。感謝されたくてこの仕事をしているわけではありませんが、自分のしたことが報われると嬉しいものです。

ところが。

短い時間でしたが、ご家族と団欒している間、姉にあたる娘さんが、不思議と暗い顔をしていました。霊視しても悪いものは何も見えません。

ご両親が台所に向かい、妹がトイレに立った時、私は姉に「どうしたの？　何かあったの？」と訊ねました。すると彼女は馬鹿にしたような笑みを浮かべて、こう答えたのです。「おばさんの話、つまんないね。子猫の霊？　線香と水と毛布？　地味だなあ。もっと凄い悪霊、霊視してくれたらよかったのに。かっこいい除霊、してくれたらよかったのに」

私は耳を疑いましたが、笑顔でこう返しました。

「あのね、私は見たまま感じたままを言って、それに一番相応(ふさわ)しい供養をしただけよ」

「へえ」

姉は鼻を鳴らして、そっぽを向きました。そして小さな声で、

「馬鹿みたい」

と、吐き捨てるように言ったのです。

家族が戻ってきたので、会話はそこで終わりました。私は平静を装って当たり障りのない話をし、少ししてお暇(いとま)しました。

あの子は何を求めていたのでしょう。

血腥(ちなまぐさ)く、おどろおどろしい因縁話。

家の不幸すべての元凶である、邪悪な悪霊。

きっとそうしたものでしょう。歪んだ悲劇のヒロイン願望とでも言うべきか、それとも退屈な日常からの逃避願望か。あの子はたしか小学六年生だったので、その年頃なら充分に考えられることです。でも、私はこうも思うのです。

私のせいだ。

私のような人間が、怨霊だの地縛霊だの、除霊だの供養だのと世間に発信し続けたせいで、彼

女は「毒された」のだ、と。

思い出し、考え、書くうちに、気分がどんよりと沈んでしまいました。

ごめんなさいね。

この本を手に取る皆さんの方が、私なんかよりずっと悩み、苦しんでいるに違いないのに。


——宇津木幽子著『霊と生きる、人と生きる』(一九九二年/丸川書店)より

※　※

今まで誰にも言わなかったことを言おうと思う。

始まりは三十数年前、わたしが小学校六年の時だ。引っ越したばかりの家で良くないことがいくつも起こったので、おじさんが霊能者を呼ぶことになった。おじさんは元々そういうことに興味があって、私にオカルトとかその周辺の知識を教えてくれたのもおじさんだった。

おじさんが相談し、我が家に呼んだ霊能者は宇津木幽子だった。

中高年は知っているだろう。当時一世を風靡(ふうび)した派手な恰好(かっこう)の霊能者だ。テレビや雑誌に出まくって本をたくさん出していた。何冊かおじさんに借りて読んだことがあった。

はっきり言ってその当時の私はもう、その手の話を頭から信じられるほど幼くはなかった。でも日常とかけ離れた世界に少しだけ魅力を感じていた。父さんは新しく始めた仕事が上手く行かず些細なことで怒鳴った。母さんはよく体調を崩した。妹はしょうもない理由で学校を休むようになった。ほとんど不登校だといっていい。父さんも母さんもそんな妹を許した。放任していた。ぶっちゃけ構っていられなかったのだろう。

それなのにわたしが学校に行きたくないと言うと「お姉ちゃんでしょ」と言って無理やり連れて行かれた。不公平だと感じた。今も不公平だと思っている。妹ばっかり甘やかしている。だからおじさんから貸してもらったオカルトの本を嘘だと思いながらも楽しく読んだ。少女漫画やジュニア小説よりもひょっとしたらのめり込んでいたかもしれない。

そんなわたしの家に宇津木幽子が来た。

でも。

彼女のした霊視はとてもつまらないものだった。

父さんの怪我も母さんの病気もただの不運で。

妹の不登校は空き地だった頃のこの土地で死んだ、ちっぽけな子猫の霊の仕業で。

「お線香と水と温かい毛布を供えて供養すれば猫ちゃんは天国に行ってくれますよ」

とあの人は真顔で言った。

彼女のしょうもないアドバイスを真に受けて家はまともになった。わたしの家族までしょうもないと言われたような気がした。馬鹿みたいだと思った。宇津木幽子本人にもそう言ったと思う。彼女は恐ろしいモノを見るような目でわたしを見た。同時にとても悲しそうであった。憐まれていたのかもしれない。わたしがもっと派手で陰惨でこの家を全て滅ぼしてくれるような悪霊を求めていたことを、見透かしていたのかもしれない。

読みにくくて申し訳ないが、ここで時代を少し遡る。

四年生の時だ。何のマンガ雑誌だったか忘れたが、同級生の子が、読者ページのイラスト企画で最優秀賞を取ったことがあった。読者ページの女の子のキャラクターの、新しいファッションを考えるという企画だ。最優秀賞に選ばれれば、向こう一年そのキャラクターはその服装で読者ページに登場する。

当時売れていた雑誌だった。作画をしていた漫画家も人気だった。だから応募数も相当あったはずだ。競争率は相当高かったに違いない。

同級生はどんなコーデ（当時そんな略語はなかったがご容赦ください）を考えたのだろう。どれほど上手く描き上げたのだろう。わたしたちはドキドキして読者ページを開いた。

同級生の応募作は、どこからどう見ても当時人気だったアニメのヒロインの、戦闘時のコスチュームそのものだった。早い話がパクリだったのだ。それなのに雑誌の編集部は気付かないどころか、最優秀賞まで与えてしまった。

本人に直接指摘する人はいなかった。「あれ、パクリだよね？」と友人達とひそひそ話し合うこともなかった。

応募した女子はとても存在感が無くて、でもその時はスポットライトが当たってとても嬉しそうで、水を差すのは悪いような気がしたからだ。あと、関わるのが怖かったからというのもあったと思う。全然悪い印象のない、皮肉じゃなく「いい子」だった彼女が、堂々とパクリをした。おまけに注目されても平然としている。人間の闇みたいなものを初めて目の当たりにしたこのパクリ事件は、十歳のわたしに少なからずショックを与えた。

その後どうなったかは全然覚えていない。読者ページの衣装がどうなったのかも記憶にない。ネットなんてなかった時代の、少女マンガ雑誌の読者ページの話だ。きっとパクリなんて指摘されることも、大っぴらになることもなかったのだろう。


時系列はまた少し進んで、中学一年の頃。

とっくに廃刊になったが、わたしは中学生向けの学年誌を購読していた。たしか七月号か八月号だったと思う。わたしは後ろの方の、詩の公募のページを何気なく見た。

四月号で募集した「四月」をテーマにした詩の、優秀作品がいくつか発表されていたのだが、うち一つが国語の資料集に載っていたのと一字一句同じだった。

要するに有名な詩人の作品を、まるっとパクって応募したヤツがいたのだ。

そして今回もまた、大人はそれに気付かなかったのだ。

やはりこれも相当ショックだったのだろう。応募した人の名前は今でも覚えている。茨城県○

×中学校の森△×子さん、お元気ですか？　盗作してゲットした図書券五千円分で何を買いましたか？


そんなこんながあったせいだろう。

中学二年の一学期のことだ。

とある占い雑誌の片隅に「あなたの心霊体験を教えてください」という告知があるのを見た時、わたしはふわっと、軽い気持ちで決意した。

あの宇津木幽子の除霊をベースにして、自分好みのおどろおどろしくて怖くて命を脅かされるような、そんな体験談を捏造して送り付けてやろう、と。

早速、その日の夜から書き始めた。

毎日夜中まで書き続けた。

親は勉強していると思っただろうけど、実際していたのは家族に降りかかる不幸をあれこれ考案して書き記すことだった。

父親の捻挫を膿にまみれた瘤に変え。

母親の顔面神経痛を霊障のように大袈裟にし。

おまけに交通事故に遭わせ入院までさせ。

宇津木幽子に相談したおじさんに至っては、車ごと海に沈めて殺してやった。

妹は初めから存在しなかったことにした。

悪霊の姿が、わたしの目には妹に見えている、という設定にしたのだ。もちろんその「真相」は終盤まで伏せる。伏線というかヒントは幾つも仕込んでおく。わたしすら妹の名前を知らないだとか、よく読めば妹がわたし以外と会話していないだとか。

肝心の悪霊は交通事故で顔がぐちゃぐちゃに崩れた、血まみれの男の人にした。しょうもない子猫の霊ではなく。

実名を出すと嘘だとバレてしまうので、宇津木幽子は「マッシタサヤ」という謎の霊能者に変えた。除霊方法も当時のわたしがかっこいいと思うものにした（今思えばとても恥ずかしいのでここで具体的には書かない）。

最終的に一家が全滅したり、わたしが鉛筆も持てないような身体になってしまうと、作り話だと思われるので、悩んだ末ハッピーエンドにした。便箋で何十枚になったか。五十枚は超えたような記憶がある。もっと大きな便箋か原稿用紙にすれば少なくて済んだのに、当時のわたしは愚かだった。

分厚くなった封筒に宛名を書いて（便箋を入れる前に宛名を書く知恵もなかった）雑誌の編集部に送り付けた。

そして、その年の夏。

増刊の心霊特集号に、わたしの投稿が掲載された。

雑誌の真ん中の辺りに。グロテスクな絵柄で人気だった、有名なホラー漫画家の手による挿絵とともに。

嬉しかった。

本当に嬉しかった。

わたしの名前はカタカナになっていたし、宇津木幽子の悪口を書いたくだりは丸ごとカットされていたけれど、概(おおむ)ねわたしの文章を活(い)かしてくれていた。それもまた嬉しかった。

勝った気がした。

盗作を送り付けるやつらより偉いと思った。

そもそもこんな雑誌に送られてくる体験談は全部作り話で、自分は何も悪いことをしていないと思った。

勘違いしないで欲しいのだが、この駄文は黒歴史を暴露するものでも、若き日の過ちを告白するものでもない。今までは長い長い前振りだ。


わたしの投稿が雑誌に載った翌月、妹が交通事故で死んだ。

トラックに轢かれて。ぐしゃぐしゃになった。おまけにそのまま引きずられて、車は小さなガソリンスタンドに突っ込んだ。

ガソリンスタンドは爆発してトラックも運転手も妹も、木っ端微塵になった。妹の体は半分くらい見付からなかった。


妹を亡くしてからの両親の消沈ぶりは凄まじいものだった。

もちろんわたしも悲しみはした。でもそれ以上に恐怖を感じた。

妹が死んだ。いなくなった。

偶然の一致だと思えなかった。

月日が経つごとにそれは確信に変わった。

父さんが怪我をして、母さんが事故に遭ってしまったからだ。

わたしは大学をやめて働くことになった。

今も生活費を稼ぎながら両親の世話をしている。

二人ともしゃべることもできず、一人で食事を取ることもできない。

ヘルパーさんも頼めない。資金はあるのだが誰も私たちの家に近付きたがらないのだ。町内で
市内で、あるいは県内でもそうなっているのかもしれないが——

わたしたち家族の住む家は、幽霊屋敷、化物屋敷と呼ばれている。

どんな噂を囁(ささや)かれているのか、具体的なことを書くと特定されてしまうので、ここでは秘す。

関東とだけ言っておこう。

「住人が次々と不幸に見舞われた」

「なのに住人は引っ越そうとしない。災いを呼ぶ霊に取り憑かれているのだ」

「その証拠に、夜になると霊たちの気味の悪い声と、ぼんやりした影が見える」

これくらいは書いても大丈夫だろう。

わたしとわたしの家族は、わたしの書いたとおりになってしまった。

誰に助けを求めたらいいか分からない。

おじさんも車ごと海に落ちて死んでしまった。これもあの投稿どおりだ。

宇津木幽子に相談するしかないと思ったが、彼女は十年と少し前、ひっそりと亡くなっていた。

調べたら新聞の片隅で見付けた。それ以上のことは分からなかった。

最近は何だかどうでもよくなってきた。会社でもヤバい人扱いされているのが分かる。クビになる前に何とかしなければ。そう思うけれど対処法を考えるのが面倒だ。

どうしてこうなったのだろう。少しは疑問に思っていて、それで辛うじて社会と自分を繋ぎ止めている。疑問に思わなくなったらいよいよヤバい、と分かっているけれど、そこから先は何も考えたくない。でも考えなきゃ。

そしてやっとのことで実行できたのが、この文章を書くことだった。


何でこんな目に遭わなきゃいけないの？

霊のせい？　祟り？　何の？　あの子猫ちゃんの？

それとも霊の世界を馬鹿にしたから？

この手の作り話なら誰だって書いて話してるのに？

何で？　どうして？

ごめんなさい。ごめんなさい父さん母さん。

それと遥花。

妹の名前は遥花です。わたしが投稿したお話の中で、名前を奪い、存在を抹消した妹の。

さようなら。


――二〇二一年十月二十七日午前二時三十八分「ふかしぎ匿名ダイアリー」内「id420559321」による投稿文全文

※　※

◆夏号の心霊レポート本当にこわかったです。特にマサミちゃんの長文レポートは眠れなくなるほどでした～！（栃木県／前田裕子・14才）
♣マッシタサヤさんが助けてくれるやつすごくすごくこわかったです～！　うちの家も時々変な音がするのでサヤさんに除霊してもらいたいな～！（鳥取県／吉住直子・11才）
♥マサミちゃんマッシタサヤさんに救ってもらって本当によかったね！　最後まで読んで涙が出ました。でも私すごく霊能者に詳しいのにマッシタサヤさんという名前聞いたことありませんでした。テレビに出ない人かな？　そういう人もいるよね！（茨城県／羅刹ヴィシュヌ・16才）
♠マサミさんのレポート、非常に興味深く読みました。というのも、私は学生の頃、マッシタサヤさんに助けてもらったことがあるからです。親戚の家から回り回って私が譲り受けることになった、古くて大きなネズミのぬいぐるみに、たくさんの悪い霊がついていたみたいで、私と私の家族は心身の調子を崩し、家運も傾き、本当に生き死にの問題だったのですが、ある日、まさにマサミさんと同じように、通りかかったマツシタサヤさんと名乗る女性に、助けてもらったのでした。レースの手袋と、日傘や、その他の特徴から、同じ人だとみて間違いありません。サヤさんは私の家の前で、パンパンと手を叩くと、いつの間にかぬいぐるみを手にして、どこかに行ってしまいました。家に入ると、ぬいぐるみはどこにもありませんでした。それから嘘のように私たちの心身は回復し、家は明るくなったのです。マサミさんのレポートを読んで、当時のことを思い出し、懐かしい気持ちと恐ろしい気持ちを思い出しました。そして、マツシタサヤさんへの、感謝の気持ちも再び湧いてきました。サヤさん、あの時は本当にありがとうございました。編集部様、サヤさんがこの雑誌を読むか分かりませんが、この気持ちを伝えたいのでぜひ掲載してください。（福岡県／井田ちゃん・22才）

◆マツシタサヤさんですが数年前、心霊写真が撮れた時に頼んで供養してもらいましたよ。お母さんの知り合いの霊能者で、わたしが生まれる前はよく相談に乗ってもらったそうです。引っ越してしまって連絡も付きませんが、今も人助けをしてらっしゃるのですね。何だか嬉しいです。（静岡県／茶そばさん・12才）

——『ユアフレンド増刊　私は幽霊を見た！見た！見た！』一九八七年冬号（光増社）お便りページ「私も見た！」より

※　※

◆去年の夏号に出ていたマツシタサヤさんですが、先日お会いして助けていただきました。その数日前。飼い犬のペロを亡くし、悲しみのあまり伏せってしまい、学校にも行けず食事も喉を通らなくなった私を案じていた母が、パートからの帰り道で声をかけられたそうです。私は意識が朦朧(もうろう)としていたので、サヤさんが家に来たことにも、私のすぐ目の前で除霊をしてくれたことにも、全く気づかなかったのですが、母の話を聞く限り、見た目も話し方も全てマサミさんのレポートと同じでした。私が動けなくなった原因は、サヤさんによると、死んだペロの霊が寂しくて私を連れて行こうとしたせいでした。今、私は元気です。ご飯もたくさん食べて学校にも通えています。ペロの遺影に、毎朝お水と好物のペットフードをお供えしています。サヤさんはお礼を受け取らなかったそうですがもし今度お会いできたらちゃんとお礼を言って私のお小遣いを全部あげます。（埼玉県／小日向ペロLOVE・11才）

♥編集部の皆さんこんにちは！　この間道を歩いていると、踏切のところでマツシタサヤさんに似た人がしゃがみ込んで拝んでいました。「どうしたの？」と聞くと、その人は「ここで事故にあって死んだ人が、通りかかった人を道づれにしようとしているのよ。私は説得してやめさせようとしているの」。私はその踏切に事故があったとは聞いたこともなくて「ウソだあ」と言いました。するとその女の人は「ウソじゃないよ。その証拠にほら」と私に手を差し出して、ふっと息を吹きかけました。そしたら急に両方の肩がずーんと重くなって、涙が出て、踏切のレールの上に寝そべりたい気持ちになりました。足が勝手にレールの方へ向かいます。すると女の人が私の手を摑んで引き止めました。そして小さく手を叩きました。そしたら体がふわーっと軽くなりました。レールに寝そべりたい気持ちも消えてしまいました。私がびっくりしていると、女の人は「これでわかったでしょう？」と言って、どこかへ行ってしまいました。家に帰っておじいちゃんに聞くと、私が生まれるずっと前、そこには踏切がなくて、事故でたくさん人が死んだそうです。（奈良県／いのししせんべえ・12才）

♠学校のプールに悪い霊がいて子供を殺そうとします。この三年で何人も溺（おぼ）れているしこむら返りも一回の授業で何人もやります。先生に除霊してよと言っても聞いてくれないのでマツシタサヤさんにお願いしたいです。連絡先を教えてください。（熊本県／亀山武・11才）

——『ユアフレンド増刊　私は幽霊を見た！見た！見た！』

一九八八年夏号（光増社）お便りページ「私も見た！」より

※　※

編集部より

マツシタサヤさんに関する投稿は、今号をもちまして全てうそ、作り話とみなし、採用不可とさせていただきます。表記違いや似た名前も同様とします。


——『ユアフレンド増刊　私は幽霊を見た！見た！見た！』

一九八八年冬号（光増社）お便りページ「私も見た！」より

※　※

マ●シタ●ヤ

吉武（よしたけ）さんは若い頃、東京で雑誌の編集者をしていた。

「十代の女の子向けの占い雑誌。わたしも中学の頃ハマってたし、面白そうだなと思って受けたらあっさり採用されちゃって」

仕事は過酷だった。

終電に間に合うならいい方で、月の半分は始発。泊まり込みも珍しくない。上司の指導も厳しいものだった。

同期は次々と辞めていったが、彼女は必死で上司や外注に食らい付いた。怒鳴られても呆（あき）れられてもめげなかった。もともと負けず嫌いな性分だったのもあるが、

「編集長のこと、東京のお母さんみたいに感じたのも大きかったかな」

寝食を惜しんで働いていると、弁当を作って持ってきてくれたことが幾度もあったという。努力の甲斐(かい)あって、入社して三年経つ頃には事実上の副編集長になった。別冊や増刊号をまるまる一冊任されることもあった。

彼女が特に打ち込んだのは、夏に出す怪談特集の増刊号だった。人気の雑誌だったので、全国から霊的な恐怖体験が送られてきた。送り主の大半は十代女子。当時はメールなど勿論(もちろん)なく、全て手書きだった。

「それも込みで楽しく読んでたんですよね。活字にはない生々しさがあったから」

ただ、怖いとは感じなかった。

投稿が実話だとも思っていなかった。

大半は作り話か、人から聞いた話を書いているだけだ。そう見なしていた。

吉武さんが楽しんでいたのは、こういう話題で盛り上がる人々の情熱だった。初対面の人から秘密を打ち明けられたような、妙な快感もあった。そして、

「受け皿になってる自負もあったかも。ここに送ってくる子たちは、きっと学校では日陰者なんだろうな、あんまり前に出るタイプの子じゃないんだろうな、って。その子たちの遊び場を作る責任感というか、そんな気持ちはありました」

ある年の六月。

分厚い封筒が編集部に届いた。

中学生の女子が書いた、恐怖体験だった。便箋で五十枚以上に及ぶ、投稿としては超大作だったという。

新居で怪現象が相次ぎ、家族がおかしくなったが、謎の霊能者「マ●シタ●ヤさん」に除霊してもらう。

作り話めいた記述もあったが、吉武さんは面白いと感じた。何より送り手の気迫を感じた。担当のライターには最小限の手直しで済ますよう指示して、増刊号にその投稿を掲載した。

反響は大きかった。

アンケート葉書の「怖かった怪談」「面白かった記事」どちらも一位だった。感想も何十通と届いた。

吉武さんは達成感を味わった。編集長も「すごいじゃん」と喜んでくれた。

だが。

気になる投稿も幾つか届いた。

霊能者の●ヤさんに会ったことがある。

前に困った時、助けてくれた。近所に住んでいた。

〝目撃談〟は日に日に増えていった。

何通かを本誌の読者ページに載せると、さらに増えた。

やがてほとんどそればかりになった。

悪ノリが過ぎる、と吉武さんは感じた。

「いくら作り話が実話扱いされる世界でも、この遊び方はセンスないわ、と思って」

せっかく作り上げた居場所を、当の子供たちに荒らされた。そんな気持ちになったという。

〈マ●シタ●ヤさん関係の投稿は全て虚偽と見なす。以降は掲載しない〉

読者ページにそのような旨を明記して、幕引きを図った。

投稿は続いた。

数は減ったが途絶えなかった。

〈●ヤさんを見たことがある〉

〈戦時中に祖母が助けてもらった〉

〈戦後すぐに叔父のトラブルを解決してくれた〉

一年経ち、二年が経った。

〈お姉ちゃんについた、悪りょうを、たいじしてくれました〉

〈●ヤさんに除霊を頼みたいので、連絡先を教えてください〉

電話で同じような問い合わせが来ることもあったが、「編集部では把握していない」と答えるよう部内で徹底させた。

三年が経った。

●ヤさん関係の投稿が、月に一通来るか来ないかになった頃。

吉武さんは編集長と一緒に、アルバイトの面接をした。大学生の男子だった。占い雑誌は読まないが、編集職には憧れがあるという。

会社ビルの、一番小さな会議室。

面接も終盤に差し掛かった頃だった。

「うち、読者から怪談を募って増刊出したりもするんだけど、怖いの大丈夫？」

「むしろ大好きです。怖い体験もしてます」

「どんな？」

「お祖母ちゃんの家で変なことが起こるようになったんです」

何回止めても台所や風呂場の水が出ている。

夜中トイレに行って戻ったら、布団が膨らんでいる。えいっ、と捲ったら誰もいない。

彼の祖母は体調を崩した。

原因不明だった。

「で、困ってたらお祖母ちゃんの知り合いの知り合いに、マ●シタ●ヤさんっていう凄い霊能者がいて、相談したら助けてくれたんです。もう嘘みたいにピタッと治まって」

吉武さんは編集長と顔を見合わせた。

「あなた、うちの雑誌のこと、ほんとに知らない？」

大学生は頭を振るばかりだった。

「その●ヤさんて人、今も交流はあるの？」

「あ、はい」

彼は当たり前のように答えた。

取材したい、という名目で住所と電話番号を聞き取って、面接を終わらせた。

マ●シタ●ヤの住まいは都内だった。

仕事の詰まっている吉武さんに、編集長が「わたし、電話してみる」と言った。それまで見せたことのない、不安そうでいて楽しげな表情だった。

編集長は電話をして、会社ビルを出て行った。

それっきり戻ってこなかった。

思い切ってマ●シタ●ヤの番号に電話したが繋がらず、住所に行ってみたが空き地だった。近所の人たちによるとずっと以前から家は建っていないという。


半月後、一通の封筒が編集部に届いた。

編集長の退職届と、一枚の便箋が入っていた。

前者には一身上の都合で、と通り一遍のことしか書かれていなかった。

後者にはこう書かれていた。

〈マ●シタ●ヤはすごいれいのうしゃ〉

編集長の筆跡とはまるで違う、子供の字だった。

また●ヤさんの投稿が増え始め、吉武さんは会社を辞めた。

——怪談探検隊『実話怪談 骸舞踏 其の惨』(芭蕉書房)より

※ ※

サヤさんが来てくれた。

「よかった、やっと見付けた」

と言ってくれた。


——二〇二一年十二月八日午前四時九分「ふかしぎ匿名ダイアリー」内「id420559321」による投稿文全文

加門七海

◉

貝田川

加門七海（かもんななみ）

◎

東京都墨田区生まれ。美術館学芸員を経て、１９９２年『人丸調伏令』でデビュー。オカルト・風水・民俗学などに造詣が深く、作品にもそれらの知識が反映されている。著作に、小説『２０３号室』『祝山』『鳥辺野にて』『目嚢―めぶくろ―』、エッセイや怪談実話、歴史ノンフィクションに「うわさの神仏」シリーズ、『猫怪々』『霊能動物館』『怪談徒然草』『お祓い日和 その作法と実践』『鍛える聖地』『加門七海の鬼神伝説』『大江戸魔方陣 徳川三百年を護った風水の謎』『たてもの怪談』『もののけ物語』『着物憑き』『お咒い日和 その解説と実際』『神を創った男 大江匡房』など多数。

「フィクションでいいんだ、フィクションで」

何度も、私は呟き続けた。

依頼は「実話系怪談」だ。系と付くからには、現実にあった話でなくとも構わない。それらしい話をそれらしく創作すればいい。だから、

(フィクションでいいんだ、フィクションで)

心の中でも言い続けた。

厳しく言い聞かせておかないと、記憶の隅に押しやっているあのこ、、、とが蠢きだしかねない。

ここ暫く、実話としての怪談を記す機会はなかった。

いわゆる実話怪談で、私が書くのは自分自身の体験だ。ゆえに怪異に遭わない限り、書き記せる話もない。

過去の話は書き尽くしたし、ここ数年は妙な目に遭う回数も減っている。

勘が鈍くなったのだろう。

霊を視ると公言しているが、過去にも数度、幽霊を視なくなった時期がある。理由や原因は不

明だが、霊能者ならともかくも生活に不自由は生じないので、いつもそのまま放ってある。

今もその時期であるらしく、我が世界はいたく平穏だ。

この状況が続くのか、元に戻るかはわからない。不思議な世界は嫌いじゃないので戻ってほしい気もするが、心臓を絞られるような恐怖を味わうなら、このままでいい。

不安はある。

知人の霊能者はこう言った。

「わからないのは楽だけど、気がつかないままドブに嵌まる人もいるよね」

ドブに嵌まりたくはない。

嵌まるだけならまだいいが、水底のガラスで怪我をしたらどうしよう。そして怪我にも気づかずいたら、破傷風になりやしないか。

話したり書いたりすることで、寄ってくるモノは確かにいる。ただの行きずりならまだいいが、強烈な悪意を持つモノがこちらに目を向けたら敵わない。

幽霊を視ないと言う人には、鈍い人と強い人がいるという。多分、自分は強くない。ゆえに、寝た子は起こしたくない。

「だから、完全なフィクションとして」

私はまた呟いた。

隅に押しやった怪異の記憶は、無視しようとするほどに存在感を増してくる。

いや、大した話ではない。本当に大したことではないのだ。

怯(おび)えるのは、私が怖がりだからだ。

似た経験を重ねていけば、「怖がり」も均(なら)されて落ち着いてくる。超常的な出来事も経験を重ね、本を読み、パターンを掴(つか)めば、既存の枠に嵌めて安心できる。

よって、私が恐れるのは、ピリオドのついた話ではない。

まだ決着がついていない。ついていないような気がする。ゆえに、続きがあると思える……。

そんな話が嫌なのだ。

次の扉を開けたとき、予想を超えた異形が立っている可能性。踏み出したはずの地面が失(う)せて、闇に落ちていく可能性。待ち構えていた断崖(だんがい)の縁にぎりぎり踏み止(とど)まっても、閉まった扉が二度と開かない、戻ることのできない可能性。

無論、平穏な陽射しの中に出られる可能性もある。しかし話が怪談ならば、想像はつい恐怖に傾く。

脳内で、ちらちら蠢く思い出も、ピリオドのない話のひとつだ。

終わりが来てないから怖い。

だから書かない、か。

それでも書く、か。

長い言い訳を連ねつつ、私はずっと筆の行方を定めかねていた。

しかし、ここまで紙数を割いて、やめたと言うのはさすがに不誠実だろう。

始めに戻ろう。

フィクションでいいのだ。

「実話」という二文字にこだわりすぎてしまったために、どうも色々考えすぎて、近視眼的になっていたようだ。

想像でも事実でも、すべては私の脳内にある。真偽など誰にもわかりはしない。どこかから出てきた怪談を中途半端な結末のままに記しても、構わないのではなかろうか。

起伏はなくていい。

尻(しり)切れトンボでいい。

因果も明瞭(めいりょう)にならなくていい。

それでいいというのなら……始まりは、古い神社からだ。


半端な距離だからこそ、足を運ばない場所がある。

その神社もそうだった。

以前から参拝したいと思っていたが、いつでも行けると考えて後回しにし続けていた。大体、近隣には観光地もなく、名物らしい食べ物もない。行って帰ってくるだけだから、つきあってくれそうな人もいない。

ゆえに心に掛かりながらも、ずっと放置し続けていた。

突然、決心がついたのは、ある秋の日のことだった。

「行くか」

神社は逃げないと思っていたが、宮司の交代や改修で趣が変わる場所もある。こっちも年を取る一方だ。いつまでも、足腰が丈夫である保証はない。

ならば、行こう。

決まれば、行程を組むのは簡単だった。

電車、バス、神社、バス、電車。

一日（いちじつ）、小さなリュックを背負い、私は目的地に向かっていった。

『延喜式（えんぎしき）』に載るような古い神社は、重層的な歴史が魅力だ。往時より境内が縮小されて、付近がすっかり開発されても、土地に染みついた記憶は消えない。

いや、そんな大層なことを言わずとも、初めての場所はどこも楽しい。

殊に今回目指すのは、事前調査でもほとんど記録のなかった古社だ。後日、仕事に繋（つな）がるような収穫を求めるのではなく、単純に景色を楽しめばいい。

平日の昼間、最寄りの停留所でバスを降りたのは私だけだった。駅前は賑（にぎ）やかだったのに、周囲の風情はすっかり田舎だ。

民家と疎（まば）らな畑の先に、こんもりとした社叢（しゃそう）が見える。

深呼吸をして見渡せば、道の脇に石灯籠（いしどうろう）が立っていた。

台座には「常夜灯」と刻されている。今は車道だが、昔はここも参道だったに違いない。

私はその灯籠と周辺の写真を撮ったのち、少し改まった気持ちで歩き始めた。

──ここはもう、神社の境内なんだ。

昔は賑わっていたのだろうか。それとも、森に包まれていたのか。

古に思いを馳せながら、ひとりでのんびり進んでいくと、古色を帯びた銅鳥居が現れた。その奥、参道の両脇を杉の古木が守っている。

一歩踏み込めば、空気は変わる。

私はまた深呼吸をした。杉に囲まれた参道はほの暗く、幾分、空気も濃いようだ。先程と同じ石灯籠が重々しく両脇に並んでいる。耳を澄ませると、微かな水音が聞こえてきた。

境内に川が沿っているのだ。

ここの神社の祭神は一説、水神とも解されている。川の側にあることも、意味あることに違いない。

参道右手、杉の根元の小さな社は稲荷神社。左手の小祠はよくわからない。続く随身門は古寂びて、左右に坐す随身像はかなり塗装が剝げていた。門の真下に立って見上げると、天上に龍が泳いでいる。

門を抜けて振り向いてみる。こちらは随身像の代わりに、金幣と銀幣が置かれていた。

それらを一々確認して、堪能して、写真を撮って、手水を使って、緩やかな石段をいくつか上がり、漸く本殿に辿り着く。

二礼二拍一礼。

最低限の目的を果たすと、ホッと肩の力が抜けた。

参道を抜けた境内は空が開いて明るかった。本殿の脇で偉容を誇るご神木も、青空を背景にご機嫌そうだ。

ただ、人はいない。

閉まった社務所のガラス窓には、御用の方は云々と電話番号を記した張り紙があった。地方の神社ならではだ。ガラス越しにお守りを眺めたのち、私はゆっくり境内を巡った。

疎らな灌木に包まれて、摂社末社が点在している。

それらにのんびり手を合わせつつ、写真を撮りながら歩いていくと、本殿の斜め後ろに小さな池が現れた。

周囲を草で囲まれた、縦長の可愛らしい池だ。

水は清冽に澄んでいたが、底には落ち葉が積もっている。光に紛れる水面を透かすと、茶色く重なる葉の隙間から、細かい気泡が上がっていた。

湧水だ。

(なるほど。それで水神か)

池がもう少し大きかったら、パワースポットとして人気が出そうだ。

隠れた名所を見つけたようで、私ははしゃいだ気持ちになった。

伝説がありそうな感じの池だが、説明板らしきものはない。回り込むように数歩進むと、水の落ちる音が聞こえてきた。

川に、湧水が注いでいるのだ。

音の聞こえる辺りから、整備の悪い、土交じりの石段が延びている。迷わず下りると、思ったとおり、参道で耳に触れていた川の流れが視界に入った。

幅は五メートルほどだろうか。

水量はさしてなかったが、案外深い。あまり人の手が入っていないのか、大小の石が転がる底で、深緑の藻が揺れていた。

石段のすぐ側には、コンクリートの排水口が突き出していた。その中を通って、神社の湧水が落ちている。周辺も水に濡(ぬ)れていて、石垣には羊歯(しだ)が繁茂していた。

数歩先には、細い橋が架かっている。

低い欄干(らんかん)を付けた木の橋は、どうやら私設橋らしい。真ん中に立って見渡すと、橋の下(しも)と上(かみ)で景色が違った。

下流には民家が見えるのに、上流は山の気配で充(み)ちている。川の両側から伸びた木が鬱蒼(うっそう)と覆い被(かぶ)さって、先の景色を閉ざしているのだ。

数本の楓(かえで)が見事に色づいていた。

(きれいだな)

私は橋の上に佇(たたず)んで、しばし景色を楽しんで、木々の向こうを透かし見た。

先はどうなっているのだろう。下流は護岸が整えられているというのに、上流は自然のままに思える。この橋が、この湧水が、結界になっているかのようだ。

風情を確かめたいと思ったが、ここからではよくわからなかった。岸伝いに行こうと思えば、歩けるようではあるけれど、道となっているわけではなさそうだ。

試みに、橋の先をまっすぐ進んでみると、すぐ舗装路に出てしまった。

道路の向こうには、バス停辺りと同じような民家が並ぶ。ここはもう神社の外だ。

戻って、再度、川沿いを確かめる。やはり道はないようだ。濡れた落ち葉が積もっている上に、先は傾斜がついている。滑って落ちたら怪我するし、誰にも気づいてもらえまい。

諦(あきら)めるしかないだろう。

だが、川の上は気になる。見たい。

人がいないのを良いことに這(は)いつくばるように覗(のぞ)いてみたが、視界はほとんど開けなかった。

ただ、橋から少し離れたところに、石が立っているのは確認できた。

膝(ひざ)の高さほどの丸石だ。

落ち葉の上から、湿り気のある黒い頭を出している。

石碑か。それとも自然石か。

わからない。しかし、石碑だとしても、さして面白くはないだろう。歴史的に貴重なものなら、あんなふうに半ば土に埋もれたままで、放置しているはずはない。

ブドウを酸っぱいものとする狐のような心境で、私は渋々境内に戻った。

(ぼちぼち帰るか)

それとも先の舗装路に出て、川の上流を目指してみるか。

時間を確認しようとすると、手指に蜘蛛(くも)の糸が絡んでいた。橋でついたに違いない。

あれはいつのものなのか。

そういえば、橋の上にも腐ったような落ち葉がへばりついていた。

（あまり人は通らないのかもしれないな）

道に沿って歩いても一向に川に近づけないので、私は諦めて帰ってきた。

自宅で地図を確認すると、山とも思った雑木林は暫く神社に沿ったのち、切り開かれたように突然消える。川は次の町に入った辺りで、暗渠（あんきょ）となってしまっていた。

地図には川の名前もない。

しかし、橋から見た景色は美しかった。

寝支度を整えたのち、私は写真のデータをパソコンに移した。

デジカメからメモリーカードを取り出して、専用のカードリーダーに差し込む。取材のときは、日に何百枚と撮る写真だ。スマホでは到底追いつかない。今日は取材ではなかったが、写真の枚数は多かった。

遠出でも旅行でも、帰った後の楽しみは写真だ。

記憶を反芻（はんすう）するばかりではない。写真を見ることで、新たな発見が得られることも往々にある。

該当ファイルをクリックすると、画面一面に写真が並ぶ。

私はコーヒーを飲みながら、一枚一枚を見ていった。

我ながらうまく撮れたと思う写真もあれば、何を撮りたかったのかわからないような写真もある。いずれにせよ、思い出と言うにはまだ早い。記憶はあまりに鮮明で、そのときの風や水のせせらぎ、鳥の声まで甦る。

肉体無しでもう一度、旅をするのと変わらない。

バス停の常夜灯から始まった写真は神社を経、やがて池に移っていった。日の当たる明るい境内を離れて、画像の雰囲気が変化している。西に傾き始めていた日が、木立の影を濃くしているのだ。

一枚、池の脇に白っぽい光が立つような写真があった。

私は思わず、身を乗り出した。

怪談好きの俗物は、つい心霊写真を探してしまう。ただの影をこじつけてニヤニヤしている場合もあるが、誰が見ても不自然なものが写っていることもある。

何百枚と写真を撮れば、一枚くらいは何となく首を傾げる写真はあるものだ。過去には、宜保愛子さんに見て頂いて、念の強い死霊だと太鼓判を押された写真もあった。あれは供養されたのか。

『ムー』経由での話だったが、結局、写真は戻ってこなかった。手許に置きたくなかったので別に構わないのだが、少し残念なのは確かだ。

心霊写真を狙って撮ったことはない。ただ、現場では目に映らなかったモノが現れるのは、ごく単純に興味深い。

○7○

この写真はどうなのか。

光は上下を貫かず、縦長の弧になっている。

期待して拡大してみたが、具体的な形は得られなかった。水に反射した光だろうか。

ちょっと、がっかりして次に進む。

湧水、石段、橋の上。

橋から見た川の写真は、何枚も撮っていた。

改めて見れば、川の上に木が茂っている、ただそれだけの風景だ。

何がそんなに気になったのか。上を撮ったり、下を撮ったり、這いつくばって石を撮り、そうしてまた立ち上がって川を撮り……。

手が止まった。

上流を撮った一枚に、違和感があった。

覆い被さる木々の奥、川の先が妙に暗い。影になっているわけではない。トンネルのごとく、暗さ自体に奥行きがあるのだ。

私は次の写真を見た。違和感はない。前に戻った。普通の写真だ。一枚だけがひっかかる。

拡大してみたものの、こちらも先程の光同様、心霊写真に相応しい人や影は見当たらなかった。

（しかし……）

私はその一枚を、ほぼ同じ角度から撮った写真と並べてみた。

違いは、木の奥の明暗だけだ。一枚だけが真っ暗だ。もう一枚は、川の奥まで水面に光が映っている。

　素人向けのデジカメだから自動補正が働いて、写真に差が出たのだろうか。写真の奥を覗いてみたいと、思わず首を傾げたが、当然、見えるわけはない。だが、こんな馬鹿なことをしてしまうほど、その暗がりは気になった。

　隧道(ずいどう)にしか思えないのだ。

　明度を変えたり、加工をしたり、暫く写真をいじった。が、私はやがてファイルを閉じた。

　残りの写真は明日にしよう。

　バックライトが強すぎたのか、気分が悪くなってきた。

　既に日付も変わっている。神社の滞在時間は短かったが、結局一日掛かりの旅だ。今は興奮しているが、疲れているのは間違いない。

　胃の辺りが少しむかむかする。

（風邪引いてないといいんだけど）

　電気を消し、私は布団に入った。多分、すぐに眠れるだろう。思う間もなく、意識が閉じる。

　しかし、そのまま寝入ることは叶(かな)わなかった。うとうとし始めたその瞬間、閉じた瞼(まぶた)の向こう側を白い光が過(よぎ)ったのだ。

　驚いて、私は目を開けた。見えるものは何もない。暗くしないと眠れないため、部屋は真っ暗になっている。再び目を閉じる。するとまた、白い光が横切った。

　瞼の裏の残像ではない。顔の前を光源が横切っていったような感じだ。

私は目をしばたたいた。目が慣れて部屋の様子がわかっても、当然、光るものはない。だが、目を閉じると、光が過る。

(参ったな)

これでは眠れない。

(神社からナニカが憑いてきたのか)

こういうとき、すぐ心霊に結びつけるのは悪い癖だ。けれども結びつけたところで、思い当たる節はなかった。

まずい。

今日の小旅行は、ただ楽しかった。写真で気になったのは、川の向こう——隧道のみだ。

思い起こした途端、胸苦しいような恐怖が湧いた。同時にまた、吐き気が襲ってきた。

私は体を起こして、電気を点けた。しかし洗面所に向かうことなく、体はそのまま静止した。

指は電気のスイッチに触れたままで、止まっている。

私はじっと息を凝らした。

吐き気は既に治まっている。

部屋を明るくしたせいか、妙な光の気配もない。

異常はない。部屋も、体も。だからこそ、何かが非常にまずい気がする。

焦燥にも似た不安が湧いた。

だが、その源がどこにあるのか、私には見当もつかなかった。

結局、明かりを点けたまま寝た。

寝覚めから気分が悪いのは、単に寝不足のせいだろう。昨日の疲れもまだ残っている。

のろのろと日常のことを終え、私は机の前に座った。

パソコンの電源を入れてファイルを開く。もちろん、見るのは昨日の写真だ。しかし、川の写真ではない。湧水を撮った写真のほうだ。

あの後、私は気がついた。

瞼の外を流れた光。少し青みがかったようなあの輝きは、池の脇に写っていた白い光柱とどこか似ている。

もちろん、印象だけの話だ。ただ、感覚的な肌触りというか、共通する気配を私は感じた。

座り直して写真を開く。

疎らな灌木とその影を映した池の端、細長い光が立っている。

カメラのレンズが汚れていたり、レンズ内で光が反射すると、ゴーストと呼ばれる光線が写る。これもその一種かと思ったが、改めて写真を拡大すると、光はつぶつぶと細かい気泡が重なり合っているかに見えた。

心霊写真的に言うならば、極小のオーブが寄り集まって形を成したような感じだ。これもまた光学的には説明がつくのかもしれない。が、

（気持ち悪い）

私は素直に思った。

気泡は薄い濃淡を作り出している。じっと凝視していると、それらは微かに息をして動いているかに思われた。

(気持ち悪い)

私は目を閉じた。そして次の瞬間、目を開けた。

はっきりとした残像が目の奥にあった。

だが、それは半端な光の柱ではなく、人の形を取っていた。

――女だ。

背の高く、細い女が後ろを向いて立っている。

着物を着て、髪を垂らしている。

幽霊の定番スタイルだが、中世的な雰囲気を纏(まと)ったその影は、かつての女の日常を映しているごとくリアルに思えた。

色彩はなく、髪の毛も黒か白かわからない。けれども、着物から覗いた踝(くるぶし)は若い女のものだった。

そう。一瞬でそこまで視えた。

写真にあるのは相変わらず、弧を描いた白い柱だ。だが、今、その形は脳裏に浮かんだ女のシルエットそのものに見えた。

想像するのは、妙齢の美人だ。

奥ゆかしく後ろを向いているけれど、もしもこちらに振り向いたなら……。

ちりっと襟足の毛がそそけ立つ。

写真の中の光柱が僅(わず)かに歪(ゆが)んだかのようだ。

私は立ち上がって、キッチンに向かった。日中から、冗談ではない。

不思議なモノがあれば、正体を知りたいという欲はある。好奇心とか知識欲とか、言い方はあるだろう。しかし、この手のモノのほとんどは正体を知らずとも支障がない。むしろ知るほうが厄介なのだ。

神話などでの「見るな」の禁忌は、見てはいけないと言われたものを見てしまって悲劇が起きる。しかし、相手がこちらを見ることで訪れる恐怖も存在する。

――見るな。こっちを見ないでくれ。

あの女が振り向くという想像だけで、鳥肌が立つ。

コーヒーメーカーのスイッチを入れ、気分転換を図ったものの、映像は頭から離れなかった。

コーヒーを淹(い)れる音を聞きつつも、私は影を反芻した。

(印象としてはかなり前の時代だな。通りすがりとか、たまたまそこにいたって感じじゃない。神社に因縁があるのか。あるいは、あの池……そういえば、川で撮ったあの写真)

パラパラパラっと、リビングで妙な音がした。

刹那(せつな)、四肢が強張(こわば)った。

水が滴ったかのようだ。息を詰めて覗いてみると、当然ながら水滴はなく、代わりに花が散っていた。

花瓶に挿したリコリスだ。

床に、赤い花弁が散らばっている。

(こんなふうに散る花だったか)

慎重に近づいて、私は花弁を拾い上げた。

花弁を落とした花は一本。芯(しん)だけ残して所在なげだ。一緒に活(い)けたリコリスは散る気配もなく、まだ咲いている。

散った花を抜こうかと、私は手を伸ばした。が、電子音がコーヒーの入ったことを知らせてきたので、私は花をそのままに、コーヒーカップを手に取った。

一枚の絵が記憶に蘇(よみがえ)る。

お盆の時期、谷中(やなか)の全生庵(ぜんしょうあん)で見た幽霊画だ。

『花籠(はなかご)と幽霊』というタイトルで、凄惨(せいさん)な女の幽霊が片手で自分の髪を握り、残る手で籠から花を毟(むし)り取っている。勢いで籠は大きく傾(かし)いで、床に倒れ掛かっている。

あの絵は多分、ふいに倒れた花籠を霊の仕業として描いたのだろう。

籠が倒れたのは偶然だ。花が散ったのも偶然だ。水の音と聞いたのも、私が考えていたからだ。

どのみちもう、これ以上、写真は見ないほうがいい。見たって、何もわからない。

私は机に戻ってファイルを閉じた。

元々伝説のある土地ならば、想像できることはある。たとえば心霊スポット扱いされている山梨県のおいらん淵で女の影が写ったならば、淵に落とされた女郎の霊だと話を盛り上げることは容易い。

しかし、背景となる話がない場所で怪しいモノが写っても、写ったというだけでお終いだ。

（いや、そんなことはないか。心霊番組の霊能者は、ここで自殺した人がいたとか言うもんな）

だが、自分は霊能者ではない。わからないままでいいだろう。

私は心を向けるのを止めた。

――けれども、また夜は来る。

もしも光が見えたら、と思ったのが悪かったのか。その晩もまた、寝入りばな、さっと光が横切った。

バリッと音が立つように、全身の神経が逆立った。

（電気は点けたままにするべきだったか）

目は閉じている。だが、それは安心材料にはならない。

じっと息を凝らしていると、再び瞼の向こう側、部屋の隅らしきところが明るみを増した。

最前とも昨日とも、その光の様子は異なっていた。

（消えない……）

まるであの写真のように、光はじっと静止している。

（ドアの隙から明かりが漏れているのかも）

位置的にあり得ないとわかっていながら、私はそんなことを考えた。

瞼越しの白い光は、無機質なものに思われた。電灯よりは余程暗いが、もしかすると本当に、どこかの明かりを消し忘れているんじゃないのか。

常識的な推測に縋(すが)って、私は薄く目を開けた。

光はあった。

だが、それはドアからでも窓からでもなく、写真そのままの光柱だった。

白い、陽炎(かげろう)のような光の泡が寄り集まって蠢いている。

(馬鹿な)

私は瞼を閉ざした。目に入れたのは一瞬だ。しかし、光は消え失せない。そして、閉じた目の裏で朧(おぼろ)に白い女となった。

後ろを向いた古風な女だ。

(まずい)

体が動かない。金縛りか。

僅かに痙攣(けいれん)する瞼をスクリーンとして、白い女が身じろぎをする。

(まずい)

このままでは、振り向かれる。

ゆっくりと女の肩が捻(ひね)られる。髪が揺れた。

見たくない。

見てはいけない。

着物の袖（そで）がひらりと揺れた。

顔はまだ明らかではない。少しずつ、ゆっくり顎（あご）が上がった。

ダメだ！

私は渾身（こんしん）の力を振り絞って跳ね起きた。

部屋にまだ光があるかなど、確認している余裕はなかった。ベッドから転げ落ちながら、這うようにしてドアを開く。そして廊下によろけ出て、声を上げて膝から崩れた。

真っ暗な廊下には、木々が覆い被さっていた。

その向こう、夜より暗い隧道がどこまでも延びている。

先から細い風が吹き、静かに私の頬を嬲（なぶ）った。

揺さぶられるごとくに、体が震えた。息が苦しい。過呼吸になりかけている。

辛うじて残った理性でそう判じ、私は震える手で懸命に壁に縋って電気を点けた。

ＬＥＤの明かりが隅まで照らす。

——何もない。

我が家の廊下だ。

壁に沿った手がずるりと滑り、私は尻餅（しりもち）をついた。どうやら腰が抜けたらしい。

「大丈夫だから……」

掠（かす）れた声で、私は小さく呟いた。

廊下はありきたりなフローリングで、そのまま玄関に通じている。壁は白く、電気は無機質だ。

○８○

どんなにそう言い聞かせても、廊下から目は離せなかった。身じろぎひとつするのも、怖い。目を逸らしたらどうなるか。勝手に電気が消えたりしないか。再び、隧道は現れないか。

多分、隧道が見えたのはほんの数秒に違いない。それでも、打ちのめされるには充分だった。

体を動かす気になったのは、心臓の鼓動が耳に障らなくなってのちだ。私はそっと後じさり、廊下から視線を逸らしざま、ばたばたとリビングに駆け込んだ。

もちろん、すぐに電気を点ける。そして大きく息を吐き、部屋の隅で膝を抱えた。

もう、眠れない。目を閉じるのすら怖いのだ。冷え切った指先を擦りつつ、私は深呼吸を繰り返した。

重たく真っ黒い恐怖が、胸の奥に転がっている。

あんなモノを視たのだから、怖がらないほうがおかしい。しかし、恐怖の根はそこにはないと、私は気がついていた。

問題は、現象そのものではない。

通りすがりに現れるこの世ならぬ現象は、それきりだから怖くない。もちろん、映像やタイミング的に嫌なときもある。けれど、後腐れがないなら、すぐ過去になる。

本当に恐ろしいのは、因果の見えない障りや祟りだ。

理由を明らかにして対処するまで、これらはいつまでも憑いてくる。

ならば――考えなくてはならない。

何の理由で、私はあんなモノを視たのか。

写真に引っ張られただけか。

二枚の写真にほぼ連続しておかしなモノが写り込み、それらが続けざまに視えたことには、きっと理由があるはずだ。

無意識下で、私はあの場所に強烈な違和感を覚えていたのではないか。

だから、こんなふうに現れる。

怖いと思ったのは、臆病（おくびょう）だからというだけではない。

言いたくはないが、この世ならぬモノを視ることなんぞ、私の人生では珍しくない。にもかかわらず、女が、隧道が、これほどの恐怖を喚起するのは、そのもの自体が尋常ではない恐怖を孕（はら）んでいるからだ。

（そして、私と縁を結んだ）

土地。水。あるいは歴史。

潜んでいるのは、一体、何だ。


夜が明けてから寝る日が続いた。

こういうときに融通が利くのは、自営業のいいところだ。

夜中一杯起きているせいか、あの晩以来、女も隧道も見ていない。

私は時間を見つけては、神社周辺の歴史や民話を調べた。しかし、何の成果も得られなかった。

神社も田畑もいきなり降って湧いたわけではないので、どんな土地にも歴史はある。けれども、主題がわからなくては調べものも散漫になる。

歴史か民俗か自然史か。少なくとも「××村の怖い話」ではないだろう。

（出てくるときは出てくるとしか言いようがないな）

放り出す気はなかったが、血眼（ちまなこ）になるつもりはない。論文を書くわけではないので、証拠や根拠も必要ない。欲するのは、自身の納得のみだ。

女については、ひとつ思ったことがある。

名前はない、ということだ。

オーブが魂だというのなら、あれは魂の集合体だ。それがひとつに凝り集まって、古い女の姿を取った。ならば、あれは個人ではない。

あの場所で、特定の女の伝説を探しても見つからないに違いない。

感覚的に怖かったのは、女よりも川——隧道だ。

改めて地図を眺めると、下流に川の名前があった。地図に記される川には、ところどころに、その名前が書いてある。どのような規則性に則（のっと）って距離が定まっているかは知らないが、私が気にしている川の範囲に、名前は記されていなかった。

下流と同じ名と見ていいのか。

確認するため、ストリートビューで川を舐（な）めると、暗渠になる手前に橋が架かっていた。位置を定めて拡大する。親柱に名前があった。

（下流とは名前が異なっている）

仮に「貝田川」としておこう。

支流に分かれたり合流すると、川の名は変わる場合があるが、この名の境はどこにあるのか。

思い至るのは、神社の脇に架かった橋だ。あそこから川の景色が変わった。しかし、あれは如何にもの私設橋だった。行政区画とは関係ないのではないか。

(銘板はなかったはずだけど……)

記憶が曖昧だったので、私は写真のファイルを開いた。件の画像さえ見なければ、他は別に怖くない。

橋の写真はすぐに出た。はっきり確認できる画像はなかったが、銘板らしきものはない。

(手詰まりだな)

まあ、名前を知ったところで、意味はない。これ以上、おかしなことが起きないならば、手を放してもいいだろう。

私は肩の力を抜いた。

と、廊下で乾いた音がした。

緊張が走る。もう一度、少し近くで音が聞こえた。

私は周囲を見渡した。

滑稽な話だが、自宅にいながら、逃げるところはないかと考えたのだ。

仕事部屋からはリビングに行ける。だが、ドアを開けるのは怖かった。今は午前四時。夜が明けるには、まだ早い。

リビングの電気は点いていたか、それとも消したか。

うろうろと視線を動かしたが、幸い三度目の家鳴りは聞こえなかった。

大丈夫。建材が軋んだだけだ。

私は居住まいを正そうとして、そのまま机に手を突いた。

眩暈が襲った。刹那、目の端を何かが過った。

来るな。

私は大きく喘ぎ、

「来るな！」

悲鳴のように叫んだ。


「……まあ、それ以来、何もないんだけどね」

食後のコーヒーを飲みながら、私は小さく苦笑した。

向かいの席に座る佐倉は、怖い怖いと連発しつつも楽しそうな顔をしている。

つきあいは長いが、直に会うのは久しぶりだ。お互い怪談が好きなので、聞いた話や本の紹介がいつもの主な話題だが、今日、彼女はこう訊いた。

「最近、怖いことは起きていないの？」

空を変なモノが過ったとか、妖怪っぽいモノがエスカレーターに乗っていたとか、私はよく、たわいない怪談を披露する。ゆえに、そのときの問いかけも、軽いノリだったに違いない。

しかし、そう訊かれた私の顔は、自分でもわかるほど強張った。佐倉が怪訝な表情になる。最後に妙なことが起きてから、二カ月以上経っている。それでも、まだ記憶は生々しい。咀嚼しきれない経験を話したくはないとも思ったが、彼女は身を乗り出している。

ならば、

「なんで、あんなことが起きたのか、まったくわからないんだけど……」

語ったほうが楽になれる場合もある。

私はこれまでのことを話した。

「写真見たい」

話を終えると、間髪容れずに彼女は言った。

「パソコンに入っているから、ここにはないよ」

「今度見せて。メールで送って」

「マジ？」

「マジ、マジ」

私の感じた恐怖は伝わらなかったらしい。

怪談の語り手としては失格だが、私は微かな安堵を覚えた。他人にとっては、娯楽程度の話だと判断できたのは悪くない。

やはり、自分は臆病過ぎる。

私は己に苦笑して、コーヒーのお代わりを注文した。

——帰宅後、パソコンは開いたものの、私は例のフォルダーにカーソルを動かすことはなかった。

彼女が与えた安心感は、とっくに雲散霧消している。

結局、他人がどう思おうと、怖いものは怖いのだ。

夜中一杯起きていることは止めたけど、何かのきっかけで蒸し返されない保証はない。

(無視しようかな……)

写真を送ると、明確な約束はしていない。

ぼんやり、机に頬杖(ほおづえ)を突いていると携帯が鳴った。

佐倉だ。

反射的に電話を取る。挨拶(あいさつ)もなく、彼女は言った。

『写真、送らないで!』

「は?」

『帰ってから、荷物の整理をしようと鞄(かばん)を持ったらね、突然、すごく重くなって』

彼女はいきなり話し始めた。

『手を入れたら、手が』

「なんだって?」

『鞄に手を入れたら、手が私の手を摑んできたのよ』

声が上擦っている。

『手というより腕だった。鞄に腕が入ってた。ぎゃって叫んで放り投げたら、荷物がばらばらっと出たんだけど、当然、腕なんか入ってなくて』

「……そりゃ、入ってたら警察沙汰だよ」

『茶化さないでよ！』

「ごめん。でも、どうして」

『こっちが訊きたい！』

恐怖が怒りを誘うことはある。しかし、私が怒鳴られるのは理不尽だ。私は少し携帯電話から耳を離した。

「わかった。写真を送るのはやめとくよ」

渡りに船とも言えるだろう。

「でも、あの話に腕なんか出てこなかったでしょ」

『そうだけど、腕だったよ。なんで腕？』

「わからないよ。怪談聞いて、何かのスイッチが入ってしまったのかもね。関係ないモノが寄ってきたのかも」

『やめてよ。どうすればいいの』

「わからない……」

半端なことは口にしないほうがいい。

私は正直なところを繰り返し、また、何かあったら連絡をくれと言って、電話を切った。

携帯電話を握ったまま、私は再び頬杖を突いた。

——あの話、感染るのか。

怪談の中には、話しただけで影響するとされるものがある。障りが出る。それどころか、最後まで語ると命を取られると噂されるものまである。大正期の百物語で有名な田中河内介の話、フィクションなら『リング』も類型か。

この話も、そのひとつなのか。

(だけど、腕とは)

佐倉にはわからないと言ったが、私は引っかかるものを感じた。

二度目に女を見たときだ。背を向けた形からゆっくりと振り向く素振りを見せたとき、着物の袖がひらりと揺れた。

あのときにも違和感があった。揺れた袖の中には、手も腕も、肩もないように思えたからだ。

しかし、幻覚まがいの映像に整合性を求めても虚しい。だから、私は看過した。けれども、あの女の姿には意味があったのかもしれない。

(私は腕のない女を視、彼女は腕だけを視た)

少し、手の先が冷たくなった。

怪異は通り過ぎていない。声を掛けられるのを待っている。

友人を巻き込みたくはない。私も巻き込まれたくはない。

だが、どうすべきかというところに来ると、私の思考は再び止まった。

改めて佐倉から連絡が来たのは、数日後の夕方だった。

また腕かと尋ねたが、彼女は違うと言って言葉を続けた。

『この間、母親に神社の話をしたんだけどさ』

「え？　なんで？」

『怖かったから』

子供じみていると思ったが、同居している親とは元々仲が良い。不自然ではないだろう。いや、そんなことよりも、そこでまた何かが起きたのか。

少し焦って尋ねてみたが、彼女の答えは異なっていた。

数日前より、声も随分落ち着いている。

『母がその神社、知っているって言うんだよね』

「えっ、縁があるの？」

『行ったことがあるんだって。それでね、怖い場所だって言うんだよね』

「怖い？」

鸚鵡（おうむ）返しに私は訊いた。

『うん。呪い？　封印？　術というべきなのかな。ともかくあの川の周辺には何かの呪術（じゅじゅつ）が施してあって、だけど、それは村のためには良いことだから、触らないほうがいいってさ』

呪いも封印も、現実の中で聞くと、やや恥ずかしい響きがある。

「キミのお母さん、そういう話好きなんだっけ」

『実は大好きなんだよね。安倍晴明（あべのせいめい）とかパワーストーンとか』

○9○

気が若いと言うべきか。そんな話を娘と楽しくできるなら、仲が良いのも納得できる。

「わかった。ご忠告ありがとうと伝えておいてね」

電話を切って、私は部屋をうろうろ歩いた。

ある意味、これは非常にまずい。

この手の話が好きなのは、彼女の母親の比ではない。

(河川の呪術なら、治水がらみか)

パチンと音を立てたように、連想ゲームのスイッチが入った。

治水の呪術といえば、それこそ安倍晴明だ。京都鴨川(かもがわ)には晴明が氾濫(はんらん)を抑えるために、寺院を建てたという伝説が残る。しかし、鴨川と貝田川では規模が違う。あの細い川に、そんな呪術が必要だとは思えない。

いや、小さな川でも氾濫を繰り返す場所はある。東京なら神田(かんだ)川がそうだし、京都の天神(てんじん)川も、昔は下流が氾濫常襲区域だったと聞いている。貝田川でもあり得ないとは言い切れない。しかし、腕と隧道はどう繋がるのか。佐倉の母が言う呪術とは何か……。

翌日、私は神保町(じんぼうちょう)に向かった。

普通の主婦でも知ることのできる話なら、情報は得られると見たからだ。

現地を再訪するのが一番だろうが、腰を上げるまで何年も掛かった場所だ。東京で手に入るなら、それに越したことはない。

他県の歴史は、近所の図書館には置いていない。そして国会図書館よりは、神保町のほうが家から近い。

私は大型書店や古書店を回った。しかし生憎、地方誌はもちろん、呪術、民間伝承にも有益な話は見当たらなかった。私は少し考えて、建築土木専門の古書店に入った。

河川整備関係で、昭和以前のものを探す。

貝田川そのものよりも、河川関係の祭事やマジナイに手懸かりがないかと思ったからだ。

治水で多い話は人柱だ。実際の人骨が発掘されたりと、伝説とは言い切れない物証が出たケースには惹きつけられたが、湧水や貝田川の規模を思うと、さすがに説得力がない。

諦めずに本を見ていくと、黄ばんだ護岸工事の専門書に、こんな記述があるのを見つけた。

『盛り土の沈下や土砂崩れなど護岸が崩れやすい場合は杭を立てるが、稀に杭の代わりに人骨を用いる場合があった。近代の護岸工事の際、軟弱な底質を石灰処理するのと同様の原理で、骨に含まれるカルシウムが土を硬化、安定させた。骨は大腿骨または上腕骨が多く用いられるが、その他の部位も使用された。骨の供給源が判明している事例はないが、××地域の河川においては近隣の無縁墓から持ち出されたのではないかと推測されている。その他、貝殻・魚類・獣類の骨が用いられた事例としては』……。

私はページから目を逸らした。

腕の骨。

そこからの連想は容易かった。

貝田川は腕川か。あるいは貝殻や、貝殻のような骨片が出てきてついた名ではないのか。

（骨を埋める風習は、あの神社の近辺にも存在するのか？）

再度、本に視線を落としたが、斜め読みではそれ以上の情報は得られなかった。

私は本を棚に戻した。

ほかのページのほとんどは、具体的な施工法だ。プロのための本だろう。私の思いつきの真偽は、この本からは得られない。

（確かめたいなら、また行くしかない）

怖いという気持ちはまだある。しかし、このままでは気持ちが悪い。

今回の件を怪談として語るなら、理屈がつかなくても充分だろう。けれども、話の主役は自分だ。具体的な史実が出てこなくとも、得心して片づけたい。

不安を抱いたまま日々を過ごせば、花が散っただけで恐怖は甦ってくる。

来週の半ば、十二月になる。

朔日（さくじつ）なら、神主が社務所にいる可能性は高い。

私は再び日程を組んだ。


遠方でも再訪する場所は、距離感が摑めているから近く感じる。時間配分もわかっているので、その辺りは気が楽だった。

但し、今は日が短い。早めに出て、早めに帰ろう。

私は几帳面（きちょうめん）に予定を組んだ。しかし、思惑はすぐに崩れた。信号機トラブルで電車が遅延し、バスを一本逃したのだ。

神社に向かう路線のバスは、一時間に一本ほどしかない。

たちまち嫌な気分になった。こういうトラブルは凶兆に思える。だが、まだ時間は充分にある。早めに出たのが幸いしたと、私は自分に言い聞かせ、次のバスに乗り込んだ。

前回よりバスは混んでいた。とはいえ、座れないほどではなかったので、私は窓際の座席に腰を下ろした。

町を出ると、みるみるうちに視界に緑が増えていく。冬空は低く垂れ込めていたが、都会育ちの自分にとっては、それもまたひとつの興趣となった。

(気分は悪くない。不安もない)

心身の状態を確認しながら、景色を眺めていたときだ。

——突然、大きなクラクションが響いた。

急ブレーキが掛かった。悲鳴が上がる。

自転車に乗った子供が、バスの前を横切ったのだ。

抱き抱えていたリュックがクッションとなり、幸い怪我はしなかった。しかし、降車口に立っていた老人は杖を放してよろけ、倒れた。

自転車の子供は行ってしまったが、年寄りは起き上がれないようだった。近くの席にいた人が、一人ならず駆け寄った。

「お爺(じい)ちゃん、大丈夫?」「動かさないほうがいい」「救急車呼んで」

ローカルバスだ。乗客のほとんどは顔見知りなのだろう。私が手を出すまでもなく、次々と助けが入って、老人は自力で床に座った。

意識ははっきりしているようだが、こういうのは後が怖い。

「ほかに怪我をした方はいませんか」

バスを脇に寄せた運転手が確認し、どこかに電話を掛け始めた。数人の客がバスを降り、残りが落ち着きを取り戻した頃、パトカーと救急車が来て、代わりのバスが到着した。これから、事故の検証だろう。客がぞろぞろ移動する。私も列に従った。

――間が悪すぎる。

新たな席に腰を下ろして、私は眉間(みけん)に皺(しわ)を刻んだ。

不吉な気分が甦る。

(引き返したほうがいいのだろうか)

既に当初の予定より、二時間以上遅れている。午後一番で着くはずが、このままだと三時を過ぎる。社務所に人がいなければ、張り紙にあった番号に電話をしてみるつもりだったが、住まいが車を使う距離なら少し迷惑になるかも知れない。

神社最寄りのバス停まで、あと五つ。引き返すにも半端な時間と距離だ。

迷ううち、停留所に着いた。

地面に足を着けた途端、私は焦る気持ちのまま、急ぎ足で神社に向かった。

ここまで来たら、行くしかない。

半ば走るように参道を通って一気に石段を登り詰めると、丁度、社務所から人が出てくるのが見えた。装束を着てないので神職かどうかはわからなかったが、私は慌てて声を掛けた。

「すいません。お守りがほしいんですが」

息が切れている。

お守りを頂きたいというのは話を聞くためのきっかけだ。だが、観光地でもない神社に駆け込んで、いきなりお守りがほしいというのは作戦としては失敗だろう。

案の定、声に振り向いた初老の男は、怪訝な顔でこちらを見つめた。

「もっと早く来るはずだったんですが、バスが遅れて……」

訊かれてもいないことを喋(しゃべ)って、私は愛想笑いを浮かべた。まだ息が弾んでいる。

「先にお参りしてきますので、お願いできますでしょうか」

そこまで言って頭を下げると、漸く相手は頷(うなず)いた。よかった。なんとか引き留められた。

私は手水を使って、参拝を済ませた。その間に呼吸も整った。男性は社務所に戻って、受付の窓を開けている。

改めて頭を下げると、男性が先に口を開いた。

「バスって、さっきの事故?」

さすが田舎は情報が早い。

「そうです。日を改めようかとも思ったんですが、遠方から来たもので」

「ああ、そう。どこから来たの」

口数は少なく、ぶっきらぼうだが、なんとか話ができそうだ。私は続けた。

「東京です。ここへは以前も参拝させて頂いたんですが、すごく印象に残ったので、思い立って、また来たんです」

「へえ」

「あそこの湧水と、下の川が素敵ですよね。何か伝説はないんですか。もし、神社のご由緒書があったら頂けないでしょうか」

「由緒書ね」

男は探す素振りを見せたが、伝説についての答えはなかった。

「ないなあ」

由緒書もないらしい。

早く帰りたいのかもしれないが、反応が鈍い。ならば、少し踏み込むか。

「下にある橋、面白いですよね。橋を境に景色が違う。上流は森になっているんですか？　神社の社叢なんでしょうか」

立て続けに尋ねると、彼は「あそこね」と頷いて、少し口数を多くした。

「今は境内から外れているけど、昔は川を挟んだ隣に寺が建っていたんだよ。この神社と関係した寺」

「神仏習合だった頃ですか」

「うん。そう。よく知ってるね」

「歴史好きなんで……橋の袂（たもと）の石も？」

「石？」

「膝の高さほどの石が、神社側の岸に見えたんですが、あれも昔の何かですか」

「あれは……」

男は一旦（いったん）、口を濁して、

「よく見てるね」

呆（あき）れたような口調になった。

「目についたので」

私は微笑む。

「あの石の上から森になっている感じもあったので、橋のなかった頃、境界を示す石だったのかなと想像しまして」

結界という言葉は敢（あ）えて使わない。それが功を奏したわけでもなかろうが、男はまた少し饒舌（じょうぜつ）になった。

「梵字（ぼんじ）が彫られていたって話だけど、今はもう風化して読めないんだよね。対岸にもあったって話もあるけど、それももう、ない。今は神社と関係ないから管理もしていない。湧き水を祀（まつ）ったんじゃないかと言っている人もいるけどね」

「池の神様ですか」

「そう。ここの池、昔はもっと沢山の水が湧いていたんだよ。土手からも、染み出ていただろう？

それで地盤が緩くなって、しょっちゅう崩れるもんだから、樋を通して、下流の護岸を工事した。上と下で景色が違うのは、大体そのせい。昔の境内は上流よりも下の方に広がってってね、バス停に常夜灯があったの気がついた？　あそこまで境内だったんだよ」

やはり、最初は警戒していたのか。一旦、話し始めると、ぶっきらぼうな感じは消えた。男は小さな目を細め、ここが式内社であることや、昔は川に沢ガニが沢山いたことなどを聞かせてくれた。だが、佐倉の母が聞いたという、呪術の話は出てこない。

少し水を向けてみる。

「川の名前はなんですか」

「××川」

男は下流の名前を出した。

「貝田川ではないんですか」

言うとまた、男の態度が硬化した。知っていて、とぼけたと思われたのだろう。しまった。

実際、とぼけたのだが、確認のためなら、最初から貝田川かと訊けばよかった。

「それは、もっと上流」

男は下を向き、お守りを入れる袋を探した。

「厄除けをください」

仕方ない。私も話を打ち切った。

潮時だろう。こちらから振ったとはいえ、男の話は長かった。私はお守りを頂いて、礼を言って体を退いた。

「お引き留めして、すいませんでした」

社務所の奥に掛かっていた時計で、時間は確認していた。直近のバスにはもう乗れない。次のバスまで四十分近くある。焦ったところで手遅れだ。

去っていく男の後ろ姿を見送って、私はゆっくり池に向かった。

結局、何もわからない。

(神仏習合時代にあった宮寺には、墓地も付随していたのだろうか)

そう思うのは、人骨を使った護岸整備の話が頭から離れないからだ。

小説家的な想像をするなら、宮寺管理の無縁墓地の骨を使って、湧水で崩れやすくなった土手の補強工事をしたのだ。そして、部材となった骨の持ち主の霊を鎮めて、かつ土砂崩れを防ぐため、寺は石に術を施し、梵字を刻んで結界とした。

(とすると、旧境内の中が貝田川で、外が××川になるのかも)

元々は、バス停周辺までが神社の境内だったのだ。境域が縮小するまで、村人はこの川に介入できなかったのかもしれない。

池の下流は、土があまりに崩れるため、近代に整備されたのだろう。

もちろん、神社側が不浄としての骨を嫌って、整備を促した可能性もある。けれど、これは当時の宗教的感覚や棲み分けによって変わってくる。

それよりも、川を生活に使っていた時代、岸を崩す湧水は恵みよりも厄介さが先立ったのではなかろうか。近隣の氏子達の不満は、きっと神社にも届いたはずだ。

ならば、あの〝女〟は……。

私は池の端に立った。

写真の影が記憶に浮かぶ。下手な好奇心が動かないよう、今回、カメラは持ってこなかった。

それでも、影の立っていた辺りを凝視してしまう。

引き剝がすように視線を逸らすと、池の向こうに小祠が見えた。

前回は、気がつかなかった。

冬になって下草が刈り取られ、背の低い祠(ほこら)が現れたのだ。

(弁天社か)

近寄って、私はしゃがんで手を合わせた。

(……ならば、あの〝女〟は、封じられた湧水の女神かもしれない)

伝奇小説なら、それでいい。

水場のせいか、空気が冷たい。

じっとしていると、改めて境内の静かさが気になった。

立ち上がる。もう、誰もいない。聞こえてくるのは、水音だけだ。

既に日は傾いている。急速に夜に向かう境内は、既に影をなくしていた。暗闇という質量が徐々にのしかかってくる。

（逢魔が刻）

いや、そんな想像はしなくていい。もう、帰ろう。けど、その前に……。

少し迷って、私は川への石段を下りた。二度と来ないだろうから、もう一度、きちんと見ておきたい。最前の小祠のように、見落としているものはないのか。

梵字を刻したという石は、影になって見えなくなっていた。

私は橋を半ばまで渡った。しかし、川の上流に視線を向けることは叶わなかった。息を凝らして下を向き、ただ佇んでいるだけだ。

（馬鹿みたい……）

一体、何をしているのだ。

ひとりで肝試しをしているようなものではないか。

貝田が腕でも骨片でも。そう、私には関係ない。

帰ろう。

これでまたバスを逃したら、本当に本当に、ただの阿呆だ。

顔を上げると、微かな風が頬を撫でた。蜘蛛の糸が絡んでくる。それを片手で払うと同時に、突然、上流から黒い気配が渦となって押し寄せてきた。

（気のせい。知らない）

私は踵を返した。

闇に沈んだ隧道で、大量の腕が蠢いている。小さな手が凝り集まって、古い女の姿を作る。

（そんなの、妄想でしかない）

景色はほぼ闇に没している。気をつけながら慎重に古い石段を上っていくと、最上段の脇石に何かが貼り付いているのが見えた。

思わず、目が吸い寄せられた。

浮き立つような白い半紙だ。

その中央に、泥まみれの手形がべったり押してある。

それが、はっきり、目に映った。

心臓が跳ね上がる。

石段から転げ落ちそうになった。私は辛うじてバランスを取り、震える四肢を必死に宥めた。

あの男か。

社務所の中から訝しげにこちらを見ていた、男の目が思い出された。

それとも、下るときに気づかなかったのか。

何のために。

誰が。

いや。今、そんなことはどうでもいい。冷静な判断は必要ない。

たとえ、ただの悪戯だろうと、これは呪術だ。私がそう思ってしまったからには、呪術となる。

手印なら、誓約と意思表示だ。形に意味を見るならば、掌を向けるのは禁止のサインだ。

通行禁止。戻るな。そうだ。橋を渡れば車道に出られる。けれど、私は振り向きたくない。

「橋を渡る」なんて、絶対、嫌、だ。

息を止め、私は一気に石段を上った。

境内は既に真っ暗だ。拝殿の脇に薄暗い外灯が一本だけ光っている。そこを後目(しりめ)に立ち止まりもせず、境内を抜け、門を抜けて鳥居を抜けて車道に出て、息が苦しくなるまで走った。

バス停に到着したときは、汗で顔が濡れていた。涙も交ざっていたかもしれない。

荒い息を吐きながら、私はリュックからお守りを出した。

『厄除』と文字の織られた赤い袋を握りしめる。

この神社のお守りが、果たして守ってくれるのか。疑問はあったが、縋るしかない。

握った指の震えが止まない。

馬鹿みたい、じゃない。馬鹿だ、私は。

佐倉の母は、怖い場所だと教えてくれていたではないか。その忠告を、私は無視した。

電車が遅れて、バスが遅れて、引き返す機会は何度もあった。不安もあった。それをなぜ、警告と受け取らなかったのか。

それがわからなくなるほどに、私は搦(から)め捕(と)られていたのか。

バスが来るまで、あと数十分……。

『そんな話してないよ』

電話の向こうで、佐倉が首を振るのがわかる。

「お母さんに話したんでしょ」

『うん』

「それで呪術が掛かっているから、触らないほうがいいって言われたんだよね」

『怖いから、触らないほうがいいんじゃないとは言ったけど、呪術なんて』

彼女は笑った。

「だって、お母さん、あの神社、知っているんでしょ」

『知らないと思う。地縁ないし』

「知っているって言っていたよね」

『言ってない』

記憶障害だ。

だが、どちらの記憶障害か。

私ははっきり憶(おぼ)えている。しかし果たして彼女の母は、本当に呪術などと言ったのか。佐倉がアレンジして忘れたか。それとも、私が頭の中で会話を勝手に捏造(ねつぞう)したのか。

いずれにせよ、あれも警告だったに違いない。

結局、あの場所はなんだったのか。

この先も多分、答えは出まい。

だが、たとえ呪術だったとしても、その術とやらは綻(ほころ)び始めているのではないか。梵字を刻んだ石が風化し、護岸工事で何かが崩れて、だから、私の写真に写った。

そして、厄介な湧水のごとく、それは〝今〟に滲(にじ)んできている。

――数年後、怪談のイベントがあった。

知人の誘いで行った小さなホールで、若い男性が喋っていた。

「怪談と言うほどではないのですが」

「その橋の上に立ったとき、携帯電話が鳴るそうです。でも、非通知どころか、画面には何も表示されない。無表示というのは海外からの着信の場合もあるそうですね。だから、おかしいとは言い切れないのですが、電話に出ても音もしない。彼女は気味悪くなって電話を切ったんです。ところが少し経って、また神社から橋を渡ったら無表示の電話が掛かってきた。今度は電話には出なかったけど、そののちも数度、同じ事があって、彼女は怖くなって、その橋を渡らないようにしたということです。因縁があるかはわかりませんし、話はそれだけなんですが、当人はとても怖がってましたね」

なぜ、あの橋の話が出るのか。私がそれを聞いているのか。

縁は未(いま)だに切れていない。


拙稿を書くに当たって、私は参考にした写真を探した。

十年以上、昔の写真だ。

見つけるのに時間が掛かったが、最終的には古いハードディスクに入っていることが判明した。

出てこなければよかったのに、と思ったものの仕方ない。

写真をスクロールしていくと、記憶のままに、池の畔の画像が出てきた。

クリックして拡大し、私はすぐ下を向き、視界に入れないまま閉じた。

また、馬鹿みたいなことをしている。

白い影は写ったままだった。だが、視界に一瞬捉えたそれは、小さな粒の塊でなく、女の後ろ姿に変化していた。

慌てて、ファイルすべてを閉ざす。

万というピクセルの集合体が、または気泡の集合体が、ハードディスクの暗闇で醸成されていたというのか。

年月で摩耗するのではなく、成長し続けるモノもあるのか。

川の写真はどうなっている。

今、改めて写真を見たら、あの場所に行ったら——どうなるのか。

私は大きく息を吐いた。

止めておこう。

これはフィクションだ。

ピリオドがつかなくてもいいのだと、最初に私は言明している。だから、このまま終えてしまおう。

ドブに嵌まることはない。もう、嵌まっているのかもしれないが。

燃頭のいた町

◉

名梁和泉

名梁和泉（なばり いずみ）◉

1970年東京都生まれ。明治大学卒業。現在、会社員。2015年、『二階の王』で第22回日本ホラー小説大賞〈優秀賞〉を受賞し、デビュー。ほかの著書に『マガイの子』『噴煙姉妹』がある。

受験勉強を苦にしての自殺。

大学入試が過熱していた時代の話だ。希望が叶わなかったり、成績が上がらずに自ら死を選ぶ学生も少なくなかった。動機として十分な説得力はある。

ただ、その方法があまりに異様だった。首吊りでも飛び降りでもなく、焼身自殺。しかも大量の灯油を飲みくだしてから火をつけるという凄惨なものだったという。おそらく正気を失っていたのにちがいない。遺体がどんな有様だったか、詳しく語られることはなかった。

じつを言えば、それが本当に起こった事件かすら定かではないのだ。当時、僕たちの周囲でささやかれていた噂は、死後の彼にまつわるものだった。

追いつめられて自ら選んだ死さえも、彼に平安を与えなかった。件の受験生は、今もこの土地を彷徨いつづけている。ひょろひょろに痩せた長身、糸で吊られたような足取りで道を歩きまわる。その輪郭は遠目にも不自然で禍々しく、見た者を震え上がらせるという。

目撃者は大抵「姉貴の先輩」や「同級生の知り合い」だった。他愛のない噂と笑うのは簡単だが、小学生の僕らには身に迫る恐怖であり、同時にまたとない娯楽でもあった。

もしもその姿を見かけたら、すぐに踵（きびす）を返して来た道を戻らなければならない。「燃頭（ねんず）」を見た者は、冥界（めいかい）との境目にいるからだ。逃げ遅れれば「燃頭」に捕まって、骨まで焼かれてしまうだろう。事実、不可解な状況で消息を絶った者たちがいた。ジョギング中に失踪（しっそう）した大学生。牛乳を買いに出たまま帰らなかった主婦。ある日、境界を踏み越えてしまう可能性は誰にでもあった。

とりわけ注意が必要なのは、日暮れどきである。

萩庭清太（はぎわせいた）と僕の場合も、そうだった。

朝からヘリの音が喧（やかま）しかった。一機だけではなく、何機もつづけて飛来した。この界隈（かいわい）では珍しいことだ。少なくとも、僕が実家へ戻ってからは初めてだった。

カーテンの合わせ目に両手を入れ、鼻を突き出すようにして上空を窺（うかが）った。仕事を辞めて以来、音に過敏な状態がつづいている。いや、うるさいのは昔から苦手だ。とくにモーターなどの周期的な機械音が厭（いや）だった。意識から締め出すことができず、心を支配されてしまう。ものを考えられなくなる。少し前までなら、頭から布団をかぶって飛び去るのを待っただろう。

でも、今朝の僕はそうしなかった。何かが変わりはじめた兆しかもしれない。

ベランダへ出るサッシを引いて埃（ほこり）まみれのサンダルを突っかけたとき、三機目が頭上を飛び過ぎた。濃緑色をした双発のヘリコプター。横腹の数字が読み取れるくらいの低空だった。少し先にもう一機。その先にも。縦列に間隔を保ちながら飛行していく。

両耳を押さえて編隊を見送った。九月の空は、文字通り高く晴れわたっていた。

機影が芥子（けし）粒大になると、僕は地上の風景に視線を落とした。ローター音が去り、霊園めいた静けさが支配を取りもどしている。きびしい陽光に照らされて伸びきったアスファルト。亀裂（きれつ）に沿って染みの浮いた市営住宅の外壁。駐車場の白い軽自動車たち。かつて忌み嫌っていた眺めが、今は薬湯のように神経をほぐしてくれる。この二〇年でそれなりの変化があったはずだが、僕の目には昔とまるで同じに見えた。

急に空腹を覚えた。この生活では無理もないが、前にも増して食が細っている。昨夜（ゆうべ）もいい加減なものしか食べていない。食欲が湧くのも回復の兆しだろうか。階下へ行って何か腹に入れよう。不思議と軽い気持で部屋へ戻りかけたとき、何かが視界の端に引っかかった。

僕は伸び上がって西の方角を見つめた。違和感の源は、すぐに分かった。

高台に建ちならぶ、濃い灰色をした建物の輪郭。

縁町（ゆかりちょう）団地。二〇年前、萩庭清太が暮らしていた場所だ。

取り壊されたんじゃなかったっけ。ぼんやりと首をひねった。そう聞いたはずだ。

しかし、現に建っている。給水塔のすぐむこうに。記憶ちがいらしい。生欠伸（なまあくび）を噛（か）み殺して背を向けた。そろそろ、今後のことを考えなければならない。

後ろ手にサッシを閉めかけたとき、首が勝手に動いて外を振りかえった。

清太が住んでいた団地は、もうどこにも見当たらなかった。

清太と僕は、いわゆる幼馴染みだった。同じ幼稚園から同じ小学校へ進み、クラスもずっと同じ。「のうみ」と「はぎわ」で出席番号がつづいていたから、授業や課外活動で行動をともにすることが多かった。なりが大きいのに内向的な僕と、小柄だが謎の自信に充ちあふれた清太。悪くない取り合わせだったと思う。

初めて「燃頭」の噂をもたらしたのも、たしか清太だ。当時の小学生ならごく当然のことだが、とくに彼は怪談やオカルトめいた噂を大好物にしていた。バミューダトライアングルから油すましまで、彼の抽斗は広くて深かった。

「ここらの話なのはまちがいない」

清太は断言した。昼休み。四年四組の教室。小学校の昼休みなんて、せいぜい二〇分程度だったはずだ。今ならメールの二、三本も打つうちに過ぎてしまう時間だけれど、子供のころは着地点のない会議と同じくらい長く感じた。五限の授業が始まるまでのあいだ、僕らはこうして愚にもつかない話題に花を咲かせたものだった。

「なんで分かんだよ」

同級生の占川亨（たしか、この字で合っていたはずだ）が、むやみと喧嘩腰の口調で問いかえした。彼には、相手かまわず反射的に咬みつく癖があった。

「お前ら、テレビや雑誌で燃頭の話を聞いたことあるか？」

僕と亨は横目を交わして首を振った。「テケテケ」だの「首無しライダー」だのといったメジャーな都市伝説は今や噂の域を越えパロディの素材になるくらいで、鮮烈な恐怖感は失われて久しい。けれど「燃頭」の話はメディアで見かけたことがない。友達や隣人のみから語られる、純然たる口伝えの怪談だったのである。よそでも聞かれる話かは分からない。

「有名じゃないからだろ」

口を尖らせる亨に憐れみの視線を投げ、清太は声をひそめた。

「死んだ受験生の家って、縁町にあったらしい。公民館の裏あたり」

いきなり身近すぎる。清太の住む団地からも、そう遠くない。

「誰から聞いたの」

「タンタンだけど」清太は、さらに声を低くして僕の問いに答えた。

僕と亨は、眉を上げて微妙なニュアンスを交換した。

「タンタン」は本名を旦谷さんといい、この学校の用務員をしている。小刀で刻みつけたような風貌で物腰が荒く、目つきも鋭い。身長も一八〇センチ以上あって、あえて近寄る生徒は少なかった。その、数少ない生徒のひとりが清太だった。なぜか波長が合うらしい。強面のタンタンも、清太が相手だと少しだけ柔和な顔つきになるのだった。

「兄貴は二人とも東大行って、上のは医者になったんだ。だから三男も勉強勉強って親からケツ叩かれてさ。けど、生まれつき脳味噌が足りなかったんだな。いくら勉強したって、ちっとも成績が上がらねえ。何浪もしてるうちに、とうとうおかしくなっちまって」

亨が厭な顔をした。彼はスポーツ万能だが、成績は学年最下層に属している。清太も勉強熱心とは言えないが、持ち前の要領のよさからテストではいつも上位だった。

「なんでタンタンがそんなこと知ってんだ？」

「みんな知ってるよ、俺たちの親だって。地元じゃ有名な話。子供には言わねえけど」

言うはずがない。受験絡みの自殺というのが生々しいし、そもそも内容が残酷すぎる。父親の実家で石油ストーブを使ったことがあるけれど、あの臭いには閉口した。どれほど追いつめられていたとしても、灯油をごくごく飲むだなんて考えただけでぞっとする。

そのうえ、死んだ浪人生は火の点いた紙切れを口に放りこんだというのだ。

「頭がマッチみたいに燃えたって」

体内の灯油にそう上手く引火するものなのか、僕には分からない。タンタンの話では、綺麗に頭だけが燃えたらしい。気化して喉や鼻孔に充満した油が爆発的に発火したのだそうだ。

生きた松明と化した受験生は、自力でドアを開けて二階の勉強部屋を出た。そして、異変を察知して駆けつけた父親に抱きついたという。もつれあって階段から転落したときには、とっくにこときれていたはずだ。もちろん、家も火事になった。父親の生死は不明。

「マッチみたいって、誰が見たんだよ。タンタンか？」

亨が鼻を鳴らした。どうしても難癖をつけたいらしい。清太は余裕たっぷりに、

「二番目の兄貴だろ。医者のほうはよそに住んでて無事だったけど、下の兄貴は部屋から出てきた弟を見ちまった。それで、すっかり」頭の横で指をまわしてみせた。

頭が灯心と化した弟を間近で見たら、まともではいられないだろう。西南町のY病院に今も入院しているそうだ。劣等感に苛まれつづけた三男だったが、ある意味では兄たちを超えたことに

なる。永く語り継がれる存在になったのだから。

「燃頭」の目撃談には、いくつかのバリエーションがある。

大抵は、道のむこうからひょこひょこ歩いてくるパターンだ。夕方から夜にかけて出没することが多く、その輪郭は黒く塗りつぶされている。あたりに焦げくさい臭いが漂い、あっというまに影が近づいてくる。腰を抜かした目撃者の前まで来ると「燃頭」は初めて目と口を開ける。頭蓋の中で燃えさかる地獄の焔が見える。両耳から白い煙が上がって……。


ハロウィンの南瓜みたいなかんじかな。ジャック・O・ランタン。

大きな南瓜の中身をくりぬいて仕込んだロウソクに火を点す。当時はまだハロウィンなんて異国の風習には馴染みがなかった。映画の『E．T．』で見た程度だと思う。日本人が仮装で盛り上がるようになったのは、ずっと後の話である。南瓜提灯もいわばシンボルマークであって、本物を見た記憶はない。「燃頭」の原型になった可能性は低い。

背もたれに体重をあずけて、僕は自室の天井を見上げた。羽目板から埃の房が垂れ下がっている。今どき、実家住まいの中年男は「子供部屋おじさん」などと揶揄されるらしい。出戻りとはいえ、僕もきっとそう呼ばれるのだろう。この机も、中学時代から使っていたものだ。

そのせいか、長いこと顧みなかった子供時代の記憶が鮮やかによみがえる。

清太の皮肉な微笑。理科室の石綿。担任の顎にあった大きな黒子。給水塔の後ろに沈んでいく夕陽。気になっていた女の子の名前だけが、どうしても出てこなかった。

格別、幸福な子供時代だったとは思わない。でも、今と比べれば。

——大人になったって、何もいいことなんかないぜ。

萩庭清太の口癖がよみがえった。

ネット動画の自動再生で「ネバー・ネバー・ランド」が低くかかっている。『ピーター・パン』の挿入歌。ピーター・パンと同じく、彼も大人になることを拒絶したのかもしれない。現実を撥ねつけるような雰囲気をまとった子供だった。オカルト趣味も、おそらくその一環だったと思う。中でも「燃頭」の都市伝説にはご執心だった。

「燃頭」と遭遇した者は結局、どうなるのだろう？

目撃談が残されている以上、生還したと見るべきだ。それとも、彼らは幸運な例外なのだろうか。その点については、清太も口を濁した。

暇に飽かせて「燃頭」と検索窓に入力してみる。手応えは薄い。唯一、ネット怪談を集めたサイトで似た話が引っかかった。僕にとってはすっかりご存知の内容だが、末尾の一節が気になった。『その後、Aは失踪しました。未だに行方が分からないままです』

まさか同級生の誰かが、これを……。

マグカップを口許にはこびながら苦笑する。ネット上の怪談はコピー&ペーストを繰りかえしながら受け継がれていくものだ。オリジナルが書かれた時期を特定するのはむずかしい。登場人物が死んだとか失踪したとか、陳腐な怪談にありがちなクリシェにすぎない。

ブラウザのタブを切り替えようとして、ふと指が止まった。

緋色から次第に藍を深くしていく街路。給水塔の前を抜ける直線道路だ。街灯が点々と光を放ちはじめる。運動場脇の街路樹。その陰から、おぼつかない足取りで現れる人影。

距離はかなりあった。でも、厭なかんじがした。

——達生、戻ろう。

自転車を止めた清太が横顔のまま言う。暗がりに彼の白目が浮いて見えた。

僕は耳を疑った。縁町団地はもうすぐ近くだ。給水塔の先を右に折れたら一〇〇メートル足らずの上り坂。上りきったら左手に入口がある。

僕の問いかけを封じるように、清太は低く言葉を重ねた。

——今来た道を、まっすぐ戻るんだ。

『九月分が未入金ですが、どうなっていますか。連絡ください』

ガレージで鉢植えに水をやっていると、ポケットの中で薄い板が震えた。

すぐに分かった。震えかたで分かる。女の悪意が波となって伝わるのだ。仕事を辞めたことは伝えてあるし、むこうが生活費に困るはずはない。あの男と未だに籍を入れないのは、僕からもっと毟り取る魂胆だからだ。

忌まわしい文字列を指先で追い立て、僕は水やりをつづけた。名も知らぬ植木たちが、いっせいに葉を縮めた気がした。

見たところ、僕は平静そのものだ。家の前を通る人々が僕に目を止めても、植木をいじる中年男としか思わない。しかし、この植物たちは鋭敏に感じ取る。僕の身体から発する怒りの余熱を受けて、枝葉を震わせる。前から気づいていた。元は父が世話していた連中である。これが僕の役目だから面倒を見る。それだけだ。愛着などない。お前たちまで僕を批難するなら、止めてもいいんだ。ぜんぶ枯れたって何の痛痒も感じない。

如雨露を投げ出して屋内に戻ろうとしたとき、壁際に寄せた電動自転車が目に留まった。

バッテリーが気になったのだ。最後に乗ってから何日か経っている。父は数年前に免許証を返納してしまったし、僕は元から車に乗らない。今は、この自転車が唯一の足である。母は膝を悪くしてから乗らなくなったが、坂の多い町では必需品と言える。食料や細々したものは生協の宅配を頼むか、僕が買いに出る。それも僕の役目だ。

思った通り、残量はわずかだった。玄関までキーを取りに行き、やりかたを思い出しながらバッテリーを取り外した。片手に提げて家の中へ戻る。洗面台のコンセントにつなぐと、低いハム音が聞こえた。二時間ほどで満タンになるはずだ。

拳固で肩を叩きながら二階へ上がり、ベッドに腰を下ろした。

腹の底で燠火がくすぶっていた。連絡が来るのは分かっていたから、驚きはしない。ただ不快なだけだ。最後に会ったときの孝介の姿を思い出す。生白い頬に退屈を張りつけ、しきりと携帯電話に目を落としていた。質問への答えは長くても二言か三言。僕への質問はなし。

通帳を取り出して、分かりきった数字を眺めた。今でも小まめに記帳している。この数字が減るにつれて、余命が削られていく気がする。あの女も、よく理解しているだろう。だから前より催促が増えたのだ。僕が仕事を辞めるまでは、途絶えることも多かったのに。彼女が相手の弱みを見すごすことはない。昔からそうだった。

通帳を抽斗にしまって、閉めきったままのカーテンを開けにいった。なるべく部屋に日を入れるように心がけているが、つい忘れてしまう。

レールの途中で引っかかったカーテンを無理に滑らせ、何の気なしに外を眺めた。

変わりばえしない風景。静かに朽ちていく郊外の眺め。

無表情に背を向けかけた僕は、雷光に打たれたように立ちすくんだ。

給水塔のむこうから、灰色の輪郭が覗(のぞ)いている。瞬(まばた)きを繰りかえしても、古くさいコメディみたいに目をこすってみても、影が消え去ることはなかった。

僕は……干上がった喉の奥でつぶやく。おかしくなりかけているのだろうか？

ありえないものが見える。妄想。幻視。治まりかけていた動悸(どうき)が再びピッチを上げ、耳の後ろで川の流れる音が轟(とどろ)いた。

手荒くサッシを引き、サンダルを突っかける暇も惜しんでフェンスに取りついた。

荻庭清太が住んでいた縁町団地。十数年前に取り壊されたはずの建物。

まちがいない。昨夜、ネットで調べたのだ。老朽化のため解体され、敷地は商業用地として払い下げられた。今は、中規模の量販店が建っているはずだった。

だが、あれは量販店ではない。子供のころ見た団地のシルエットそのままだ。

五年生に進級したころから、清太は少しずつ変わっていった。

唇に張りついていた不敵な微笑が失せ、上目で妙に強張った表情をするようになった。無断で学校を休むことが多くなり、担任との関係もこじれた。すぐ傍にいた僕にも理由は分からなかった。理由などなくても、日々変わっていく年ごろだ。かすかな不安を覚えはしたけれど、どのみち身のまわりは不安だらけだった。

その日、清太は片足を軽く引きずっていた。膝をかばっているように見えた。僕は横目で様子を窺っていた。やっと尋ねる気になったのは「コウジヤ」の前だった。当時、よく二人で立ち寄った個人経営のスーパーである。

店舗の前に自転車を停め、スタンドを立てたタイミングだった。

「え？」清太は眉をひそめて振りかえった。

「足だよ。どうかしたの」

「ああ……階段、踏みはずした」

「階段て、団地の？」曖昧にうなずいて、清太は自動ドアの前に立った。

階段を踏みはずした。清太が？　僕は内心でいぶかしんだ。本当だろうか。

つっかえながらドアが開き、僕たちは店内へ入った。僕たちの背はもう陳列棚を追い越していて、奥のレジカウンターまで見わたせた。去年までは背伸びしないと見えなかったのに。

半ズボンのポケットに手を突っこんだまま、清太は棚を縫って歩いた。まだ右足を引きずっているが、朝よりはだいぶましだ。黙りこくったまま、清太は奥の冷凍ケースの前まで行った。五〇円のアイスバーを買って、外の赤いベンチでかじる。清太はソーダ味。僕はオレンジ。ときどき浮気するけれど、その日はいつも通りのチョイスだった。

僕たちがカウンターの前に立っても、中に掛けた老婆はぴくりとも動かなかった。半眼でうつむいている。かすれた鼾が聞こえ、清太と僕は苦笑いを交わした。

居眠りは毎度のことだが、以前なら客の気配で目ざめていた。日ごとに反応が鈍くなる。これじゃ店番にならない。息子夫婦の姿は見えなかった。夕暮れどきは、いつもそうだ。ほかに客もいない。清太がアイスを放り出すように置くと、老婆はようやく顔を上げた。

「いらっしゃい」悪びれる風もなくレジのキーを叩いた。僕たちはポケットから五〇円玉を出してカウンターに置いた。「はい、ありがとうございました」硬貨をレジに落とすと、婆さんは最初と同じ姿勢に戻った。清太と僕はアイスを提げて店を出た。

ベンチに掛けようとすると、清太が道のむこうを顎で指した。

「公園で食おうぜ」

緑町公園は道路を挟んだ向かいにある。なぜ習慣を変えるのか不思議だった。

公園は空いていた。真ん中のタコ型滑り台に低学年の連中がひとかたまり。奥のベンチで年寄りが鳩に餌をやっている。僕たちは西側のアスレチックまで行き、丸太に腰を下ろした。低くなった日がブランコや平均台を橙色に染め、アイスは少し溶けはじめていた。

アイスバーをかじりながら、清太はうれしそうにコウジヤの婆さんの話をした。

「長くねえな、あれじゃ」

「まだ、そんな歳じゃないだろ」

「そんなって、いくつだよ。七〇くらい？」

答えにつまった。六〇代にも見えるし、八〇と言われたらそんな気もする。自分の祖母と比べても、よく分からない。小学五年生から見れば、年寄りはどれも似たようなものだ。大昔から歳を取っていて、世界が燃え尽きるまで老人でいるだろう。

さほど興味もない話題が途切れ、何秒かの沈黙が下りた。アイスバーはほとんど棒だけになっていた。暮れゆく公園の風景を見わたし、清太が低い声で言った。

「こないだの、あれだけどさ」

眉を上げて「あれって」と尋ねかえすと、清太は少し苛立った顔で言った。

「見ただろ、俺んちの近くで」

浮かべかけた笑みが途中で凍った。運動場の並木から彷徨い出てきた人影。操り人形のような、ひょこひょことぎこちない動き。頭が真っ黒だった。まとわりつく煙も見えた。

「何だったの、あれ」あの日、僕たちは来た道をたどって学校の傍まで戻った。儀式めいた悪ふざけと僕は受け取ったけれど、清太は何もオチをつけなかった。あと少しで団地だったのに。僕は首をかしげながら清太についていった。彼が「もういいよ」と言うまで。

「タンタンが言ってたんだ。燃頭を見たら、来た道を戻れって」

どんな顔をしたらいいのか分からない。本気だろうか。たしかに妙な歩きかただったが、僕は合理的な解釈をすでに見つけていた。

「まさか……酔っ払いだよ」

時間が早すぎたけれど、昼間から酒を呑む人種もいるだろう。くわえ煙草の酔っ払い。近づかないに越したことはない。ある意味で、清太の判断は正しかった。だからといって、あんなところまで戻るのはやりすぎだ。清太の態度に気圧されて言い出せなかったが。

「なら、いいけどさ」どことなく投げやりな調子で言って、清太は顔をそむけた。怒らせたのだろうか。最近は、いつも不機嫌だ。木の味しかしない棒をくわえて、僕は言葉を選んだ。酔っ払いでも「燃頭」でも、どっちだっていい。心配なのは清太のほうだ。

「たしかに、何か妙だったな。周りの……」

「音がしなかった」清太が断定的な口調でさえぎった。交じりっけなしの真顔だ。その瞳に妖しい煌きを見て、僕は思わず息を呑んだ。

「音？」

「町の音さ。車とか、人の話し声とか、いつも聞こえてる音。いきなり消えたんだ。気味が悪いくらい静かだった。それから、燃頭が出てきた」

「そう……だったかなあ」

脳内で再生される映像はたしかに無音だが、記憶ってそういうものだろう。あの瞬間、風が止んだのは憶えている。見飽きた風景に膜が一枚かかったみたいなかんじがした。

「そうだよ」くぐもった声で答えると、清太は腰を浮かせて後ろのポケットから小さな袋を取り出した。僕は目を丸くして袋を見つめた。オレンジ色をしたスナック菓子の包装。

「食えよ」袋を開けて無言で差し出した。

僕は首を伸ばして中身を見下ろした。変わったものが入っていたわけではない。見馴れたスナックが詰まっているだけだ。でも、背中に大きな虫がとまったようなかんじがした。

「これ……」

「コウジヤから持ってきた」

「え、お金は?」僕たちはアイスの代金しか払っていない。

「あの婆あじゃ、棚ごとパクったってわかんないだろ」

「盗ったのか? まずいって。返してこようよ」

声が裏がえった。まぎれもない臆病者の声音だ。

「もう開けちゃったし」

「だけど……」袋を開けた時点で後戻りは利かないが、食べたら共犯だ。頑なにかぶりを振る僕を横目で見据えて、清太はスナックを口に放りこんだ。蔑むような目つきだった。僕は理不尽な後ろめたさを覚えた。いいえ、僕は食べてません。自分だけ助かろうとしている。

清太は僕の気持を見透かしたように、

「いらなきゃいいよ。ぜんぶ俺が食う」醒めた口調で言った。

「初めて?」

「いや。婆さんだけのときは、ちょくちょく」

「ばれたらどうすんだよ」

「ばれるわけねえじゃん。寝てんのが悪いんだ」

「もう、止めようよ。店の人に悪いよ」

僕の懇願を無視して、清太は怒ったような顔つきで口を動かした。僕はその場から逃げ出したくなった。よく知っていたはずの友達が、いきなり別人と入れ代わったような気がした。清太から離れたいと思ったのは、そのときが初めてだった。

「昨日も見たんだ」ふくみ笑うような声で、清太が言った。

「見たって……」

僕は戸惑った。「燃頭」のことらしい。急に話題が戻った。

「どこで」

「公民館の近く。次はもっと近づいてみる」

清太は微笑を浮かべた。久しぶりに見る不敵な笑みだった。


莫迦げているのは承知で、出かけてみることにした。

無意味なことに心を囚われるのは珍しい話じゃない。少し前までなら、強引に心から締め出そうとしただろう。忘れようとすればするほど気にかかり、眠りにも影響する。早めに執着を解くことが肝心だ。今なら時間もある。自分がまともだと証明したい気持もあった。

あの団地のはずがない。見まちがいに決まっている。

足音を殺して一階へ下り、洗面所で自転車のバッテリーをコンセントから外した。充電はまだ完了していないが、さしあたり保つだろう。

　廊下の突き当たりを窺うと、扉のガラス越しにテレビの光とおぼろげな影が見えた。昼食はとっくに済んでいる時刻だ。そう考えてから、あらためて空腹に気づく。今日も食べるのを忘れていた。実家へ戻った当初は両親と食事をともにしたけれど、最近では避けている。

　──治るまで、ゆっくりしたらいい。

　父の穏やかな口ぶりが、逆に重荷だった。母は何も言わない。二人がどこまで状況を把握しているのか分からず、会話が嚙み合わないことも多かった。

　片手にバッテリーを提げてスニーカーを突っかけた。電池の重みが、子供じみた行動に現実味を与えてくれる。久々に近所を走ってみるだけだ。自分に言い聞かせた。途中で何か買って食べればいい。ついでに団地があったあたりまで行ってみる。それではっきりするだろう。

　虚ろなガレージで自転車に電池を装着すると、腹の熾火がまた狼煙を上げた。

　ありもしないものを見るのも、眠りが浅く途切れがちなのも、すべてあの女のせいだ。病気のことは何度も説明した。ストレスを避ける必要があるとしつこく言ったのに、平気で僕を責め立てた。孝介もだ。母親から色々と吹きこまれたのだろう。心から可愛いと思えたのは何歳までだったか。話しかけても答えず、学校も休みがちになった。厄介ごとばかり起こした。

　また、ヘリの音が響いている。思わず見上げたが、トタン屋根にさえぎられて見えるはずもない。昨日より遠く感じる。一機か編隊かも分からない。

　ガレージ内で車体を反転させて補助動力の電源を入れた。昔の自転車にそんなものは付いていていなかった。急な坂を立ち漕ぎで乗りきったときは、誰も見ていなくても誇らしい気持になったものだ。一心同体だった愛車は家を離れているあいだに錆びて朽ち果て、呆気なく処分されてしまった。車体の色さえ、もう憶えていない。

家の前の道路へ出ると、昔の気持が少しだけよみがえった。子供は子供なりの悩みを抱えていたはずだが、今の歳になれば分かる。

あのころは、もっと身軽だった。どこまでも走っていける気がした。

ペダルを踏み、電気の力を借りて僕は滑り出した。住宅街の風景が流れはじめた。

診療所前のY字路に差しかかると、僕は片足を着いて少し迷った。

記憶の底を探って左の道を選ぶ。まっすぐ行くと児童館の裏に出るはずだ。そこから街道を渡り、阿弥陀くじを縫うように西へ向かう。解答はいくつもあった。

充電が済んでいないことを思い出して補助動力を切った。平地なら電気なしでも走れる。縁町団地は高台にあった。あそこまで行く気なら、最後の上り坂まで動力を取っておくほうが無難だろう。走りながら首を伸ばしたが、町並や木立にさえぎられて団地は見えなかった。

当たり前だ。見えるはずがないのだから。

はずむ木洩れ日に片目をすがめ、僕は自嘲の笑みを浮かべた。

いい歳をして、何をやっているのだろう？　縁町団地が見えたから何なのか。僕自身の現実とは何の関わりもない。通院と職探し。養育費の振込。日一日と両親は老いていく。去年、父も八〇を越した。病院に付き添うことも増えた。いつどうなるか知れたものではない。転がりこんでおいて現金な話だが、このまま家を出られなくなることへの危惧（きぐ）がある。

たぶん、間に合わないだろう。襟元の汗を感じながら、僕は腿（もも）に力を込めた。覚悟は出来ている。親を看取って、あとはどうにか独りで生きていく。僕自身、いつまで生きられるか分からない。それでも、終わりまでは生きなければならないのだ。

公園脇の道路へ出た。しばらく平坦（へいたん）な道がつづく。

コウジヤの老婆を思い出した。あのとき、八〇をいくつか過ぎていたはずだ。今ならおおよその見当がつく。ひと口に高齢と言っても、七〇代と八〇代では大きな差がある。会話が要領を得なくなり、いつもとろとろ眠るような目つきをして……。

何気なく公園の彼方（かなた）に目をやった僕は、急ブレーキをかけて自転車を停めた。

サドルにまたがったまま、木々の合間から覗く古びた建物を凝視する。よほど険しい顔をしていたのだろう。歩道のカップルが怪訝（けげん）な目つきでこちらを見た。

『ハッピーストア　コウジヤ』公園の砂埃を透かして、くすんだピンクの看板が見えた。

「知らなかったんか、お前ら」

竹箒（たけぼうき）を壁に立てかけて、タンタンは呆（あき）れたような口ぶりで言った。

「何をだよ」亨が口を尖らせる。先生ではなくても、タンタンは大人だ。もっと丁寧な言葉遣いで話したほうがいい。肘（ひじ）を摑んでたしなめようとしたが、振りはらわれた。

無礼を気にする素振りもなく、タンタンはコンクリの高くなったところに腰を下ろした。胸ポケットからくしゃくしゃになった煙草のパックを取り出し、悠然と火を点ける。僕たちは気にしなかったし、咎める者もいない。体育館裏のひとけのない場所だ。タンタンを捉まえるには好都合だった。僕たちは、ずっとチャンスを窺っていた。

「お前らだって、X重工くらいは分かるよな」

濃い煙を吐きながら、タンタンはとある大企業の名を口にした。小学生でも何となく耳にしたことがある社名だった。親が話題にしていたからつぶれたことも知っていたけれど、自分たちには関係のない話と決めこんでいた。

「それがどうしたんだよ」

亭の声音に敵意がにじんでいる。にんまり笑って、タンタンは鼻から白い煙を噴いた。この人の笑顔を初めて見た気がする。真顔より、むしろ怖ろしげに感じた。

「あいつの親父、Xの下請けに勤めてたんよ。ネジだのビスだの納めとるメーカー」

「だから」相変わらず噛みつくような調子で亭が言う。

「Xが民事再生になったんは先週だけんど、だいぶ前からあかんかったやろ。下請けから先に切られて、払いも焦げついて。つまり、お給料が出ねえってこと。分かるか」

亭と僕は無言で顔を見合わせた。分からないが、いい話じゃないことくらいは理解できる。それも、相当よくない部類の話。ほかでもいくつか耳にした。世の中全体が不景気らしい。

「そのせいなんですか、清太がいなくなったのは」

「さあな。知らんよ」庭石のような顔を逸らして、タンタンは吐き捨てた。僕たちは思わず一歩後退した。相手はいかつい容貌の大男だ。少し態度を硬くしただけで気圧されてしまう。ゆっくり煙を吐いたタンタンは、からかうような目つきで僕たちに向きなおった。

「あいつの親父、酒癖が悪くてなあ。会社が不味くなってからこっち、毎日呑んだくれちゃあ女房をどついてたらしい。お前ら、聞いてないんか」

友達甲斐がないと言わんばかりの口ぶりに、僕は傷ついた。亨も同じだったろう。何か言いかけて口をつぐんだ。自分の身に置き換えてみたら、すぐ分かることだった。友達だからこそ話せない。絶対に知られたくないはずだ。とくに、清太のような性格ならば。

「でも、いきなり学校に来なくなるなんて」

いつものずる休みと思っていたが、かれこれ二週間以上経っている。担任は清太の存在に触れなかった。縁町団地まで行ってみようかとも考えたが、まだ決心がつかない。

「女房……って清太の母親だが、さすがに堪えかねて逃げ出したんちゃうかな。清太と弟も連れてよ。学校にゃ、何か言ってあるかもしんねえが」

五年生になって、清太は変わった。口数が減り、自暴自棄な態度を見せるようになった。足を引きずっていたこと、万引きのこと。兆候はいくつもあった。

気づいていたんだ。僕はひそかに唇を噛んだ。何もできなかったけれど。

「あんたには話してたんだな」気落ちした様子で亨が言った。

「俺なら後くされがねえし、口が堅えしよ。お前らも、他人さまに言うんじゃねえぞ。俺から聞いたこともだ。分かってんな」

「分かってます。ありがとう、教えてくれて」

僕たちは横目を見交わし、肩を落としたまま男に背を向けた。煙草を踏み消したタンタンが腰を上げる気配がした。そのとき、つぶやくような声が聞こえた。

「もしか、燃頭に捕まったのかもしんねえなあ。清太のやつ」

「ふざけんな」振りかえった亭の肩を押さえた。こんどはしっかり摑んで放さなかった。そうしなければ、亭は本気でこの大男に飛びかかりかねなかった。

「あんたの莫迦話に付き合ってる場合かよ！」

「莫迦話なんかじゃねえ。清太は何べんも見てる。達生って、お前だよな？　最初んとき、一緒だったはずだが」

肩から力が抜け、亭は啞然として僕を見た。僕は舌打ちしたい気分で、

「あれは、お化けじゃない。ただの酔っ払いですよ。清太は信じてたみたいだけど……旦谷さんが妙なこと吹きこんだからでしょう？」

タンタンの表情を前にして、僕たちの怒りは冷えこんでいった。男はもう笑っていなかったし、色の薄い瞳に奇妙な光を宿していた。

「そだな」呆けたような声で男は言った。「かもしんねえ」

「このあいだも見たって言ってた。学校に来なくなる少し前」

亭が苦いものを吐くように言った。

「公民館のあたり？」僕の問いに、亨はかぶりを振った。

「いや、団地の前の坂だって。何だか、うれしそうな顔してさ。気味悪かったぜ」

「どうでもええ。どのみち、ただの噂話よ」

放るような科白に呆れかえった僕と亨は、言葉もなくタンタンを見つめた。だったら、なぜそんな話をしたのか。まことしやかな来歴まで添えて……無責任じゃないか。

「嘘だったんですか」

「受験生が自殺したのは本当さあ。そいつが燃頭かは、俺だって知らん」

「何が言いたいんだよ」亨が苛立ちを露わにする。

「燃頭だろうが何だろうが、その手のもんはむこうにいるってことよ」

「むこう？」

「いいか？　人間ってのは、何本かの糸でこの世に結わかれてんだ。糸が切れりゃ、むこう側へ流れてっちまう。もやいの切れた舟みたいにさ。お前も、いちどは踏みこんでたわけだ。運がよかったな……清太のやつ、ぜんぶ厭になっちまったんだろうよ」

やっぱりこいつ、いかれてる。亨の横顔にはそう書いてあった。僕も同感だった。タンタンに話しかけたことを、今では後悔していた。

「そんなはずないよ」力のない口調で亨が言いかえした。

「子供に何が分かる」

タンタンは鼻を鳴らした。憐れむような顔をしていた。僕は不思議な気持に頸を締めつけられた。清太がいなくなって、この人も寂しいのだと思った。

「お前らが当たり前に思っとる暮らしなんざ、あっというまに変わっちまうんだ。この先、一度や二度はあるだろう。もうたくさんだって思うときがな」

「旦谷さんは、むこう側へ行ったことがあるんですか」

タンタンは深くうなずいた。恥じ入るような表情をしていた。

「じゃ、なんで戻ったんだよ」

亨の問いに、男はねじけた笑みを浮かべた。

「むこうで飲み食いせんかったからさ」

僕と亨は、同時に深い息をついた。これ以上、世迷言に付き合っても時間の無駄だ。無意味な会釈を返して、僕たちは再び背を向けた。

「お前らも気いつけよ。ひと口でも食ったら帰れなくなるぞ。忘れんな」

僕たちはもう反応せず、やりきれない思いで足を速めた。


赤いベンチも昔のままだった。塗装がひどく剝げているが、かろうじて赤いことは分かる。

自転車のスタンドを立て、僕はまた店の看板を見上げた。

記憶通りだ。地色のピンクが日に焼けて、白抜きの文字が読み取りづらい。店舗前面のガラスには細かい傷が無数についていて、店内の様子が蜃気楼のように霞んで見えた。

清太と過ごした日々が、一〇倍速のスライドショーのように脳裏を駆けめぐる。

懐かしさより、いぶかしむ気持のほうが先に立った。とっくにつぶれたと思いこんでいただけで、たしかめたわけではない。土地と建物が自前なら、細々とした売上でも店をつづけることはできるはずだ。経営者夫婦は相当の高齢だろうが、子供が店を継いだのかもしれない。

自分に言い聞かせながら自動ドアの前に立った。つっかえつっかえ大儀そうに開くのも、昔と同じだ。思わず苦笑して、僕は薄暗い店内に立ち入った。

客はいない。ＢＧＭのたぐいもなく森閑と静まりかえっている。天井の照明を見上げて顔をしかめた。端の黒ずんだ蛍光灯が気だるく瞬いている。いくら古い店でも、今どきならＬＥＤに換えていそうなものだ。空白の目立つ什器も、昔と変わらないように見える。

それに……この臭い。酸味を帯びた臭気が薄く漂っている。気の滅入る臭いだった。靴底がざらざらする。砂埃が溜まっているのだ。不潔さへの嫌悪が募った。

もう、出よう。踵を返しかけて、奥のカウンターを一瞥する。

中でうつむいている老婆。素手で心臓を摑まれた気がした。

もちろん、あの婆さんのはずはない。生きていれば、優に一〇〇歳を越している。

ひたいを片手で覆った。当時、あの夫婦は何歳だっただろう。四〇代半ばくらい？　三〇年経てば七〇代。簡単な足し算だ。それにしても、似ている。あの老婆、たしか夫の母親ではなかったか。いぶかしみながら店の奥へ足を進めた。さっさと立ち去らねばと思いながら、衝動を抑えきれなかった。ただの妄想と、たしかめたかったのだ。

最近の僕はどうかしている。昔のことをしつこく思いかえしたり、あるはずのない団地を見たり。実家へ戻ったことも影響しているだろう。

清太……喉の奥が急に締めつけられた。なぜ、いなくなった？　別れも告げずに。

ふと、鼻先の棚に置かれた袋に目を留めた。掌に収まるくらいのオレンジ色をした包装。あのとき、清太が万引きしたスナックだ。デッサンの狂ったキャラクターが、つぶらな瞳で僕を見かえしている。記憶と寸分たがわぬデザインだった。

まだ売ってたのか。裏がえして賞味期限を読み取った僕は、焼けた鉄に触れたみたいに袋を投げ出した。黒ずんだ床の上で、スナックが乾いた音を立てた。

「あんただろ、盗んだのは」虚ろな声が天井に響いた。

レジまで約二メートル。たたらを踏んだ僕の靴が、砂埃でざらりとすべった。思わず手近の棚に掴まった。商品が床に落ちる。足下に転がった即席ラーメンのカップを見下ろして、僕は大きく喉を鳴らした。沁み出した冷汗が襟元を浸していく。

この食品メーカーは、もう存在しない。二〇年近く前に経営破綻したはずだ。

「何とか言ったらどうなんだ」

うなだれて目を閉じたまま、老婆は身じろぎもしない。ささやくような声音に、首をすくめたくなるほどの憎悪が込められていた。

「僕じゃない」声が震えた。いつもこうだ。たとえ事実であっても、自信をもって主張することができない。そのせいで、いつも損をしてきた。会社でも、家でも。

「嘘をつけ、泥棒。年寄りと思って、莫迦にしくさって」

「ちがう。盗んだのは清太だ」

「他人のせいにするのかい」

パニックを押し殺しつつ、僕は姿勢を低くして老婆の顔を窺った。うつむいているせいで唇が見えない。本当に、この人がしゃべっているのだろうか。

「売上が合わないって、嫁に叱られて……口惜しい」

生乾きの洗濯物に似た臭気が押し寄せて鼻と口を覆った。腐臭。僕は悟った。店の中のものすべてが腐敗し悪臭を放っている。この老婆もだ。

「今日こそ逃がすものか」

ゆっくりと顔を上げた老婆の両眼は、まだ閉じられたままだ。しなびた肩が震え、瞼がひくひくと痙攣した。僕は急いでカウンターに背を向け、床の砂塵に足を取られながら棚のあいだを駆けぬけた。彼女の瞳を見たら、取りかえしのつかないことになる気がした。

自動ドアの開く速度は怖ろしく緩慢で、堪らず隙間に両手を差しこんでこじ開けた。外へ出た途端にマットがすべり、僕は前のめりに手を突いた。右手首に鋭い痛みが走る。

呻きながら店内を振りかえると、密度を増した悪臭が吹きつけた。老婆の姿は見えない。

愚かしくつっかえながら自動ドアが閉じた。緋色の光が乱反射している。

やっとの思いで身を起こした僕は、その場に立ち尽くした。

視界が紅く霞んでいる。木々の狭間から差す西日のせいだと理解するまでに数秒を要した。家を出たのは二時半過ぎだった。ここまで走ってくるのに、せいぜい三〇分。日暮れにはまだ早すぎる。汗まみれのひたいを拭（ぬぐ）った瞬間、店内から物音が響いた。汚れたガラス越しに小さな影が見えた。左右の棚にぶつかりながら通路をやってくる。

自転車に駆け寄ってポケットを探った。汗で滑ったキーが地面に落ちる。ドアのガラス越しに人影が浮かび上がった。浅い息を吐きながら鍵（かぎ）を拾った。

鍵を差しこんでサドルにまたがったとき、べつの臭いがうっすら漂ってきた。

焦げくさい。

視界の端に黒いものが映った。時間が長く薄く延ばされ、自分の呼吸が耳元で響く。僕は静かに首をめぐらせて公園の方角を見た。木立の陰から、よろめきつつ現れた人影。真っ黒く塗りつぶされている。逆光のせいか、白煙をまとっているようにも見えた。

——達生、戻ろう。

清太の声が耳によみがえった。脳の奥底に沈んでいた記憶が、陸に揚げられた深海魚のように膨れる。自動ドアの開く音が聞こえた。僕は振り向きもせず、ペダルに片足を乗せて体重をかけた。電動自転車は、ふらつきながら舗装の上に滑り出した。

ねばつく汗が喉もとをつたい、熱をはらんだ太腿が重たく疼（うず）く。

路肩に自転車を停めて、上体をハンドルにあずけた。生ぬるい風が頭上の枝葉を揺らし、汗に濡（ぬ）れた肌から体温を奪っていく。これほど長く自転車を乗りまわしたのは、子供のころ以来だった。地元とはいえ、大きなブランクがある。どの道をどう走ったのか分からない。

頭の隅にわだかまっていた疑念が、徐々にかたちを取りはじめた。店から逃げ出したとき目撃した夕焼けの光は、今も西の空に漂っている。携帯電話で時間をたしかめると、まだ四時過ぎだった。九月半ばの日の入りが何時か正確には知らないが、どう考えても早すぎる。コウジヤを出たときから、時間の経過が体感と符合しなくなった。

あのとき、街路樹の陰から現れた人影。子供のころに見たのと、そっくり同じだった。

顔を上げて周囲を見まわした。運動場の鉄柵(てっさく)越しに黒い木肌。点々とつづく街灯の光。少し奥に目を移すと、日常の遠近感を逸脱した巨大な足が見えた。

給水塔。思わず肩が縮んだ。

ここは三〇年前、僕と清太が「燃頭」を……よろめく人影を目撃した場所だ。

がっくりと首を折って、僕はさっきの光景を思い起こした。錯覚に決まっている。老婆の声は、きっと幻聴だ。古い罪の記憶が目前の光景と共鳴したのだろう。だから……顎の汗を拭い、僕はかぶりを振った。押し寄せる腐臭も老婆の姿も、五感に深く刻まれている。

自分を信じられない。僕の脳は、とうとう異常を来たしてしまったのだろうか。

帆が風を孕(はら)むような音が頭上から聞こえた。あるいは、巨大な旗がはためくような……僕はハンドルにもたれたまま顔を上向け、音がどこから来るのか突きとめようとした。給水塔の上から響いている気がしたが、上空は薄闇につつまれて何も見えない。

突然、きなくさい臭気が鼻を衝(つ)いた。僕は振りかえった。

青いパジャマを着た男が、両手を垂らして道を歩いてくる。街灯の光に照らされ、もう黒く塗りつぶされてはいない。右足だけスリッパを履いていて、左は裸足だった。そのせいで肩が傾き、ひどく不恰好な足どりになっている。

白煙をまとった頭部だけが、石炭のように黒い。

自分の叫び声が聞こえた。高い場所から落ちそうになったときの声だ。

しびれた腿に力を込めたが、軋むばかりで車輪が回ってくれない。車体ごと倒れそうになって、無理やり立てなおした。右手首と両膝が鈍い痛みを放つ。親指でパネルを探って補助動力を最大にした。ようやく走りだした。サドルから腰を浮かせて後ろを振りかえった。

パジャマの男は、肩を揺らして一心に進んでくる。僕に追いつこうとしている。愚かしいほどの熱意に吐き気を催した。車道に下りて、さらに加速した。タイヤが舗装を食む音が大きく響いた。静かすぎる。ようやく気づいた。夕方のまだ浅い時間なのに車一台通らず、道を行く人影もない。町を充たす雑音も、いっさい聞こえない。

――音がしなかった。車とか、人の話し声とか、いつも聞こえてる音。

また、清太の声が聞こえた。

あれは……今、僕の背後にいる青いパジャマの男が「燃頭」なのか。灯油を呷って焼身自殺を遂げた受験生。少年のころ耳にした、他愛のない都市伝説のキャラクター。

――お前も、いちどは踏みこんでたわけだ。

いつ？　コウジヤに入ったときか。とうに亡くなったはずの老女。足下に転がったラーメンのカップ。スナック菓子の包装に記された賞味期限。

三〇年前の日付だった。たしかに見たのだ。

——今来た道を、まっすぐ戻るんだ。

悪寒が濡れた首を舐めた。無理だ。ここまでどうやって来たか分からない。

正面にガードレールが見える。大昔の記憶がよみがえった。二車線の道路は右へ直角にカーブし、その先が縁町団地へ通じる坂道。ハンドルを切った途端、タイヤがスリップした。後輪が段差にぶつかり、舗道に突いた右脚が軋みを上げる。

血走った目で、来た道を振りかえった。

白煙をたなびかせて歩く男の影。思ったより近くにいる。ほんの一〇メートル。

動力付の自転車を全速で飛ばせば三〇キロは出る。追いつけるはずがないのに……戸惑っている暇はなかった。その間にも「燃頭」は距離を詰めてくる。

毒づきながら地面を蹴った。坂を上るしかない。

再び腰を浮かせた。腿が裂けそうだ。そのわりに速度が上がらない。パネルに目を落とした僕は、喉の奥でまた悪態をついた。「BT=Lo」表示が点滅している。電池切れだ。絶望的な気持で坂の上を仰いだ。黒くそびえる縁町団地の建物を見ても、驚きはなかった。どうせ、ありえないことばかりだ。音のない無人の街路。頭から白煙を上げて追いすがる怪物。悪夢なら醒めてくれという紋切型の言いまわしが、今は心からの叫びだった。

汗の滴を振りまき、身体を伸ばして体重を注ぎこんだ。動力を失いかけた車体が、重荷と化して四肢を痛めつける。化け物は疑いなく僕を追っている。追いつかれたらどうなる?

揺れる視界の中でパネルが光を失った。ペダルが急に重くなり、車体が傾いた。運よく自転車の下敷きにならずに路面を転がった。這いつくばったまま、僕は迫り来る影を見つめた。はずむような足どりで「燃頭」が上ってくる。距離は七、八メートル。車体を引き起こすか迷った。電池が切れた以上、普通の自転車より重量があるだけ厄介だ。走りだす前に捕まるかもしれない。化け物に背を向け、僕は自分の足で駆けだした。

緑町団地の入口に差しかかったとき、頭上からまたあの音が聞こえた。風を受けてはためく巨大な旗。さっきよりずっと低く、風圧が髪を撫でたのが分かった。路面をすべっていく影が見え、ばさり、と着地する音が行く手から響いた。

僕は立ち止まって前方の薄闇を見つめた。一〇メートルほど先が坂の頂だ。その先に何がいるのか、ここからでは知りようがない。首を返して背後を窺った。

白煙の尾を引く男の影。今では頭部に焰の色がちらついている。

数秒の逡巡のあと、僕は緑町団地の入口をくぐった。足下に気を遣いながら、磨り減った階段を駆け下りる。下りきったところで、また足を止めて前方の様子を観察した。敷地の中央を幅の広い舗道がつらぬき、両側にL字形の建物が二棟。七、八階建てだろうか、縦横に並んだ窓に光は見えない。道の両側を仕切った植栽のむこうは、花壇と駐輪場で占められている。

ひと息に敷地の中ほどまで駆け、痛む手首を押さえて後ろを振りかえった。

植木の隙間から紅い光が覗く。小刻みに跳ねながら移動している。

左の植栽が切れたところから横道へ入り、花壇を踏み越えて棟へ向かった。屋根付きの駐輪場に沿って奥へ駆けていくと、建物の入口が見つかった。扉はなく、いきなりがらんとした玄関ホールになっている。最近では考えにくい造りだ。ホールの隅に、ワイヤ入りのガラスが張られた小さなエレベーターがあった。照明は落ちていて内部は暗闇である。

壁面に並んだステンレス製の郵便受けが、侘(わび)しい蛍光灯の光を反射していた。さまざまな姓が書かれた郵便受けを眺めるうち、

――これぱっかだな。

数枚の葉書を取り出して眺める清太の姿が脳裏によみがえった。

首を伸ばして横から覗きこんだが、小さく印刷された漢字が読めなかった。

――知らないのか。「とくそくじょう」だよ。

――どういう意味?

清太は答えなかった。

彼の部屋まで上がったことはない。何か借りるものがあって、ここで待たされたのだ。団地の敷地に立ち入ったのは、それが最後だった。そう……彼が登校しなくなってからも結局、僕はここを訪れなかった。ことの真相を知るのが怖かった。

――階段で行くの?

――エレベーター、なかなか来ないからさ。すぐだから待ってて。

清太の家は何階だったろう?　ポストの名札を探しかけて目を逸らした。もしも「萩庭」のプ

レートを見つけたら……なぜか、それが怖ろしい。

ポケットの携帯電話を取り出し、息をはずませながら画面を見下ろした。

四時四四分。心臓が不自然な強拍を刻んだ。不吉な数字の並びは偶然としても、日の入りにはまだ早すぎる。玄関ホールの中まで入りこんだ夕闇と符合しない。

予想に反して圏外ではなかった。電話。どこに電話すればいいだろう。警察……お化けに追いかけられています、と訴えるのか。場所は？　縁町団地です。ずいぶん昔に取り壊された……悪戯扱いされるのが関の山だ。それでも試してみる価値は……。

突然、携帯が震えた。画面に実家の番号が表示される。夢中で通話ボタンを押した。

「達生？」細い声で父が呼びかけた。不覚にも涙ぐみそうになる。

「ああ、うん」

「どこにいるんだ。ご飯はどうするって、お母さんが」

「ごめん。自転車で出かけたら、道に迷っちゃって」

「迷った？　子供じゃあるまいし。早く帰ってきなさい」

「それが今、縁町の」焚き火の臭いが鼻を衝いた。

僕は目を見ひらいて入口を凝視した。ぼう、と風に煽られる焔の音が聞こえる。入口脇の壁面に紅い光彩が映り、白煙が舞いこんだ。携帯を摑んだままエレベーターに駆け寄り、上昇ボタンを乱打した。かご室の照明が点り、しずしずと扉が開いた。

中に飛びこんで階数ボタンをたしかめた。七階まである。

「達生、達生」虫のような声で父が呼んでいる。携帯をポケットにねじこみ、叩きつけるように最上階のボタンを押した。扉がのろのろ閉まりかけるより早く、いがらっぽい熱風が流れこんできた。閉じた扉のガラス越しに、青いパジャマの背中が見える。こちらに向きなおりかけたとき、エレベーターは思いのほか滑らかに上昇しはじめた。

函（はこ）の壁にもたれて階数ボタンを見つめた。どうすればいい？　やつはエレベーターを使うだろうか。それとも、階段。いずれにせよ長居は無用だ。七階に着いたら、エレベーターが一階に呼ばれるかを確認する。呼ばれたら、すぐに階段を駆け下りる。鉢合わせだけは避けたい。

ポケットから携帯を取り出したが、通話はもう途切れていた。

軽い衝撃もなく、七階へ到着した。「燃頭」が待ちかまえているのではないかという恐怖に駆られたが、扉の窓から見えたのは淡い照明に浮かぶ通路だけだった。

扉が開いた。すり足で通路へ出て周囲を見まわす。どうやら、エレベーターシャフトはL字の二辺が接する位置にあるらしい。左手と正面に外廊下が長く延び、手すりの上に夕闇が広がっていた。僕はよろめきながら手すりを摑んだ。都下のベッドタウンだけに高い建造物が少なく、彼方まで見わたせる。唯一の例外が、あの給水塔である。地平線には多摩（たま）の山並が暗くわだかまっていた。指差すことはできないけれど、僕の実家もこの薄闇のどこかにあるはずだ。

何かがおかしい。目の前の光景に疑問符が付いた。変化に乏しいとはいえ、実家の近所には高層マンションが何棟か建っていたはずだ。ここから見えないはずがない。

何かが夜空を横切った。鳥の群れか、悠然と羽ばたいて給水塔の天辺(てっぺん)に止まった。タンクの上を歩きまわっている。僕は目を細めてその輪郭を凝視した。痛みにも似た違和感がこめかみを刺す。タンクとの縮尺がおかしい。鳥にしては大きすぎる。

二つ、三つ、四つ……肩を並べて、こちらを見ているように感じられた。

団地の入口で、僕を脅かした影。あれだ。頭上から羽ばたく音が聞こえた。団地の屋上にもいるらしい。僕は両手を放して後ずさった。通路を冷ややかな風が吹き抜けた。

ここにいては駄目だ。逃げよう。早く。

エレベーターは照明を点したまま動きだす気配がない。宙に首を突き出して、建物の構造を確認した。赤銅色の鉄柵で囲まれた階段がL字の両端にある。階と階のあいだでいちど折りかえす、よくあるタイプの外階段だ。

警戒しながら正面の通路を進んだ。青白い色をしたドアが並ぶ。各戸に住人がいるかは分からない。格子窓はすべて暗く沈んでいた。外階段の踊り場から数段下りて、長方形の螺旋(らせん)の中心を見下ろした。錆びた手すりに視界がさえぎられて様子が分からないが、動くものの気配はなかった。焦げくさい臭いもない。僕は心を決めて階段を下りはじめた。早く地上へ戻りたかった。

階段を下りていくあいだ、いくつかの物音を耳にした。金属製のドアパネルを内側から引っかく音。拍子木をでたらめに打ち鳴らすような音。老人が張り上げる不機嫌な声。部屋の中からするのはたしかだが、どこと特定することはできなかった。

無人じゃない。住民がいる。窓の灯りはひとつも見えなかったのに。

五階まで来て下の踊り場を見下ろすと、黒いものが横たわっていた。一瞬「燃頭」かと疑ったが、床の鉄板に長く伸びているだけで動かない。練炭のような黒い物質。かすかに燃え殻の臭気を放っている。周りに灰が飛散していて、踏まずに通ることはできそうにない。

呼吸が徐々に荒くなる。左胸を押さえたが効果はなかった。

ぎりぎりまで近づき、手すりから首を伸ばして四階の踊り場を覗いた。

焼け焦げた棒状のものが転がっている。白いジョギングシューズを履いていた。

僕はくぐもった悲鳴を上げて身をひるがえした。四つん這いで階段を駆け上り、ようやく五階までたどりつく。頭蓋の中心で鼓動が轟き、いちどは乾いた汗が再び全身を浸した。

あれは人間だ。「燃頭」の抱擁を受けて炭になるまで焼かれ、焼け切れた片足だけが階段を転げ落ちたのだ。痛みも忘れて廊下を駆けた。度を失っていた。エレベーターの前を駆け抜け、逆側の外階段をめざす。喘ぎながら突っ走り、階段にたどりつきかけたとき、
オトウサン　ゴメンナサイ
つぶやくような声が聞こえた。外階段の鉄柵から緋色の焔が覗く。四階から、ゆっくりと昇ってくる。焼け跡の風が顔に吹きつけ、僕はその場にうずくまった。懸命に立ち上がろうとするが、膝の感覚が失せて力が入らない。恐怖に足が萎えてしまった。

ゴメンナサイ　アノヒハ　オナカガ
階段の方向を凝視しながら、僕は両腕の力だけでずるずる後退した。堪えがたい臭気に息が詰

まる。手近のドアノブにすがりついた。扉は開かない。拳でパネルを叩いて、

「開けてください！　助けて！」

　通路に現れた「燃頭」が、小首をかしげて僕を見た。眼窩の奥で焔が燃えていた。だらりと開いた口蓋から大量の白煙が立ちのぼる。耳からも煙が洩れた。

　ゴメンナサイ　コノツギハ　モット
　ゴメンナサイ　ゴメンナサイ
「燃頭」は僕に向けて両手を差し伸べた。焦げくさい臭いと熱気が押し寄せる。

「開けて、開けてください！」反応はない。

　転がるようにして隣のドアまでたどりつき、またノブをまわす。開くはずもない。ずっと昔から、こうなることが決まっていた気がした。萩庭清太がいなくなったときから。

　――もしか、燃頭に捕まったのかもしんねえなあ。

　ノブが回転し、ドアが薄く開いた。身体を起こすと「燃頭」はもう手の届くところまで来ていた。戸口の奥は真の闇。厭だ。入りたくない。だが、選択の余地はなかった。玄関に転げこみながら片足でドアを蹴った。鋼鉄製のドアパネルが「燃頭」の身体に突き当たり、おぞましい姿を覆い隠す。三和土に座りこんだ僕は、内側のノブにしがみついて全力で引いた。

　モット　ベンキョウ　ガンバリ
　重い金属音とともに、流れこむ白煙をドアが断ち切った。

　ノブの下をまさぐってサムターン式の錠を掛ける。覗き穴から差す光芒が、頭上の闇をつらぬ

いた。熱を帯びはじめたパネルから身を引きはがし、僕は上目で光線の行方を窺った。廊下の奥に淡い光源が見える。それ以外は、まったくの暗闇。生ぐさい臭いが籠もっていた。

光芒が消え、つぶやく声が遠のいた。僕は壁にもたれたまま肩を落とした。行ってしまったのか……試してみる度胸はない。閉じこめられたも同然だ。

下肢の痺れが、いくらかましになった。床に手を突くと、妙な感触を覚えた。かさかさした軽いものが床を埋めている。蟬の抜け殼のような……嫌悪感を堪えてそのひとつをつまみあげ、かすかな光にかざした。

駄菓子の包み紙らしい。投げ捨ててシャツで指先を拭った。コウジヤの老婆の姿が頭をかすめたのだ。壁にすがって何とか立ち上がる。足下は、くるぶしまで埋まるほどの塵芥で埋めつくされていた。とにかく、灯りを。壁を探ったがスイッチが見つからない。その代わり下足入れらしき台に手が触れ、紙片の角が指を刺した。葉書だった。

『督促状』片仮名で宛名が印字されている。

――何階だっけ、清太んち。

――五階。

葉書が枯葉のように舞い落ち、塵芥の上で小さな音を立てた。

廊下の奥に灯った鈍い光を目指して、僕は手探りで進んだ。闇への怖れが消え、不可解な衝動に駆られていた。漂う異臭も気にならない。

浴室らしきドアの前を通ったとき、とりわけ強い腐臭を感じた。

突き当たりの扉までたどりついた。擦りガラス越しに常夜灯らしき光が浮いている。リビングらしい。ドアを押すと、ごみの山が乾いた音を立てた。入って左が台所、右の壁際にテレビが置かれている。いやに奥行きが長い。ブラウン管テレビ。何十年ぶりに見る代物だ。

中央のソファに、小柄な人影が寝そべっている。

「よう、達生」

天井の灯りが弱く顔は見えないが、まちがいなく彼の声だった。

「清太」僕は壁に目を凝らして電灯のスイッチを探した。

「やめとけって」

「お前、燃頭に捕まったのかと思ってた」

「あんなノロマに捕まるかよ。オトウサンオトウサンって阿呆(あほ)みたいに」

肘を突いたまま包装を剝(む)き、中身を口に放りこんだ。かりかりと噛み砕く音が響く。

「ひとりなのか？」

「母親と弟は出てった。ずいぶん昔の話だ」

「お父さんは」

「風呂(ふろ)に入ってる」

「家に帰りたい。どうすればいい？」

「帰る？　なんで」

「こんなところにいられるか！」

「考えなおせよ、達生」

スナック菓子を口にふくんだまま、清太は年寄りめいた溜め息をついた。

「遅かれ早かれ、みんなこっちへ来る。このあいだ、亨も来たんだぜ」

占川亨の横顔が瞼の裏に浮かんだ。別々の中学に進んで以来、すっかり疎遠になった。いちど駅前で見かけたことがあるが、声はかけなかった。服装や顔つきから剣呑な雰囲気を感じ取ったからだ。風の便りに、警察の厄介になったと聞いたこともある。

「厭だ。僕は、まだ……」

「お前の糸は、ぜんぶ切れちゃったんだよ。タンタンが言ってたろ」

息子の仏頂面が脳裏をよぎった。妻の視線。職場の連中。横目と耳打ち。

「な？　だから、お前もこっちへ来た。ずっと待ってたんだ。楽しくやろうや」

床を埋め尽くす包装紙を、僕は見下ろした。肌を刺すほどの腐敗臭も、彼には感じられないのだろう。鼻が馴れてしまったのだ。この部屋の住人ならば当然のことだった。

喉の奥が引きつれ、鼻孔から洟があふれた。

「清太。お前が僕を呼んだのか？」

「ああ」

「どうして」声が裏がえった。まるで、声変わり前の子供みたいだ。

「俺の母親は、弟だけ連れて出てった。お父さんひとりじゃかわいそうだから、だってよ。親父といたら俺がどうなるか、分かってたくせに……じきに、親父は風呂から出てこなくなったけどな。いい気味だ。昼夜かまわず呑んでたからさ」

僕は黙っていた。応える気力が萎えている。眠気が差し、忘れていた空腹感が胃の腑を締めつけた。清太の言う通りかもしれない。僕は床に膝を突いた。このまま塵芥の山に抱かれて眠ってしまえたら、どんなにか心地いいだろう。

突然、抜けのいいベルの音が響いた。呼出音。風呂場のパネルに付いているやつだ。

清太の形をしたものがソファから降りた。身体つきは清太そのものだが、顔が暗く翳って造作は見て取れない。うずくまる僕を満足げに見下ろし、彼は半ズボンのポケットを探った。

オレンジ色の包み紙が飛んできて、僕は顔の前でそれを掴んだ。

「食えよ、達生」

あのときと同じスナックの袋。デッサンの狂ったマスコット。もう売っていない。

空腹が牙を剝いた。何か口に入れなければ、飢え死にしてしまうかもしれない。袋の端をつまんで裂こうとしたとき、ポケットの携帯が死にかけの蟬みたいに震えた。

煩わしい。今は腹を満たすほうが先決だ。

汗で指がすべって、なかなか袋を開けることができない。焦る僕を、清太が呆れたように眺めている。表情は見えないのに、面白がっているのが分かる。舌打ちをくれて、僕はポケットに片手を突っこんだ。発信元の表示も見ずに通話ボタンを押して耳に当てる。うるさい。あとにしてくれ。そう告げるつもりだった。

「達生」間延びした父の声が聞こえる。「どこだ?」

「友達の家だよ。久しぶりに会ったんだ。今は、ちょっと……」

「早く帰ってきなさい。ご飯はどうするって、お母さんが」

「でも」麻痺していた嗅覚が突然、機能を回復した。鼻孔に棒切れを突っこまれたような感覚だった。僕は膝を突いたままのけぞり、片手を鼻と口に当てた。胃袋が裏がえる。

「誰と話してる？　達生」

目の前の小さな影が言った。幻滅したような口ぶりだった。

「食事どきにお邪魔したら失礼だぞ。いつも言っているだろう」

かなり前から気づいていた。父は、ときどきおかしなことを言う。まるで子供相手みたいな口をきく。目をそむけてきたけれど、そろそろ限界だ。認知症が始まっているにちがいない。医者に相談しなければ。母にはもう頼れない。僕しかいない。

「ほっとけよ」小学生の形をした闇が、鼻を鳴らした。

そのとき、玄関から荒々しい足音が近づいてきた。「燃頭」だ。僕を追って、ここまで入ってきた。携帯を放り、僕は片手に握った駄菓子の袋を見下ろした。これを、早く……。

「いい加減にしろ」

戸口に仁王立ちで言い放ったのは、見知らぬ老人だった。伸び放題の白髪に頰を覆う髭も黄ばんだ、雲衝くような大男。塵芥の山を大股で踏み分け、老人は痛めたほうの手首を摑んで僕を引き起こした。僕は悲鳴を上げた。菓子の袋が床に落ちた。

「家に帰るんだ、坊主」岩に彫りこんだような長い顔を突きつけて、老人は言った。僕は思わず顔をそむけた。長いこと歯を磨いていないらしい。風呂にもきっと入っていない。家畜みたいな臭いだ。薄汚れたシャツ越しに胸板を押したが、びくともしなかった。

「やめて……放してくれ」

「行くぞ」抗議を無視して、男は僕の腕を引いた。あらがいようのない力だった。

「駄目だ。外には燃頭がいるんだ！」

「そんなものはいねえ。俺のつくり話だ。子供をからかっただけさ」

「ふざけんなよ」

清太が老人に向かって言った。老人は僕を摑まえたまま携帯を拾い、

「お前はここで腐ってろ、清太」言い捨てて背を向けた。

暗い廊下を、僕は無抵抗に引きずられていった。浴室の前を通過したとき、少しだけドアが開くのが見えた。指先ほどの隙間なのに、鼻が曲がるほどの悪臭があふれ出た。

泣き叫ぶ僕を小脇に抱えるようにして老人は玄関の鍵を開け、ドアを押した。手荒く突き飛ばされた僕は、外廊下の手すりにぶつかって呻いた。顔を上げると、金属製のドアがゆっくり閉じていくところだった。老人は三和土に佇んで僕を見つめていた。

その背後に、開け放たれた浴室の扉が見えた。

「旦谷さん」ようやく、その名が口を衝いた。三〇年以上の歳月を経て、たくましかったタンタンも無残に年老いた。不摂生が祟ったのだろう、実際の年齢より老けて見える。

「家に帰れ」重い音を立ててドアが閉まった。

「燃頭」は、外階段を下りきった少し先、団地の壁面の前に立っていた。

頭部が赤々と燃え上がり、ときおり黒い欠片（かけら）が爆（は）ぜて飛ぶ。思わず逃げ腰になったが、動く様子がないことに気づいて少し近づいた。両手をだらりと下げ、相変わらず右足だけにスリッパを履いて突っ立っている。斜めに立ちのぼる煙は、夕日を浴びて屋上まで達していた。

一体、お前は何なんだ。頬を炙（あぶ）る熱に顔をしかめながら、僕はつぶやいた。人々の噂から生まれ、タンタンに魂を吹きこまれた。そして、清太が育て上げた。

背を向けたとき、かぼそい声が聞こえた。

オトウサン　ゴメンナサイ

僕は、お前の父親じゃない。孝介の姿が脳裏をよぎった。高校を中退して、日夜ゲームばかりしているらしい。あの女は焦っている。再婚はむずかしいだろう。痛みだした手首をさすりながら、僕はくつくつと肩を揺らして笑った。可笑（おか）しくて堪らなかった。

オトウサン　コノツギハ　キット

この次なんか、あるものか。お前は永久に奈落（ならく）を彷徨うのだ。

電池の切れた自転車は重く、気を抜くと蛇行する。下り坂が多いのがせめてもだった。手首の痛みは増し、足腰も軋んで熱を持っていた。いちばん厄介なのは、追い払ってもすぐ戻ってくる眠気だ。何度目かに大きくよろけたとき、頭上から爆音が降ってきた。

双発のヘリが頭上を飛び過ぎていく。かなり低い。

口を開けて見上げる僕の後ろで、クラクションが響いた。振りかえると、険悪な目つきをした若いドライバーの顔が真横を通過していった。

車が少し先の交差点を左折していくまで、僕はぼんやりテールランプを眺めていた。

それから一〇分ほどで、実家にたどりついた。

ガレージに自転車を置き、震える手で玄関の鍵を開ける。三和土でうずくまりそうになったが、何とか堪えた。まず、両親に無事を知らせなければ。小走りに廊下を抜けて突き当たりのドアを押した。がらんとした居間。両親の姿はない。テレビがつけっぱなしだ。

外出したのか。でも、夕食は……首をかしげながら、隣り合った和室の襖を引いた。

仏壇。仲良く並んだ二つの位牌。ぼやけた遺影。

照れ笑いしながら畳に腰を落とす。まったく、最近の僕はどうかしている。大切なことほど忘れてしまう。父の四十九日が済んだのは、ほんの二週間前だった。

——嘘。忘れたふりしてるだけよ。

冷淡に言い放つ女の声が聞こえた。僕はかぶりを振った。

なぜ、信じてくれない？　何度も説明したじゃないか。

この家にいられるのも、あと少しだ。和室の梁を見上げて、僕はまた薄く笑った。思い出の詰まった家だが、売らないと税金が払えない。養育費の支払いも溜まっている。

腹が減ったなあ。今日の夕飯はどうしよう。

ポケットに手を入れると、つるつるした小さな袋が指に触れた。
――食えよ、達生。
スナックの袋を弄りながら、僕はしばらく畳に座っていた。

菊地秀行

◉

旅の武士

菊地秀行（きくち ひでゆき）

◉

1949年千葉県生まれ。青山学院大学卒業後、雑誌記者を経て、82年『魔界都市〈新宿〉』でデビュー。85年『魔界行』がベストセラーとなる。以後、SF、ホラー、ファンタジー、伝奇など幅広いジャンルで活躍。「魔界都市ブルース」「ドクター・メフィスト」「吸血鬼ハンターD」「トレジャー・ハンター八頭大」「幽剣抄」など数多くのシリーズを手掛け、多くの作品が映像化された。

ある武士が、北への道を辿っていた。

武士である以上、何処かの藩に所属していることになるが、彼はそれを示すような品を一切、身に付けていなかった。鬢の毛に白いものが混っているから相応の年齢に違いない。しかし、深編笠の下の顔は、それに似つかわしいとも、相応しくないともいえなかった。

公用であろうと私用だろうと、余程のことがなければ武士の旅には伴の者のひとりや二人が付く。彼はひとり切りであった。

となると身の廻りの世話も自らこなさなければならない。長旅を続けていれば、次第に薄汚れてくるものだ。現に、この武士の襟も袖口も袴の裾もすり切れ、変色していたが、みすぼらしいとか貧相とかいった印象はどこにもない。笠も大分傷んでいるとわかるのに、それが旅のせいではなく、長年放置されていただけという感じを見る者に与えた。

武士は周囲のあらゆる人や風物に関心を示さなかった。

余程の急ぎ旅かと云うと、足取りは普通だ。これで周囲に眼を配れば物見遊山になるのだが、彼は真っすぐ前方を見たまま、歩を進めていく。

街道は北への通路としては、最も古いものの一本で、昼は人々の往来が絶え間ない。

ここ数日は雨も降らず、程良い湿めりと冷気を含んだ初秋の風が、旅人たちの気分を和ませた。

道は峠にさしかかった。さして急でもない坂の上に一軒の茶店があった。

里の者が五、六人で営むそれなりに大きな店である。

武士はそこで休みを取った。晴れ渡った天気のせいか、明るい印象の店であった。十名近い客たちが台にかけている。年配の夫婦連れや足下に荷物を置いた商人、やくざらしい男たちも数名いた。彼らのせいか、みな寡黙であった。お茶をすする音や団子を噛む粘っこい音が、いやに耳につく。

十七、八と思しい娘が武士の前に立って、いらっしゃいましと頭を下げた。この地方の訛がある。

笠も取らずに前を見ていた武士が、娘のいる右方へ顔を向け、陽灼けした顔を見上げた。顎の紐を解いて、笠を上げた。一拍置いて、息を呑む音がした。娘は粗末だが頑丈そうな盆を落として後じさり、背後にかけた商人の背に腰を打ちつけた。商人は不服そうに見つめたが、娘は詫びも言わずに、あわてて店の奥へと走り去った。餓狼にでも遭遇したような案配で、二度と戻るまいと思われた。

ぶつかった商人とそばの二、三人が、何でえという表情で見送ってから、元凶に眼を向けたが、笠は下ろされていた。

すぐに亭主らしい男が現われ、武士に注文を尋ねた。お茶をくれと返って来た。親父はへえ、と答え、胡散臭そうな眼差しを武士に与えてから、すぐに立ち去った。

娘と武士を見た客たちは、当然、二人の関係について思いを巡らせた。

悲鳴を上げるような因縁とはどのようなものか。だが、峠の茶店の娘が、偶然訪れたとしか思えぬ旅の武士の顔を見た途端に逃げ出すとは、只事ではなかった。みな、娘が怯えた理由を考えた。

過去、どこでどんな形で知り合い、その時なにが起こったのか。ここでの再会は偶然であろう。だが、顔を見た途端に逃げ出すとは、過去の出会いに、そのような行動を取らせる何かがあったに違いない。商人たちは震撼していた。娘の逃亡は恐怖のあまりであった。その場にいた何人かは、幾度も店に寄って、娘の印象を胸に畳み込んでいた。いつも笑顔を絶やさず、どんな注文にも骨惜しみをしない。あんな狂態をさらすような一件が、その人生にあったとはどうしても思えなかった。かといって、武士の佇いにも異常なものは皆無である。彼はたまたまその茶店に立ち寄り、他の旅人たちと同じように注文を出しただけである。娘の顔を見はしたが、それは男として普通のことだろう。

彼らの考えは、結局ひとつにまとまらざるを得なかった。

過去に何か、凄まじい恐怖を娘に骨がらみ与えた侍が、たまたまこの茶店に立ち寄った。それは彼の意図したことではなかった。娘とその狂態を見ても、彼は何の反応も示さなかったからだ。

唯一目撃者たちの胸に疑惑のさざなみを立てたのは、休んでいる間、笠を取らなかったことだが、それも何かの事情のせいで、娘と関係ないと言われれば納得するしかなかった。武士の姿は終始、娘の恐怖を映す水面のように穏やかだったのだ。

ほら、いまお茶を呑み、金を置いて去っていく。その姿は数秒とたたぬうちに旅人たちの記憶から失われ、生涯浮上することはないのだった。


その晩の深更、下の村にある家で眠りを貪っていた茶店の親父は、理由もなく眼を醒ました。昼の労働の疲れを考えれば滅多にないことだ。女房も倅も寝息をたてている。胸の中に不安が滲み、広がっていった。親父は原因を求めた。すぐにわかった。娘がいない。ぼろぼろの上掛を跳ね上げた布団は冷え切っていた。

後の代官所における取り調べで、彼は月光ばかりの田舎道を辿って峠を上ぼり、茶店の奥の座敷で首を吊った娘を発見した理由を、

「自分でもわからねえ。何となく足が向かった」

と訴えた。しかし、この状況ではすぐに受け入れられるはずもなく、役人たちの凄まじい問い質しに遇った。役人たちは、彼が何らかの理由で娘を手にかけたと確信していたが、深夜、わざわざ峠の頂きまで連れ出し、そこで自死を装ったというのは、不自然が過ぎる上、父娘の仲を知る者たちには、殺人の原因を想起させることさえ出来なかった。

家族は唯一、昼に店を訪れた武士のことを考えたが、怯え切った娘はどんな問いかけにも首を横にふるばかりであったため、役人に伝えることは憚られた。親父はしばらく後に放免され、年

頃の娘にありがちな、精神を病んだ挙句の、突発的な自死との判断が下された。

唯ひとり、これに関して妙な記憶を抱いている者がいた。村の百姓のひとり彦六は、その晩、家のどぶろくを飲み干した挙句、酔い覚ましに家の外で夜風に吹かれている最中、街道を峠の方へと向かう深編笠の武士を見かけたのであった。

だが、こんな刻限に道を行く武士などいるわけもない。自分でも勘違いだと思っているうちに、醒めるはずの酔いが、血の中で更に濃さを増して、彼は眠ってしまった。

彦六が娘の縊死を知ったのは、翌日の午後遅くであった。とうに記憶の底に沈んでいたはずの道行く深編笠が、驚くほど鮮明に甦った。当然、彼は深編笠の武士が娘の縊死と関係がある――事によったら、茶店へおびき出し、恐るべき行為に及んだのではないかと考えたが、それにはあまりにもその夜の結びつきが弱かった。娘はどう考えても自分の意志で寝床を離れ、しんばり棒を外して闇の中へと出て行ったのであり、武士の方も、彼女を怯えさせた当人だという確信は持てなかった。月光の下で酔漢の見た夢だと言われれば、否定することも出来なかった。

結局、彦六は訴え出ず、話を聞いた者たちもじきに忘れてしまった。


二日後の昼近く、武士は隣藩に入った。関所はあったが、ある書類を示し、難なく通り過ぎた。彼を見送る関所の役人たちは、不気味なものが通過したかのように、その姿が道の彼方に消えるまで、刺すような視線を外さなかった。

武士は変わらなかった。周囲の光景には眼もくれず黙々と歩いた。ひとつ変わった点があった。それははっきり見て取れた。

腰のあたりから、ひとすじの赤い紐が垂れ、地面に着く寸前のところで揺れているのだった。別に何が付いているのでもない。途中で結び目が出来ているわけでもない。ただ垂れている。武士としては醜態といっても差し支えないそれを、しかし、笑う人間はひとりもいなかった。むしろ、一種の妖体を見てしまったかのように襟元を合わせるのだった。

武士は小さな宿場に宿を取った。部屋に通され、しばらくすると夕餉の膳が並べられた。

客が少いせいか、中年の仲居が飯盛りについた。おしゃべり好きな百姓の嫁で、用がないときはこの宿で働いている。武士にもあれこれ、宿場の履歴やら、この辺の特産物やらの話を重ね、そのうち、お武家さまは江戸からいらしたのかね、と訊いた。

少し間を置いて、なぜそう思う？　と武士は訊き返した。

「前にもそっくりな方が泊りにいらしたで、おらそう答えた」

「へえ」

「次に、そっくりなのは顔か、と訊かれた。いえ、感じがだよ、と繕っただ」

女がいるのは台所であった。膳を下げて入ってくるや、待ち構えていた仲居たちから矢継ぎ早やに質問を受けた。武士の泊り客は珍らしくないが、ひとり旅は滅多にない。かと云って、仲居全員が関心を持つのは異常な事態だった。宿場の雇い人は、近隣の百姓の女房や娘が多い。金のための仕事と割り切ってはいるが、人並みに好奇心は旺盛(おうせい)だ。田舎で生まれ田舎に生き田舎で死んでいく。労働ばかりの百年一日のごとき時間(とき)の流れの中で、そこに穴を開けるような存在が出現すれば、何もかも知りたいと思うのが人情だ。

だが――

あれこれ訊かれた後で、仲居は、

「なんであの御ひとのことが、そんなに気になるだ？」

と訊き返した。

仲間たちは呆然(ぼうぜん)となった。わからなかったからだ。どこから見ても平凡な武士であった。なのに気になる。なのに気になる理由(わけ)がわからない。

「おらは前に、そっくりなお武家様を見たことがあるよ」

とその仲居は言った。

「――どんな人だ？」

「わがんね」

仲居は頭を横に振った。ごまかしているのでなかった。

「確かにそっくりだった。けど、何処がと訊かれるとさっぱりだ」

仲居の顔は苦しげであった。その奥に自分たちには理解できっこない苦しみのようなものまで感じて、仲間たちはぞっとした。秋の色を濃くして行く北国の夜気のせいかも知れなかった。

彼女たちの問いは、まだ尽きなかったが、当の仲居は二度と口を開くことはなかった。

そこへ宿の女将（おかみ）が顔を出し、その仲居を奥の間へ呼んだ。そして、件（くだん）の武士のことを、どんなお武家さまだねと訊いた。仲居は驚いた。直接応待する自分たちはともかく、到着した際に挨拶（あいさつ）に出て来ただけで下がった女主人が、武士とはいえ一介の旅の武士を気にかけるとは思わなかったからだ。彼女は知る限りのことを――それは仲間たちへの返事と同じだった――語った。女将はうなずきもせず耳を傾けていたが、話が終わると、ようやく長い息をひとつ吐いて、ご苦労、お下がりと言った。この際、仲居は宿でひそやかに囁（ささや）かれていたあることを口にした。「女将さんは江戸の出だだかね？」と。

仲居は女中部屋に戻った。仲間たちは貪欲（どんよく）に新たな証言を求めたが、彼女は二度と口を開かなかった。

武士が立ち去っても、仲居は客への挨拶以外は声を出さなくなり、仲間や番頭とも小僧とも会話を断ち切った。陰々と黙々と日々の仕事をこなし、やがて、瘴気（しょうき）の満ちる古沼のような雰囲気が宿を覆い切った半年後に解雇された。

家へ戻っても声を失った生活は同じだった。野良仕事をこなし、子供と亭主の世話を焼いても情交は持たず、宿を辞めてから一年後、籠（こも）った奥の一間で、子供の肌着につぎを当てながら亡くなった。

仲居の身辺で死亡した者がもうひとりいた。かの宿の女将である。宿場の西に細くても流れの速い川が岩を叩（たた）いていた。女将の死体はそこで見つかった。仲居との問答があった翌日である。

当日、宿を出た侍と結びつけられるのは仲居だけだったが、言葉とともに感情も呑みこんでしまったものか、死の一報にも眉ひとつ動かさなかった。

ひとりの沈黙といまひとりの死に、ある武士が介在しているのは明白であった。しかし、死亡と沈黙が、そこから何かを明らかにすることを拒んだ。

これは余談であるが、入水した女将に関する噂話が、ほんの一時期、濃密に語られた。そのひとつに、女将は江戸の出だというものがあった。


武士は滔々たる流れを前に歩みを止めていた。

眼の前の大川は、数日前に武士も洗礼を受けた雨のせいで増水し、岸の縁からこちらへ溢れはじめていた。

渡し舟など出るはずもない。陸に揚げられた舟は、半ば水中にあり、杭につないだ綱でかろうじて流れにさらわれるのを防いでいた。

近くに舟宿があった。石を乗せた屋根が濡れている。半刻（一時間）前は、雨に煙っていたのだ。

武士は流れから眼を離さなかった。何とか渡れないものかと、思案を重ねているらしかった。じきに諦めたのか舟宿に向かった。落日に一刻（二時間）もない午後遅くであった。

先客は四人いた。板の間の十畳に浪人らしい二本差しと、薬と墨書きした木箱を手元に置いた商人、両眼のつぶれた座頭、最後のひとりは細面の女で中々の美女であった。旅が長いのか、肌の艶は失われ、眼の下には隈が濃い。浪人者に寄り添っているから女房であろう。

舟宿の者は白髪の老爺であった。歯も欠けた不様な顔立ちであったが、声も大きく愛想もいい。

「さあお入りなされ、座敷に上がって楽になさるといい、いまお茶を淹れますわい」

武士の前に湯気の立つ薄い茶が半ばまで入った茶碗が置かれるまで、ひどく早かった。

武士は別の方を見ながら好奇の眼差しを隠さぬ同胞たちに頭を下げて、西の壁際に腰を下ろした。茶が来たのはそのすぐ後である。

会話はなかった。

そのうちに、座頭が、土間の親父の方に顔を向けて、

「舟はいつ頃出ますかね？」

いら立ちを含んではいるが、丁寧な調子であった。返事を待たずに、

「この川は滅多に水かさが増えないので有名なんだが、ここまで荒れたのははじめてだ。なんだかおかしいぞ」

「何がおかしいんだ？　水かさが増したのは、何かの祟りとでもいうのかね？」

これは商人であった。

「かも知れませんぜ」

座頭は挑発的な物言いをした。盲人には必要以上に丁寧な口の利き方をする者もいれば、敵意を剝き出しにする者も多い。

「あたしは六つのときから、あちこち流れて来ましたが、そのうちおかしなことに、見えねえ目

が見えて来たんでございますよ。へえ、目開きの方々には決して見えねえもんが」

彼が言うには、この世のものではない何かが、実はそこいら中に転がっているという。中でも、川や海といった水辺には殊更多く、この宿にそれが居ついていたとしても、少しもおかしくないらしい。

「すると——近くにいるんですかい？」

薄気味悪そうに辺りを見廻したのは、商人ばかりではなく、宿の親父も加わった。

座頭は、さあどうでしょうと口を濁し、意地の悪い笑みを浮かべた。

こういう場合、非力な者たちは、二本差しにすがる。浪人と武士である。浪人は最初から竹筒の酒を妻女に注がせて、盃(さかずき)を干していたが、急に武士に向かって、

「貴公、気にならぬか？」

と訊いた。不必要に力のこもる声であった。上がったときから、笠もそのまま、両刀を壁にもたせかけ、自分は姿勢を崩さずにいる朋輩(ほうばい)が気になったらしい。

武士は答えず、笠の下で閉じていた眼を開(あ)け、座頭と土間との境に立つ柱の方を見た。安宿には似合わぬ太い樫(かし)の木であった。

浪人が眼で追って、何かに気づいたらしい表情になった。

「おい、その刀傷は何だ？」

こう尋ねた相手は親父である。

柱の半ばに、それは斜めに三寸（九センチ）近く斬り込んでいた。人間相手なら致命傷になり

かねない。

　ああ、それねと親父は生真面目な表情になって、

「わしが十歳の時だと覚えてるから、もう五〇年になりますか。この宿に居合わせたご浪人の夫婦と、別の若いお侍が理由もわからねえまま斬り合いをおっぱじめましてねえ」

「理由もわからないとは何だ？」

　浪人が盃を離して訊いた。妻は親父を凝視している。夫より興味津々――というより、何かを知っている風だ。親父は浪人の声と眼つきに苛まれた風に、おろおろと、

「本当にその通りなんで。その日も何日か前の大雨で水嵩が増して、今日より凄え――上がった水が戸口から流れこんでくるほどで。ご夫婦が二日も足止め食わされてたところへ、そのお侍が入って来なすった。こう大きな深い笠をかぶったずぶ濡れのお姿でした。相手をしたのは、わしの親父で、わしは土間に積んであった薪の上に坐わって見てました。親父が挨拶すると、そのお侍は舟が出るまで厄介になると仰って、座敷の方へ行きました。そしたら、上がり口のところで急に立ち止まって、刀を抜いたんで。確か、何とか衛門と相手を呼びなさった。すると、ご浪人の方も覚えがあるらしく、何か叫んで壁に立てかけてあった刀を取って、お抜きなされたんでさ。親父が旅のお侍に、何をなさるんで、と金切り声で訊きましたが、相手はうんもすんもねえ。刀片手に座敷へ駆け上がり、ご浪人に斬りつけたんでごぜえます。がちんがちんと硬え音が響いて、お二人が気合をかけ合いながら座敷の中を走り廻りました。奥さまは胆を失ったように眺めているばかり。そのうち、ご浪人の一刀が、そこの柱に食いこんだ。それがその傷でございます。そ

れだけ深く食いこんだら、中々抜けやしません。ご浪人さまの動きが止まった。そこへ――」

　旅の武士が右の首すじから肩口にかけて思いきり刀を叩きつけ、引き切ったのだという。板の間にはびっくりするほど大量の血が飛び、老人の父親は悲鳴を上げげた。浪人は倒れた。旅の武士は近づいて、頸動脈を断ってから、浪人の脈を取ってその死を確かめ、土間へ下りて雨の中へ姿を消した。この戦いの間、浪人の妻はひとことも発せず、武士の姿が雨の中に消えてから、がっくりと肩を落とした。

「それからおらは、親父に奥の部屋へ入れられて、わしも何もわかりません。眼の前で斬り合いと斬られた人間を見たのは初めてのこって、今考えると、肝をひしがれて、ひたすらぼんやりしていたように思います。座敷の方では人の声が幾つかして、女の――奥さまのものでしょう――泣き声も聞こえました。お役人が駆けつけたのは、大分経って辺りの暗くなってからでござんしょう。わしの覚えているのは、そこまででございます」

「お待ち下さい」

　と浪人の妻が声をかけた。

「いま、人の声が幾つかと言いましたね？　そのとき、他にも客がいたのですか？」

「おお、そうだ」

　親父は右の拳を左手に打ちつけた。

「おりました、おりました。あと二人――」

　そう口走ってから、驚いた風に、座敷の残り――薬売りと座頭の方を見た。

顔と同様、皺くちゃの指が、震えながら二人を差して、

「あと二人——薬売りと座頭がおった。覚えてるとも。そうだとも。あん時いたのは、あんたたちだ」

「よしとくれよ」

最初に座頭が片手をふった。怒ってはいない。たしなめる口調である。

「よく見てごらんな、この顔を。職業は同じかも知れないが、五〇年前の座頭さんも、この顔をつけていなすったかい？」

商人も肩を持つように、

「そうとも、よおく、眼を見開いて見ておくれ」

と言った。正当な要求である。親父も従った。五回息を吐いてから、

「顔は違うようだ」

と言った。

「だけんど、同じ職業だったのは、間違えねえ。浪人のご夫婦と座頭と薬の商人だ。その薬函の字もよおく覚えてるだ」

商人はあわてて函を背中に廻した。笑いを誘うような滑稽な動作であったが、笑いを誘わなかったのは、みなが親父の話の残響を脳内に巡らせているせいであった。そして、その響きが、ひどく不安なものを含んでいるからでもあった。

空には暗雲が重くのしかかってはいるものの、日暮には遠い空気にまだ光はある。なのに、全

員がその恩恵に与っていなかった。

五〇年前の謎めいた死闘は言うまでもなく、全く同じ境遇の客が、同じく四人もいた。単なる偶然にしては出来過ぎている。しかし、そうとしか言いようがないのだ。親父が嘘をついているならともかく、そんな風では絶対にない。

遥か過去の死闘。居合わせた四人の客――いいや。

四対の眼が逆らいながら、しかし、どうしようもない力である人物に向けられた。もうひとりへ。旅の武士へ。

「貴公――なに故ここへ来た？　五〇年前の出来事を再現するためにか？」

浪人の問いに旅の武士は答えなかった。他の者も無言であった。答えを待ったのである。武士がそうだと言うはずもなかった。認めたとしても、過去の惨劇が繰り返されるはずはなかった。第一、外にはまだ宵の光が細々と残っていた。水かさも浸水には遠かった。

武士を睨んでいた浪人の眼が、ついと横を向いて、妻女の反応を窺った。つられるように、商人と座頭――宿の親父も同じ方を見た。

そして、何かあると思った。

妻女は武士を凝視している最中であった。眼が光っている。武士のことを知っていると光っている。夫を殺めたのはあなたねと光っている。もっともっと深くて暗くて冷たい事実を知っていると光っている。

こんな時間はもうご免だとみな思った。これを何とか出来るのは、静かに坐わっている武士しかいない。

「あたしの前にいらっしゃるのは、奥さまでございますか？」

座頭が首を固まらせたまま訊いた。

「はい」

「あたしはこの眼のせいで、人様よりは勘が鋭いってことになっております。そちらのお武家様がいらしたときから、奥さまは平穏じゃあございません」

「そんな」

無惨に歪んだ顔へ、

「そちらのお武家様をご存知で？　それから――」

今度は宿の親父へ顔を向けて、

「さっきから気になってるんだが、親父さん、この奥さまは、おかしな動きをしてらっしゃいませんか？」

「……」

「商人さん、どうですか？」

「いや、その……」

商人は函を手元に引き寄せながら、

「何かこう、右の肩に何度も手を」

「それは夫婦になった時以来の癖だ」

と浪人が怒りの声を放った。

「貴様たち何を企(たくら)んでおる。浪人と侮るか？」

「とんでもねえ」

座頭も商人も激しくかぶりをふった。自分たちが話をおかしな方角へ進めてしまうことへの怖れであった。

それを気にしない者がひとりいた。

「奥さま——誠に失礼でごぜえやすが、その肩のあたりに傷などはございませんか？」

「ありませぬ。これはただの癖でございます」

怒りに震える声であった。その怒りの量が多すぎたようだ。親父は話を熄(や)めなかった。

「餓鬼の頃、見たんでございますよ。あの時、二人の斬り合いを止めに入った奥さまが肩に傷を負いなさったのを。頂度そこでございました。ほんの浅傷(あさで)でございましたが、今も痛みますか？痛くて堪(たま)りませんか？」

五〇年前の目撃者とはいえ、この実直そうな老人が、なぜ妻女を苦しめ、言葉で責めたてるのか。一同は過去に殺害された浪人の遺恨が、眼の前の浪人の妻に乗り移ったのではないかと戦慄(せんりつ)した。

「やめぬか」

浪人が怒髪天をの勢いで立ち上がった。片手に一刀を摑(つか)んでいる。誰かが止めなければ、親父こそ今回の犠牲者となっていただろう。

だが、同時に旅の武士も立ち上がった。

彼は無言で座敷の上がり口まで行って腰を下ろし、草鞋を付けはじめた。

「貴公──何処へ行く？」

浪人が誰何した。我慢の限界に達したものか、意に沿わぬ行為者はたちどころに斬り捨てる殺気が全身から溢れていた。

武士は、あることを述べた。当然の返事であった。浪人は叫んだ。

「貴公がいようといまいと、わしは収まらぬ。その座頭、その親父──妻に奇体な言いがかりをつけおったな。親父、安堵せい。今が五〇年前の再現の場ではないと思い知らせてくれる。死ぬのは、おまえともうひとりだ」

旅の武士は草鞋をつけ終えて土間に立った。そして、またひとこと言った。

浪人が走り寄り、

「うぬは、やはり」

と叫んで斬りかかったが、武士は素早く身を躱わした。浪人の刃の光は例の柱に食いこんだ。

彼は凄まじい形相でそれを引き抜き、武士の方をふり返ったが、武士はもういなかった。

外はさらに薄闇を濃くし、戸口から水が流れ込んで来た。浪人はとび下りて、武士を追った。

その足に水が絡んだ。

彼はよろめき、それきり立て直すことができずに、水の中に倒れた。おかしな形にねじ曲がった刀がその腹を突くのを、みなが目撃した。

黒い水に不似合いな赤が広がっていくのを見ながら、親父が愕然と呻いた。

「間違ってただ。あのとき、あの方が、こちらを斬ったんじゃなかった。思い出した。こう倒れて自分を刺したんだ。それから、あんたが薬を――」

皺だらけの指が差す前に、商人は薬函を手に土間に駆け下りていた。それは、五〇年の時を経た悲劇の再現なのか。そのための役者として親父と五人の客が一堂に会したのか？　浪人の妻女は黙って帯と着物の前をゆるめ、右の肩と背をさらした。そこに傷はなかった。

親父が近くの農家に連絡し、奉行所の役人が到着したのは、一刻（四時間）も後の闇の中であった。水かさはさらに増し、川はごおごおと叫び声を上げていた。

結局、旅の武士は何者なのか、何処へ去ったのか、誰にもわからなかった。

死体が片づけられ、やがて、川も凪いで、人々はそれぞれの目的地へと去った。浪人の夫を亡くした女だけが憐れであった。数日後、街道を外れた脇道で、松の枝に紐をかけて死んだ女のことが、人々の口の端に上ったが、それが浪人の妻女か否かは判然としなかった。ひとつ明らかなのは、その白い首の右から肩にかけて、うっすらと刀傷らしい筋が走っていたことであった。

そして、宿の親父は、あるとき、こう洩らしたのである。

「旅のお武家さま――腰から赤い糸を三本垂らしていたけれど、前のときも確か」

それから首をふって、

「――いいや、わからねえ」

と結んだ。

旅の武士は、すでに北の国に入っていた。道は石塊が多くなり、宿場の旅籠は小さく、働く人間ともどもひどく荒んで見えた。その原因は空が担っていた。重い渦のような雲が広がる空は、陽光燦々たる紺碧の姿を見せることもあるが、北の人々はそれも一時の夢に過ぎないと悟っているかのように、顔を伏せてしまう。この冬、何人が行き倒れて、或いは貧しさのあまり凍死するかと、考えているのかも知れない。

旅の武士は、昨日宿を取った宿場と次の宿場のほぼ中間の土地にさしかかっていた。左は深い森であり、右方はひと目で一〇〇年という言葉が浮かんで来そうな古い神社であった。

その前に差しかかったとき、背後から複数の足音が走り寄って来た。

武士はふり向きもしなかったが、足音は鉢巻、襷掛けの男二名、女ひとりの姿を取って、彼を取り囲んだ。

武士が誰何もしないうちに、

「天地久也」

と女が呼びかけた。右手は帯にはさんだ短い差料にかかっている。怒鳴るような響きは、闘志の燃えすぎ——怯えを隠すためであろう。あとの二人も親の敵を前にしたような表情だ。

「仁浦安兵衛の名に覚えがあろう。私はその長女、野枝。こちらは叔父の宇多次殿」

若い方が、

「拙者は梶双十郎――助太刀だ」

この名乗りに、旅の武士は静かに応じた。それは野枝と梶の顔に朱を上らせた。

「人違い？　私たちはみな、おぬしの顔を知っておる。仇討ちの旅に出てから三年。こうまで早く会えるとは思いもしなかった」

怒りに短い刀身も震える野枝を、梶がこう止めた。

「しゃべると肺が脹れて息が上がる」

「はい」

ずい、と仁浦宇多次と梶が前へ出た。構えで剣の修練の度合は知れると言うが、だとすれば両名のそれは凄まじいものであった。

対して、旅の武士は編笠の中で二人に眼を配ってはいるが、身体は寸毫も動く気配がない。闘争心の欠如――というより、生命そのものが惜しくないようにさえ見えた。

宇多次が斬り込みを控えたのは、そのせいであったが、梶の若さは敵の姿を怯えと見た。

武士がそのまま動かねば、まぎれもなく頭頂から笠ごと顎先までを一刀両断――しかし、刃は空を切った。屈辱の帳消をはらんだ横殴りの二刀目も同じ結果に終わった。

「双十郎」

と宇多次が呼んだのは、はっきりと制止を命じたのであったが、若者はそれが頭へ伝わるのを拒否して、

「おかしい」

と呻いた。

「確かに斬った。拙者にはわかる。なのに、どちらも届いておらんのだ」

「やめい」

と宇多次がはっきりと命じた。梶の足が踏み込もうとしているのを見て、前へ廻った。

「よさぬか。やはり人違いだ」

梶は短く激しく首をふった。

「いや、確かに奴だ。私どもはこの顔を知っているではありませんか」

「だから、見誤ったのだ。こちらの左手の甲を見い。証拠のひとつ――おぬしらの父がつけた刀傷がない」

若い顔からみるみる鬼が退(ひ)いていった。

「叔父さまの仰るとおりです」

女――野枝も叫んだ。

宇多次が武士の方を向き直って、

「御無礼――お許し下され」

と頭を下げた。

「いま少し気を遣(つこ)うておれば、このような態(てい)には到らなかったものを。二度も刃を振るった以上、謝罪だけでは済まぬと存じております。この老いぼれの片腕なりとお断ち下さいませ」

若い二人が、はっとそちらへ眼を向けた間に、旅の武士は軽い会釈をして、歩き出した。

止めようと手を伸ばしかけて、宇多次は中止した。遭遇してからの武士の態度に、いわく言い難いものを感じたのである。

「叔父上――」

小刀を鞘に収めた野枝も、やはり武士の方を見遣りながら、虚ろな表情であった。

「あの方は……」

「何処の誰ともわからん。人違いだと返したときも、名は名乗らなかった。しかし、良く似ておる」

「仰せのとおりで」

ようやく剣気の消えた梶が、武士の消えた方角へ眼をやりながら言った。

「しかし、拙者はまだ納得が出来ません。手の傷は確かにそのとおりですが、あの顔は――瓜ふたつ。あれほど似ている奴が、この世にいるとは思えません」

「ふむ」

「何らかの手段で傷跡を消したものではありますまいか」

と野枝がすがるように宇多次に訊いた。

「あれは手が二つに分かれるような傷だったと、戦いを見た者たちが証言しておる。それは不可能であろう」

野枝は納得した。若侍はそうはいかなかった。殺気の代わりに、炎とともに噴き上げる黒煙のような疑惑が胸中に渦巻き出している。

「どのような根拠があって、そこまであの御仁を疑うのか？」

宇多次が訊いた。

「それは――わかりかねます。ですが、どうしても、易々とこの手の中から逃がしてはならぬと――勘でしょうか」

「野枝はどうじゃ？」

「私は何も。顔がいくら似ていようと、傷は隠せませぬ。別人でございましょう」

「わしもそう思う」

宇多次は眼を閉じ、野枝は若い侍を見つめた。それに対する返事は、彼の吐く黒く熱い息と、それがまとわりついた身体であった。


その晩、旅の武士は旅籠に泊った。夜、風呂から戻ると、壁の向うから、客たちの声が流れて来た。当人たちは十分に声を潜めたつもりでも、酒の力がそれを無にしてしまったらしい。

宴が始まって少し経つと、ある人物たちの話になった。

「おれを狙っている奴らを、見かけた」

「それはいい。この宿場を出るときにでも片づけてしまおう」

「飛んで火に入る何とやらだのお」

声はこの三種であり、人数も同じに違いない。年齢も三十から四十の間と推察された。そして、どれひとり取っても腕に覚えがあり、そうなるだけの修練を積んでいるに違いなかった。

　夜の話はなおも続き、武士に刃を向けた若侍――梶ではひとり斃(たお)すのがせいぜいだと知れた。残る娘――野枝と助太刀の叔父では後の二人に手傷を負わせることもなるまい。

　こんな土地で、二度に渡って敵に会うとはあの三人でなくとも予想外であったろうし、まして、武士との件で一度(ひとたび)緊張の解けた精神(こころ)は、真の敵を前にしても決死の覚悟を整えるには到るまい。

　男たちの話も絶えた頃、武士は部屋を出て、帳場へ行った。もう店の者も寝(やす)んでいる。彼は手を叩いた。さして大きな音はたてなかったが、手代が出て来て、何の御用で、と訊いた。

　武士の問いに、手代は妙な表情になって、

「この宿場を出て、二里ほどの山ん中で、畑を耕してる爺(じい)さんがいますが、それのことでしょうか。昔、倅さんを亡くしたと――これは噂話ですが。いえ、あたくしは何も知りません。ただの噂話でして」

　武士は礼だと銭を渡した。ささやかな話の対価としては法外のものであって、手代はお辞儀と礼の言葉を何度も繰り返した。

　だが、次の武士の申し出には眼を丸くして止めた。

「幾ら何でもこれからのご出立などと。まだ外は何刻(なんとき)も真っ暗闇が続きます。山犬の鳴き声をお聞きになりませんでしたか。お武家さまといえど、生命が危のうございます。夜明けまでお待ち下さいませ」

　手代の声を聞きつけて、宿の女将も亭主も出てきた。彼らも夜行は生命に関わりますとかき口説いたが、武士は大枚の宿代を払い、役人には自分が出向いて、事情を話すと言った。

静かな声で静かな口調であったものの、何か含まれていたものか、主人夫婦も侍の好きにさせることになった。

彼が深更の闇に去った後、戸閉りをし直した手代は、雇い主夫婦に、あのお武家と何を話したと訊かれ、

「この近くに剣を教える方がいないかと」

「こんな小さな宿場でかい？　何かおかしいけど、いて良かったねえ」

と女将が襟元を合わせた。

主人は納得がいかなかった。武士の言葉として、剣の指導者を求めるのはわかるが、こんな時刻にする問いではないだろう。さらに問い自体もおかしいといえばおかしいし、答えを得る前に、出立の用意を整えていたのも筋が通らない。

深夜、その老人と会って何をするつもりなのか。

疑惑が冷たいものを全身に這わせ、主人もまた襟元を固く合わせたのだった。


三人の無頼漢は、予定通りの行動を起こした。

宿場の門柱が見えなくなった辺りで、仇討ち組を取り囲んだのである。他の旅人の姿もない早朝であった。左右は深い森で、先廻りした顔の中に、勘違いした旅の武士を認めて、仇討ちの三

人は愕然となった。つけ狙う当人が同じ宿場にいるとは思いもしなかったのだ。

「手をお見せなさいませ。父のつけた傷を！」

と野枝が絶叫する前に、全員がそれを確認していた。

「おれはいま、この二人とともに、やくざの用心棒や喧嘩の助太刀をしながら日を送っている。その間じゅう、おまえのことを考えていた。夏の蚊のように鬱陶しくてならん。会ったらその場でと思っていたのが、ついにその時が来たか。この女はおれが斬る。後の二人は任せたぞ」

おお、と声を合わせて、仲間たちは梶と宇多次に向かった。

気合と刃の相打つ響きが街道の空に鳴り響いた。

二つの呻きとともに音は急速に鎮まった。

宇多次は左肩を深く斬り込まれて後退し、梶は男たちのひとりに重傷を負わせたが、自分も右の肘を斬られた。野枝の左肩は血を噴いている。

肉と骨の痛みは、敵味方ともしばし放心状態に変えた。

青ざめる——を越えて総毛立つ野枝へ、

「ほれ、仇討ちがいかなるものか、少しはわかったか？　なら死んでも惜しくはあるまい」

天地が一刀をふりかぶった。野枝には防ぐも躱すも出来なかった。

おーい、という声は誰のものであったろう。

六人は街道の先を見た。

二つの影が——うちひとつは走り寄ってくるところであった。今ひとつは足を止めているが、臆したとは思えない。彼は昨日誤解を受けた旅の武士であった。

走り寄った影は、その駿足とは及びもつかぬ皺深い老人の姿を取った。長いこと着けたこともないらしい新品の羽織と袴はどこか浮いていたし、顔も手も老人斑が半ば埋めている。この場の時間を停止させたのは、皺も斑点も忘れさせる精悍な顔つきと声であった。

「人馬の通う道で何をしておるのか？」

それから、

「天地久也」

と呼びかけ、荒くれ男のリーダーを愕然とさせた。数瞬間のうちに、天地は理解した。

「――まさか、雅蘭師匠!? いや、確かに――!?」

「左様――おまえの剣の師匠よ」

腰の大刀の柄に手もかけていない。これから師弟間の懐旧談が交わされてもおかしくない表情であった。

「師匠――しかし、師匠は」

天地はある町の名を告げた。それはここから百里以上遠隔の土地の中心であった。

「おまえが道場を離れてから二〇年ほどしてこの山中に移ったのだ。二度と剣を取ることもないと思っていたが、罪過なき者を殺めるとは流派の面汚し」

文面を読み上げるかのような抑揚のない声であった。その中の熾烈なる感情を読み取ったのは、かつての愛弟子ひとりであった。

他の者たちは、何が起きるかを承知し、その結果に期待しながらも、眼は別のものを追っていた。

旅の武士は、もとの位置に直立したまま、眼前に繰り広げられる光景を、すべて眼に収めんとしている風に見えた。

この老剣客を連れ出したのは、彼に間違いない。深夜に宿を出たのは、老人の住いまで出向き、事情を話し、この場へ出向くよう説得する時間を考えてのことだろう。

その相手が殺人者のかつての師匠であったのは、偶然で片がつく。だが、武士は仇討ちの三人の凶刃にさらされていたのである。彼らを憎みさえすれ、もうひとりの助太刀を連れ出す理由などありはしまい。そして、自分は闘争の場に加わらず、佇んで成り行きのみを見つめている。

戦いは行われた。師に斬りかかった天地は一撃の下に心の臓を貫かれて即死し、遁走(とんそう)を選んだ二人の仲間の片方は、梶の追撃を受けて斃れた。梶もまたもうひとりに首と肩を割られて即死した。もうひとりは逃げ去った。

野枝と宇多次は程度の差こそあれ、生命に別状はなかった。

礼を述べる二人に、老剣客は、

「いや、一農民で終わろうと覚悟していた身が、忘れたはずの流派に背く弟子を討つことになろうとは。偶然というよりも神仏のお導きというが正しかろう。しかし、わしをここへ導いてくれたのは、あの御方じゃ」

老人の瞳(ひとみ)の中を、武士の背が遠ざかっていった。

老人は頭をひとつふり、倒れたもと愛弟子と梶とを見比べた。不可解なものを見るような表情であった。宇多次は、

「何か？」

と訊いた。

「確かにあの御仁と天地は瓜ふたつじゃ。その二人が旅の途中で遭遇するというのも椿事じゃが、娘さん、それと叔父貴殿、もうひとつ気づいたことはないか？」

「は？」

二人は顔を見合わせた。全く思い到らないという表情へ、老人は驚くべきことを告げた。

「時は注意を慣らしてしまうものなのか、いや、時以外の何かが……」

そして、彼は溜息をひとつつき、旅の武士と同じ方角へ歩き出した。山の家とささやかな耕地へと急ぎながら、彼はこうつぶやいた。

「あの御仁――背の糸が五すじ」

残された二人は長いこと動かなかった。仇討ちに関する最も奇妙な、恐怖ともいうべき認識に肩を摑まれていたのである。

「どうして、気がつかなかったのかしら」

と野枝は虚ろにつぶやいた。

「本当か？」

宇多次が投げやりに訊いた。野枝は返事が出来なかった。

「わしにはわかっておった。随分と昔に、はじめて天地久也を見たときから。おまえに助太刀を求められたとき、何故かはわからぬが、やはりと思ったことよ」

野枝はようようにうなずいた。本当にいま、気づいたのかはわからない。

最大の謎は、二尺ほど隔てて倒れた二人の男であった。

初めて見た者は瓜二つだと思うに違いない。


四日ほど後、武士は陸奥（みちのく）の某藩にいた。彼を止める関所はなかった。

万を幾つも重ねる大藩の城下は白く染まっていた。霧である。街の佇いは墨絵と化し、人々や荷車は、手を入れれば突き抜ける影絵のように朧（おぼ）ろであった。この季節の午後の光がかろうじて描く絵画ともいえた。

流行（はや）り歌なのか、あちこちで子供たちの合唱や斉唱が聞こえた。

お帰りなされ　お帰りなされ
けんど、帰る家などねえ。
お帰りなされ　お帰りなされ
けんど待ってる人もねえ。

住人たちが足を止めるほどの濃霧に苛まれても、武士の足取りに停滞はなかった。

時折り、白い壁を突き破って幾つかの顔が現われた。

それは七つ目の顔であった。髷に月代の壮漢の顔が現われ、おや？　という表情で武士を見つめた。あまりに近かったので、深編笠の窓の部分から、下の顔が読み取れたのかも知れない。

「おぬし」

とつぶやいた時、武士は足を速めてさらに深い霧の中へと消えた。

待て、と叫んで追う気配もあったが、結果は空しかった。

一刻近く過ぎた頃、武士は藩の家臣たちの家が固まる白い町を歩いていた。上級武士たちの家が多いため、近くの寺社も規模を誇っている。

武士の目的地はある古刹であった。

境内へ入り、奥の墓石群へととまどいもなく進んだ。ある墓の前まで来て、彼は懐ろから取り出した線香の束に火を点け、手を合わせた。

しばらく佇み、寺の門の方へと歩き出したとき、霧の奥から数名の足音と人影が走り寄って来て、武士を取り囲んだ。四人。みな武士の服装で、刀の柄に手をかけ、腰を落としていた。瞬時に戦闘に応じる構えである。

「何をしに戻った？」

と訊いたのは、他の者より頭ひとつ高い影であった。四方に陣取った男たちの殺気は、巨大な天蓋か網のように旅の武士を呑みこんでいた。

彼はこの藩の出身であるらしく、四人は顔見知りに違いない。ただし、その関係は殺伐たるものらしかった。

旅の武士はあわてる風もなく、男の名をゆっくりと、四つ口にした。刺客たちのものであろう。懐かしそうな響きなど欠片も含まれていなかった。

「一緒に来い」

と長身の武士が命じた。

「さもなくば、ここで討ち果たす」

男たちに武士を怖れる風はない。剣の腕も知悉しているのであった。

「聞かねばここで斬る」

武士の右手が柄にかかり、鯉口を切った。同時に四条の刃が霧の含む光を撥ね返した。

武士が一刀を抜けば、恐らく複数の男たちが斬りかかり、それで血の決着はつくと思われた。後はこの藩の秘事として葬られ、いつもの日常が続いていくのであった。

だが、そうはならなかった。

男たちのやって来た方から、早足の音がひとつ駆け寄って、

「大場、久恒、花木、進藤――刀を退け」

と飛んで来たのである。男たちと同輩と思しい、しかし、彼らの血気を鎮める力を持つ声であった。霧が震え、束の間、墓石や男たちや武士の姿を垣間見せたのも、そのせいかも知れない。

「しかし――組頭、こ奴は重臣の方々に復讐の刃を向けるべく立ち戻ったに相違ございません。

同道を拒んだ以上、ここで処断すべきと存じます」

「ならぬ。おれが引き取ろう」

と五人目の男は言い張り、ある名前を呼んだ。

「——おれと来い」

旅の武士がこれに応じる前に、長身の男が叫んだ。

「なりませぬ。いま気づきましたが、霧の中から覗くこ奴の旅装束、少しもくたびれておりませぬ。何処から来たにせよ、まるで、いま簞笥から出したばかりの品のように見えるではありませんか。こ奴——在藩の折りから奇態、奇異な噂の絶えぬ男でございました。藩を去って五年——その間に何か妖しいものを身につけたやも知れませぬ。やはり、この場で——」

「五年か」

と新参の男は、ふと思いついたもののように口にした。

「その間に、彼の一件に関連した者は全て追放となった。何処で何をしておったのやら。腹を割って話し合いたい。おれと来るな？」

笠がうなずいた。

なおも、しかし、と言い張る部下たちへ、

「このこと、構えて他言無用じゃ。彼との話がつけば、おれがその足で神﨑様に届け出る。それが全てじゃ。よいな？」

さらに迫力を増した声に、四人の刺客たちは、顔も見合わせず、数瞬のためらいのみで、

「はっ」

次々に白い目くらましを繰り返した。

組頭と呼ばれた武士の名は利重新三郎といった。藩の普請役をつとめ、二〇代半ばで組頭となった。

彼が武士を導いた場所は、自宅ではなく同じ寺の庫裡であった。四人組が去ったのを確かめてから声をかけると、六〇がらみの住職が現われた。新三郎は武士を匿まってくれるよう依頼した。白髯を湛えた住職は承諾したものの、武士を見る眼には冷たい光があった。短気者なら、自分は狐狸妖怪の類には非ずと絶叫したかも知れない。

住職ともども、与えられた一室へ入るなり、新三郎は幾つもの質問を浴びせた。返事はあった。そのたびに新三郎の顔色は血の気を失い、額には石の溝のような皺が刻まれた。

「止めることは出来ぬのか？」

と彼は問い、武士の返事より早く、

「無理なのは承知しているが、おれは貴様を止めねばならぬ」

と言った。そして、武士の更なる問いに答えて、

「紀内様はいま、大目付だ。意外な能力を発揮されてな。反対派はいるが、尋常な手段では最早歯が立たぬ。おれか？　おれのことは良い。当面は貴様だ。無駄でも云う。仇討ちの相手は巨大

だ。外出時には、藩切っての手練れが十人も警護にあたる。到底——いや、人間のやることだ、何時か何処かに隙は見つかるだろうが、いかに城下が広いと言っても、それまで身を隠す場所はないぞ。何よりも、ひとりでは無理だ」

　言い切った新三郎を、ある答えが待っていた。彼は眼を剝いた。

　旅の武士は右手を腰の背に廻した。戻った手は六本の赤い糸を握っていた。武士はそのうちの一本を取って、畳の上に置いた。

　下男に奥の二人へ茶を届けろと命じた住職は、戻って来た下男の顔を見て、どうしたと呻るように訊いた。

　下男は心の臓の上に手を当てて、

「お部屋には他のお客さまが——六人も」

「なんと？」

　住職が立ち上がった。

「六人も増えたとな？　何者じゃ？」

「いえ、おらは障子のこちらから見ただけで」

　と下男はどもりながら答えた。老境にはまだ早い壮漢である。体格も並以上で腹も据わっている。それが、いま噴き出て来た汗を拭いながら、女と武士たちが三人ずつ。どれも影のようでしたと答えた。

　住職はすぐに座敷に駆けつけた。

新三郎のみが坐わっていた。

旅の武士も、人影とやらもない。下男の夢かとも思い、しかし、住職は自分も武士の夢を見ていたような気がした。

「何処へ行った？」

と尋ねても、すぐには返って来なかった。住職が諦めかけた頃、

「存じませぬ」

「留吉が見た六つの影とやらは？」

「ともに行き申した」

「しかし気配も足音も」

「せぬでございましょう。彼らは、恐らくは——」

新三郎はその後に言葉を足し、住職は否定をしなかった。

彼の嫁は死に、庇った女中も斬られた。父はそれまでの責め問いに耐え抜き、殿も御家老、ご重臣方も、理解をお示しなされたともいうが、死は理不尽な形で舞い下りて来た。

「あと四名」

と新三郎は言った。

「やっと、数が符合いたしました。三人目の女性は、彼奴の家と遠縁に当たるという祈禱師でございます。三人の男は彼奴の父と弟と——いまひとりは会うたことがございませぬ」

「少くとも、彼には六人の手勢がおるということになるな。糸が化けたのか！」

返事は控えたが、新三郎の顔色は紙のものであった。

藩の控え目付・大畑頼房(おおはたけよりふさ)は、その日、遅くに帰宅した。外にはまだ霧が濃い。近くに海を置くこの土地にしても、珍らしい事象であった。昼から深更まで、町中に霧が溢れているなど奇現象というしかない。頼房は内心不気味なものを覚えていた。それは日付の符合であった。この夜は、彼が五年前、当時の勘定奉行から密命を受けて、ある家族を殺害したその日なのである。

細かな事情は今でも知らぬ。彼は命じられるままに、鍛冶(かじ)町のとある藩士の家を襲い、家族の四人に刃をふるった。仲間が五人いた。いずれも藩の下士であるが、それぞれの道場で抜きん出た使い手であった。

頼房が手にかけたのは、その家の女中であった。本来の標的は長男の嫁であったが、寝所で争っているうちに、事を知って駆けつけた女中が意外に懐剣を能(よ)くし、嫁は仲間のひとりが仕止めた。

女中の懐剣に手首を斬られながら、そこは力で捻(ね)じ伏せた。真っ向からの打ち込みは、防がんとする薄い刃を砕いて、女中の頭部へ食い込んだ。死へと続く手応(てごた)えを得て、頼房は倒れる女中をそのままにして、仲間の助勢に向かった。

その後、任務を了(お)えた頼房が戻って来たとき、女中は斬られた嫁の部屋で縊死していた。脳への刀傷で生への望みを断ったと思われるが、欄(はり)へ紐をかけ、こしらえた輪の中へ首を入れて、腰を落として呼吸を断った行為は、頼房にはひどく不気味に思われた。逃げようとした風もない。こんな状態の犠牲者は、まず逃げ延びようとするはずだ。死にたくはない、死にたくはない、と。女中はそれを無視していた。

無慈悲な切創の苦痛を逃がれるためだろうと、頼房は納得することにした。

座敷に酒肴(しゅこう)を運ばせ、杯を重ねても、記憶は口の中の嫌な味となって広がった。

「おれだけじゃない」

この日のこの時間を迎えるたびに繰り返してきた言葉を、彼はまた口にした。

「あと五人——しかし、あの家に長男はいなかった。留守にしていたというが、それから耳にした話からすると——奴は人間(ひと)であったのか……」

庭に面した廊下を、ひとりの女がやって来て、障子の前で止まった。膝(ひざ)をつき、

「御酒(ごしゅ)のお代わりをお持ちいたしました」

「待て。命じてはおらぬぞ」

「いえ、金串(かねくし)様のお申し付けでございます」

気のつく女中頭の名前であった。大畑は納得し、入れと言った。

次に部屋へ入ったのは、別の女中であった。酒の追加その他の声がかからぬ主人の部屋へ行ってみよと、金串に命じられたのだ。

霧を裂くような彼女の悲鳴を聞いた家の者が駆けつけたのは、さらに少し経過してからであった。

主人の頼房は、天井を破った欄に赤い紐をかけて首を吊っていたのである。

それから長い間、この家の人々には異常な謎ばかりが残った。

縊死は武士の選ぶ死に方ではない。その前に死ぬ原因が見当たらない。控え目付というのは、あくまでも目付の影に留まるが、次の正月には正式な目付への昇進が決まっていたのである。

何よりも不気味なのは、天井の欄であった。誰が天井板を五寸四方に切り抜いたのか。鮮やかな切り口は、大畑の腕には無理だし、鞘に収められた刀身には刃こぼれひとつなかった。

もうひとつの謎は、身を乗せる台が見当たらないことであった。誰かが手を貸したものか？その者はどうやって屋敷へ入り、誰の眼に留まることもなく主人の座敷へと進み、何かの道具を使って天井を切り抜いてから主人を持ち上げ、赤い紐をその首に巻いてから手を離し、やって来たときのように、誰に見られることなく去っていったのか？　何よりも、家の主人は抵抗もせずに、死の作業に身を任せたものか？　その理由は？

そして、最大の謎は、主人の首に巻かれてその呼吸を奪った赤い紐であった。いつ誰が用意したものかは、無論知れなかった。ただ、主人の不可解な突然の自死の陰には、この紐が妖しく蠢いているような気がして、一同は死体を前に立ちすくむばかりであった。

家人ではない女が、大畑家を訪れたのと同じ頃、馬廻り組の大頭——西岡占蔵(せんぞう)は、ここよりさらに遠い北の藩から戻った。ひと安心だが、家まではまだかかる。

彼の乗った馬の背後には、くたびれ果てた二人の足軽がついていた。

この城下町には南北に二本の川が走っている。どちらも穏やかな流れが売りで、二年前の大豪雨に際し、他藩では、ほとんどの河川が増水氾濫(はんらん)——住人たちの敵に廻ったが、この二川のみはぎりぎりで尋常を保っていた。

城下に辿り着くと霧が待っていた。

西岡も足軽たちも白に溶けた。

西岡は少し歩いて馬を止めた。道がわからない。

ふり向かずに、足軽二人の名を呼んだ。

すぐに応答があった。

「これでは前へ進めん。蔵吉(くらきち)、おまえが先に行け。長田(ながた)橋のところで待つのだ」

「承知いたしました」

片方の声が応じ、すぐに足音が前方へ遠ざかっていった。

西岡ともうひとりの足軽は前進を再開した。水音は聞こえる。これに沿っていけば、長田橋には出るが、行き過ぎる怖れがあった。大体の位置はわかるが、通い慣れた場所ではない。

「この霧でみな家に入っておるか。誰も通らぬな」

「へえ」

足軽の声は不気味そうである。狐狸妖怪の類が町なかも闊歩すると信じられている時代だ。不意に強い風が、霧を掃討した。

西岡は右方に鈍く橋の姿を認めた。

「行くぞ、市三――しかし、蔵吉め、橋のところで待てと言うたに、けしからぬ」

長さ十四間の橋の半ばまで来たとき、前方から足音がやって来た。

市三は、主人より一間半ほど後ろを歩いていた。

「おい」

急に耳もとで声がした。身が鉄みたいにこわばった。首だけ動かしてみたが、誰もいない。足は自然に止まった。

「誰だい？　おまえは誰なんだい？」

と訊いてみた。

「ここにおれ」

重く錆を含んだ若い男の声であった。お武家さまだと思い、市三は、

「どうしてでございますか？」

と訊いてみた。

「すぐにわかる。百を数えるまで動くな」

それきり、市三は同じ声を聞くことはなかった。

他の声も聞こえなかった。後で考えてみると、声はしても、出した者の気配は感じられなかっ

た。狐狸に化かされたのかとも思ったが、それにしては素直に百数えた理由がわからなかった。

それから霧の中を走った。

橋の半ばを過ぎたあたりで彼が見たものは、刀に手をかけた姿勢で馬上に伏した主人の姿であった。

後に、藩の医師による検死の結果、西岡は馬上にいる時、右斜め後方から忍び寄った敵に、肋(ろっ)骨(こつ)の下から心の臓までを貫かれており、即死に近い状態だと知れた。刀身の半ばまで抜き放ったのは、さすがに西岡とみな誉め讃(たた)えたが、致命傷を与えられるまで、狭い橋の上で全く気づかずにいたのは不可思議であった。馬上で攻撃を受けたら、馬を駆って逃亡するのが常識である。西岡はしかし、馬上で死んでいた。二人の足軽も厳しい吟味を受け、とりわけ、蔵吉への取り調べは苛烈(かれつ)を極めた。主人の先に橋まで行ったはずの彼は、橋のたもとで待てとの命に反し、結果西岡をひとりで死地へと歩ませたことになったからである。蔵吉はそれを認めたが、では何処にいたのかとなると、自らも首を傾(かし)げ、わからないと答えた。結果、彼は下手人の意を含んだ片割れとして処分された。

市三はこの件に関して、知らぬ存ぜぬを通した。橋を渡る途中で草鞋の鼻緒を切ってしまい、主人に声をかけてから手拭いを細く裂いて、鼻緒を交換中にすべてが起こった――これで通したのである。

西岡は背後から刺されている――後方のおまえが知らぬ道理はないと詰問されると、確かに脇を通り抜けて行ったが、主人に声をかけても間に合わなかったと逃げた。死人に口無しであった。

取り調べはなおも続いたが、結局は言い分が通り、赦免されたものである。だが、あの霧の中の声を思い出すと、必ず背筋が寒くなり、眠れぬ夜が続いた。そのせいか、馬の後足二本に巻きつけられており、これが西岡の逃亡を妨げたと思しい赤い紐については、すぐに忘れてしまった。

この二件とこれまた同時刻、金月町（かねづき）にある「形神無刀流（けいしん）」道場の小者・柿助は、尿意を催して寝間を出た。庭の片隅にある厠屋（かわや）で用を足し、戻ろうとしたとき、彼は霧の中を母屋から道場へと向かう四個の影を見たのである。

顔は見えない。だが、その輪郭と目的地とを考えると、ひとりは主人の檜垣高明（ひがきたかあき）であり、今日、主人を訪れ泊っていくことになった友人の剣客・八家了太郎（はっかりょうたろう）に違いなかった。あとの二人――後に彼らのことを考えただけで、総毛立つ思いのする柿助であったが、そのときは二人とも寝巻を着けた女人らしい姿を、霧に滲ませていた。

主人と客の二人が手に一刀を摑んでいることも、柿助の不安を煽（あお）りたてた。彼らは新らしい客――女人たちの前で、真剣を振るっての立ち合いを為（な）すつもりなのか。柿助は一行を見失うまいと決意し、その後を追った。

四つの影は、道場の裏口から入った。後に柿助は、女たちの足音を一切聞かなかったと証言している。

道場で何があったのかは、こっそりと窓から覗いた光景と、その耳で聞き取った会話から想像するしかない。

霧は道場内も満たし、柿助の網膜に映るのは、道場主の席を背に正座した男二人と、その前にかしこまった女性(にょしょう)二名であった。

彼らの会話は、吟味の場での柿助の証言によれば、次のごとくである。

「みなさまの言葉は時たまにしか聞き取れませんでした。これから申し述べますのは、何とか耳に届いた言葉をつなぎ合わせたものであり、正しいやり取りでは決してございません。それによれば、二人の女は何かお二人に怨(うら)みを抱いており、それを晴らすために、今夜訪れたものでありました。ご主人と八家様は抗弁する風もありませんでしたが、これは単に手前が聞き取れなかっただけかも知れません。それから起こったことは、道場内に満ちる霧が急に濃さを増したため、見届けることは出来ませんでした。刃と刃が打ち合わせる音が何度か上がり、ちらと火花も見えました。罵(のの)り合いもあったようですが覚えてはおりません。みなさまご存知のように、ご主人さまも八家さまも剣を取っては城下で五指に数えられる御方でございます。女性相手に敗れるはずがございません。ですが、その後すぐ静かになり、すうと霧が引きまして、手前が見たものは、床に伏しているお二人と、その下に広がる血溜(だま)りでございました。女の姿はありませんでした。考えてみますと、ご主人様と八家さまは、過去に怨みを持つ女性二人に試合を挑まれ斬り倒されたと思うしかございません。ですが、女たちは何故、深夜にやって来たのでしょう？　そして、二人の剣の達人を仕止めるとは、どのような技を身につけていたのでしょう。こう考えると、今も冷たい汗が全身に湧いてくるのでございます。いえ、何よりも不気味なのは、実は私が遠い木魂のように聞いた女たちの声に、聞き覚えがあるような気がすることでございます。確かに手前がこの城下で、それもさして遠くではございません場所で、あの女たちの声を耳にしているのでございます。何処の誰なのでしょうか」

この小者の証言には含まれていないが、ひとつ補足すべきことがある。二名の死骸の上にはそれぞれ赤い紐が乗っていた。単なる真綿の品であったが。あれから数年を経過した現在でも、目付役の小部屋に保管され、必要な手続を取れば、誰でも目にすることが出来る。ただし、見に来た者は皆無だという。

同日、ほぼ同じ深夜の一時、城下の南の外れ、広がる耕作地帯に、もと武士にあたる近藤一家が住んでいた。

長男の康之と次男の康明は数年前に参加したある出来事の憂鬱から逃がれられずに、身分と刀を捨て、土地の開墾に汗を流しはじめたのである。

藩きっての剣豪の引き際の姿は、凄まじいもので、凄惨としか思えぬ面やつれは、見た者を全て立ちすくませたという。

士分返納の際、藩から与えられた土地は、百姓のものと変わらなかったが、兄弟の母、姉は惜しみなく汗を流し、年貢も考慮され、一家の暮らしは恵まれたものであった。

こうなると遊びのつもりで木刀の打ち合いでもしたくなるものだが、二人は木の枝も手にするのを嫌がった。全ては数年前の出来事に原因があると確信した母は、息子たちを問い詰めたが、兄と弟は頑(がん)として口をつぐみ、康明は家を出ようとさえしたのである。それは康之が押さえたが、その際の二人の表情を見た母は、二度と過去への追及を行わなかった。

幸いこの農地に移って以来、息子たちからは異様な過去の翳(かげ)が失(う)せていった。労働の汗と肉体の酷使が、心の闇を和ませたのである。

霧の深い夜であった。

一家四人は囲炉裏を囲んでいた。夕餉もとうに済み、後は寝るばかりというとき、康明がふと立ち上がり、土間の方を見た。

康之が、どうかしたのか？　と声をかけたのを尻目(しりめ)に、板戸のそばに立てかけてある農具の方へ行き、鎌を一本摑んだ。

残る三人が何か言う前にふり返って、

「誰かおる」

と言った。

来るのではない。もう外にいるというのだ。三人は背を冷たいものが這うのを感じた。

弟がしんばり棒に手をかけるのを見て、康之が、

「よせ」

と止めた。

康明はまたこちらを向いて、

「今日は何の日かわかっておるな？」

康之の返事を待たず、彼は鎌を胸前斜めに構え、棒を外すと板戸を開いた。

冷たい霧と一緒に闇が入って来た。

康之は弟に眼を凝らした。

彼は戸口を出て、まず前方を見据え、それから左を見た。右を向いたとき、すうとそちらへ足を進めて、一同の眼の中から消えた。何者かがいるのは、そちらなのだろう。

「康之——お行きなされ」

母に言われるまでもなく、兄もまた土間へと下り、こちらは農具の中から三尺ほどの護身用の樫棒を選んで、素早く弟を追おうとした。

戸口を出た途端に、小さく呻くのを、母と姉は聞いた。驚きの声——というより悲鳴に近い。

康之は後じさった。

その向うから康明が現われ、女たちに安堵の息を吐かせた。

「誰がおりましたか、康明？」

母の問いに答える前に、康明は板戸を閉め、しんばり棒をかけた。

それを見ていた康之が、

「なんだ、その背中の紐は？」

と眉をひそめた。襟首から腰まで下がる赤い紐であった。

深々とふける夜の音が沁み入るような土間の上で、

「編笠姿の男がひとりおりました」

と答えた。

「それは？」

彼はある名前を告げた。

「それは――」

息を引く母へ、

「左様。あの家の嫡男でございます」

と康明は言った。

息子たちが現在の境遇に身を落とした理由を薄々勘づいている母は、ああと低く呻いて前のめりに倒れた。囲炉裏に突っ込むところを間一髪で姉が支えて板の間に寝かせた。

このとき、康之はもう一度しんばり棒に手をかけた。

「おらぬよ、もう」

と康明が止めた。

「何をしに来たのだ。彼奴は？」

康明は黙って兄を見つめた。

「兄者、おれはあのとき、断わった。いかに御家老の命とはいえ、縁もゆかりもない家の者を斬るのは、武士の面目が立たんとな」

「それがどうした？　今更――」

「兄者にもやめろと勧めた。だが、兄者は従わねばおれを斬ると言った」

「我が家を断絶させぬために、やむを得ぬ処置であった」

「おれもそう思った。だから従ったのだ」

「もう一度訊く。彼奴はおまえに何を話したのだ？」

「何も。それに、そこにおったのは、彼ひとりではない」

「何？」

と弟を見つめ、康之は眼を剝いた。見てはならないものを見た人間の眼であった。

「おまえは――？」


それから一軒の農家で何が起きたのかは、生き残った老母と姉の証言に頼る他はない。

兄の康之は鋭い鎌の刃で首を半ば落とされ、弟の康明は頭部を粉砕されていた。凶器は言うまでもなく樫の棒であった。

翌日の早朝、姉の知らせで駆けつけた農夫たちの見たものは、二人のうち弟を指さして、狂気のようにその名を叫び続ける母の姿であった。

姉によれば、康之が男の名前を叫びつつ、康明に殴りかかったもので、康明は鎌で応戦、姉はこの、兄弟のものであり、そうとも言えぬ戦いを見守っているうちに、母が弟を兄が口にした男の名で呼びはじめた。ひょっとしたら、母にも康之と同じ男が見えていたのではないかと後に語っている。

二人の右手には、太さも長さも同じ赤い紐が巻かれていた。彼らはそれを手に、相手を逃がさず、自分も逃がれられぬまま、霧の中の戦いで生命を落としたのであった。

一夜にして六人が死んだ。

この話を聞いた者はみな背筋を震わせたが、数年前のその日に行われたある出来事を知っている少数の者たちは、自らが戦いに加わっていたかのように青ざめ、長いこと鬱々悶々と日を過した挙句、多くはその地位を捨てて、仏門に下ったのであった。


日が経つにつれて、霧深い秋の夜に起きた惨劇自体は、藩によって単なる事件のひとつとして忘れられていったが、不気味な謎だけは残った。

利重新三郎は、二十年後彼の遺族によって発見された手記に、事件のうそ寒い概要を記している。

それによれば、ある男が藩へと戻って来た。彼は数年前の藩士一家斬殺のただひとりの生き残りであった。利重が彼と会ったのは、奇しくも斬殺行為が出来した当日であった。

彼が関所で尋問を受けなかったのは謎である。当日詰めていた役人たちは、そう言えばと呻いたものの、何故誰も侵入者を止めなかったのかについては不明としている。

都合四件六人死亡の実態については、さらに不可解であった。最後の農家での殺害以外、下手人を目撃した者はおらず、いかに夜間とはいえ、宿直(とのい)の者が眼を光らせている武家屋敷へ易々と侵入し、それも易々と姿をくらましている。宿直の者は、家人ともども厳重な取り調べを受けたが、全員が侵入法脱出法については、不明だと首をふるばかりで、担当の役人たちもこれに異を唱えるべき証拠が見つけられなかった。

何よりも不可思議なのは、犠牲者たちを殺害した者たちの正体であった。

利重は橋上での西岡占蔵刺殺事件に関しても筆を進めている。彼はただひとり、知らぬ存ぜぬを通して赦免された足軽の市三から、極秘と大枚を餌に、知る限りのことを聞き取っていたのである。

この中で最も妖しい点は、西岡の後を追おうとした市三を止めた声の主であった。彼に関して市三は最後まで、自信は持てませんがと前置きした上で、西岡家へ出入りしていたある人物の名を挙げた。利重はそれを信じ難いとしながらも、冥府(めいふ)から戻ったのかと書き、帰って来た武士が連れて来たものかと、乱れ果てた心中を露呈させる筆致で記している。

「形神無刀流」の道場主・檜垣高明と、たまたま訪問中の剣客・八家了太郎の死に関して利重の筆は重くなるばかりだ。小者の柿助が見た女らしい二人連れとは、斬殺事件の犠牲者——その家の嫁と女中だったのではないかと、奇怪な空想へ筆を滑らせている。男たちは、柿助の眼の中で、確かに女たちと一緒であった。後に続く死闘の際も、条件は互角だったと考えねばなるまい。なのに、腕自慢の彼らは殺害され、女たちは忽然(こつぜん)と姿を消した。檜垣と八家の胃の腑(ふ)からは毒物の類は検出されなかった。

戦いの謎を解く鍵かも知れぬのは、最後の、近藤一家に関する記述かも知れない。

表向きは兄弟二人の、弟による狂乱の戦いの結果であり、姉の証言もそれを裏付けてはいるが、弟は狂気の鎌を振るう前に、家を訪れた何者かに会っており、それは深編笠の何者かとその連れであったらしい。そして、兄に問われ、弟はある家名を口にした。それは、数年前の同じ日の同じ時刻に、六人の男たちに襲撃され、ひとりを残して惨殺された家であった。

姉の証言は、次に最も驚くべき、そして、全体の謎を解く一事を伝える。死闘の寸前、弟を見た兄は、おまえは――と、別人の名を口にした。滅びた家で斃された次男の名であった。このことから、利重の手記はこう整えている。

弟・康明は兄とともに斬り捨てた家の次男の死霊に取り憑かれ、兄を殺害し、自らも相果てたのである。大畑頼房も、西岡占蔵も、檜垣高明、八家了太郎、そして、近藤康之と康明兄弟も、両名或いは片方が同様の境遇に陥り、殺人劇を展開したものに違いない。

だが、それが真実であるのなら、深編笠の武士が、帰藩するまでに生じた出来事が語る怪異はどのような解明がなされるのだろうか。

峠の茶店の女、宿場の女将、舟宿の浪人、仇討の男女、奇怪な状況で冥府へと旅立っていった彼らは、その地に留まっているのだろうか。その前に、彼らは何のために死んだのか。

誰も問うことのない、雨夜の薄明りのごとき謎は、なおも残るのだ。

ひとつ。茶屋の娘については、ある推測が成り立つ。一家が惨殺された晩、裏木戸を開けて、刺客たちを招いた者がいたらしい、と利重は書いている。その家に行儀見習いに来ている娘で、その日以降、忽然と姿をくらましている。年齢からすると茶屋の娘に該当するのだが、これは利重の知らぬことである。

利重は何かに気づいていたのかも知れない。彼が事件の一年後に失踪したことは、それを意味しているのではなかろうか。

魔々（ママ）

◉

霜島ケイ

霜島ケイ（しもじまけい）

◎

大阪生まれ。『出てこい！ユーレイ三兄弟』でデビュー。ファンタジーとホラーのジャンルで活躍。代表作に「封殺鬼」シリーズがある。他の著書に「カラクリ荘の異人たち」シリーズ、「九十九字ふしぎ屋 商い中」シリーズ、「あやかし同心」シリーズなど。「霜島けい」の別名義がある。

バスに乗り合わせた乗客の数が少ないのは、通勤の時間帯を外しているからばかりではないだろう。利用客のほとんどが町中のバス停で降りてしまうことに、咲希は気づいていた。

人がいないのをこれ幸いと、食料品や細々とした日用品を詰め込んだスーパーのレジ袋を隣の席に置いた時、車内に射し込んでいた遅い午後の陽が、バスの進行方向にあわせて大きく角度を変えた。陽射しに目を射られて、咲希はとっさに目をつぶった。次に目を開けた時には、窓からの視界が遠方まで広がっている。バスが道を折れて住宅街を抜け、そのまま川にかかる橋へと向かったからだ。

その川の名前は、境川という。そもそも川というのは、かつては土地の境界の役割を果たしていたと以前に何かの本で読んだことがある。そのせいで境川というひねりのない名前で呼ばれる川は、全国に山ほどあるとも。

つまるところ川を挟んであちらとこちらは、互いに目に入る距離であっても、境界線によってきっぱりと分かたれた別世界である。——本の受け売りのそんな言葉が、橋を渡るたびに咲希の頭をよぎるのは、窓から見える景色が今しがたまでの住宅地のそれとあまりに違うからだろう。

橋を通り過ぎれば、あたりは唐突に空と緑の濃淡と土の色になる。田畑や果樹園の狭間（はざま）に点在する家屋。山の裾野（すその）が緩やかな弧を描いて平地を縁取るのどかな風景は、里という郷愁めいた言葉が似つかわしい。俯瞰（ふかん）すれば三方を山に囲われ、開いた一方は川で塞（ふさ）がれた土地は、実際、市に吸収合併されて番地に変わる前は「三ッ原（みつはら）」と呼ばれる村だったという。山に近いほうから上原（うえはら）、中原（なかはら）、下原（しもはら）と集落が分かれていて、それがひとつの村になったから、三ッ原だ。住人は今でもその呼び名を使うことが多いらしい。

かつての集落を繋（つな）ぐ道路を一度も停まることなく走行していたバスは、山裾に近い「上原」の停留所でようやく咲希一人を降ろすと、残りの乗客を山向こうの隣町に運ぶために走り去った。

バス停から歩くこと十分ばかり、片側が畑、反対側は野放図に伸びた灌木（かんぼく）の茂みという小道を抜けた先に、祖母の高子（たかこ）が暮らしていた家はあった。

裾野に広がる杉の木立を背景にして、こぢんまりと建つ平屋の一軒家。囲う塀がないためにやたらだだっ広く見える前庭は、玄関の前に飛び石が幾つかあるだけで、あとはむきだしの地面だ。逆に、祖母が生前に手入れをしていたらしい裏庭の菜園は、春から夏へ移ろうこの季節には雑草が伸び放題に伸びている。あまりに殺風景なので、玄関のまわりに花壇をつくって花でも植えてみようかと、咲希は思っている。――いつか、そのうち。自分がこの家を受け継ぐと決めて、本気でここに住むとしたらの話だ。

半年前に亡くなった祖母が遺（のこ）したこの家に、咲希が移り住んだのは二週間前のことである。いや、スーツケースひとつ持って転がり込んだ、と言うべきだろうけど。

レジ袋を片手に抱えたまま、咲希は鍵を取りだして玄関の格子戸を開けた。

まず目に入るのは細長い三和土と板の間、正面にあるのは障子で仕切られた台所だ。玄関脇は南側に面した二間つづきの十畳と八畳、それに沿った縁側。台所の横に延びる狭い廊下に沿って四畳半の小部屋と板敷きの納戸が並び、廊下の奥が風呂場とトイレという間取りになっていた。

こぢんまりと言ったが、咲希が母親と一緒に住んでいた東京のマンションよりもよほど空間にゆとりがある。一人で暮らすには十分すぎるくらいで、これより大きな家だったら逆に持て余しただろう。もはや築年数もわからないほど古い家屋だが、修繕はきちんとされていたらしく、建具はしっかりしているし床が軋むこともない。さらに数年前に祖母が水回りをリフォームしたとかで、浴槽やトイレの設備はまだ新しい。

咲希は買い物袋をいったん板の間に置いて、縁側に出た。雨戸を開けて、八畳間に光を入れる。ガラス戸を開け、襖も開け放てば、薄闇がたまっていた廊下にも風が通った。

台所の障子も開けて、買ってきた品物を冷蔵庫や棚にしまってから、ヤカンを火にかけた。家電や家具、布団なども祖母がいた時のまま残っていたので、ありがたく使わせてもらっている。

コーヒーを淹れ、カップを片手に縁側に腰かけると、咲希はふうと息をついた。

（やっぱり、不便は不便よね）

ここへ来たばかりの頃は、陽当たりもいいし案外居心地のよい家だと思ったが、二週間を過ごした今は暮らすにあたって足りていない部分が目につくようになっていた。一番困るのは近くに買い物ができる店がないことで、何を調達するにしてもいちいち川向こうの住宅街のスーパーまで行かなければならない。三ッ原の住民はどこへ行くにも車を使うから不便はないだろうが、運転のできない咲希は今日のようにバスを利用するしかない。そのバスも、橋を渡る路線を走行する台数は少なく、最終の時間も早いのだ。

自転車を買おうかしら。そうすれば行動範囲も広がるし……と、思ってから咲希は苦笑した。

(いやだ。まるで、すっかりこの家に住むつもりでいるみたいじゃないの)

そんな覚悟があってここへ来たわけではない。この家に、この土地に根を下ろして生活している自分の姿は、まだ思い描くことができなかった。

咲希にとってここは、あくまでも祖母の家でしかない。他人の家に感じるようなよそよそしさはどうしても消えなかった。もっと足繁くここに通って、生前の祖母と親しく交流していれば、そんな違和感もなかったかも知れないが。

咲希がこの家を訪れたのは幼い頃、母親に連れられて来たほんの数回だけだった。来たという記憶はあるが、それ以外のことはほとんど覚えていない。祖母がいつも着物を着ていたことと、夜になるとあたりが真っ暗で静かで怖かったことくらいしか。

小学校にあがった頃には、母と祖母は断絶していた。何があったかは知らないが、あの母のことだから理不尽な言い分を持ち出して、一方的に祖母と縁を切ったのだろうと咲希は思っている。以来、二十年以上も祖母との連絡は絶えて、次に咲希がここを訪れたのは葬儀の時だった。

久しぶりに故郷に戻ったというのに、いやそれゆえか、葬儀の間、母はずっと苛立っていた。露骨に不機嫌な顔をして身構えてでもいるような様子に、今にも祖母への罵詈雑言が口から飛びだすのではないかと、咲希はハラハラした。

お悔やみを述べに来た者たちも、鼻白んだ顔で母を遠巻きにして、こちらが挨拶する間もなくそそくさと引き揚げていった。おかげで参列した者の誰が親戚で誰が祖母の知人であるのかさえ、咲希にはついぞわからずじまいだった。

悶着が起こったのは、精進落としの席でのことだ。

祖母はある程度まとまった額の金を遺していたらしい。母は当然のようにそれを要求したが、祖母の遺志はこの家を管理する者に財産を譲るというものだった。

――おかしいじゃないですか。

母は逆上した。

――娘の私が、親の金をもらえないって言うんですか。

――あんたがこの家に住んでくれれば、問題はないのだけどね。高子さんもそれを望んでいたのだろうし。

――あの女はそんなこと望んでなんかいないわよ。遺言状があるでしょ。見せてよ。

遺言状の開封には手続きが必要だから今は無理だと言われて、母は金切り声をあげた。

――冗談じゃない。こんな家に誰が戻るものですか。私はこの家の者に、いつも苛められていたんだから。

咲希はいたたまれずに、家の外に出た。自分の親をあの女と呼び、金に執着して騒ぐ母親の姿が恥ずかしく、惨めだった。

裏庭の菜園でぼうっと佇(たたず)んでいると、しばらくして「咲希ちゃん、だったね」と声をかけられた。見れば先ほど財産を巡って母とやりとりをしていた初老の男性だ。ちゃんづけで呼ばれる歳ではないなと思いながらもうなずくと、男は愛想良く笑って藤村辰男(ふじむらたつお)と名乗った。祖母のイトコの息子だというから、遠縁と言ってよいだろう。

辰男の家も同じ上原にあり、かたちばかり喪主を務めた母に代わって葬儀の一切を取り仕切ってくれたものらしい。それを知って咲希は慌てて礼を述べ、あわせて母の態度を詫(わ)びた。

「お母さんが――久美子(くみこ)さんが盆や正月にもこちらに帰って来ていないのは知っていたけれども、あの母娘(おやこ)はそんなに仲が悪かったのかね。高子さんは何も言っていなかったが」

怪訝(けげん)そうな顔をされて、咲希はわかりませんと項垂(うなだ)れた。辰男はいやいやと首を振ると、

「まあ、いきなりこっちへ戻って来いと言われても困るよな。みんな、自分の生活ってものがあるんだから」

鷹揚(おうよう)に言われて、かえって咲希は申し訳なさに唇を噛(か)んだ。いつもこうだと思う。母のしたことで他人に詫びるのはいつも私だ、と。

「お父さんは亡くなられたそうだね」

「はい。六年前に」

咲希が二十歳(はたち)になるのを待っていたかのように、父は急死した。単身赴任を繰り返して、自宅

にいないことのほうが多かった人なので、父娘の関係は希薄だった。真面目に働いて家族の生活を支えてくれたことに感謝はあるが、思い返しても家族の行事にその姿はいつもなく、きちんと父娘らしい会話をしたおぼえもない。死因は心筋梗塞で、ある日赴任先のアパートで死んでいるのが見つかった。その後の母娘の生活は、父が遺してくれた貯金と保険金と、就職した咲希の給料の一部で成り立っている。

「男の縁が薄い家なのかねえ。高子さんも――」

言いかけて、辰男は口ごもる。咲希は顔をあげた。

「祖父のことは知っています」

いつだったか、母が言っていたことがある。

――あんたのおじいちゃんは、よそに女をつくって逃げたのよ。私が小学校を卒業する前だったかしらね。それきり、どこでどうしているかも知らないわ。

あの、と咲希は少し考えてから訊いた。

「母には、姉妹はいませんよね？」

「まさか。高子さんには久美子さん一人しか、娘はいないよ。どうしてそんなことを？」

逆に驚いた顔で訊き返されて、咲希は何でもありませんと取り繕うように笑った。

結局母はこちらに戻ることを頑として拒み、この家をどうするかという問題は宙に浮いたまま、東京に帰る日になった。駅まで車で送ってくれた辰男は、別れ際に咲希にこっそりと自分の携帯の番号を書いたメモを渡して、「何かあったら連絡をくれたらいい。親戚なんだからね」と言った。

どん。

どこかで、何かを打ちつけたような音が響いた。つらつらと記憶を辿っていた咲希は、はっと我に返った。

いつの間にか陽は西に大きく傾いて、雲の縁を橙色に染めている。あたりに夕暮れの気配が忍び寄っていた。思いがけず長い間、ぼうっとしていたらしい。夕食の支度をしないとと、空になったカップを横に置いて立ち上がった時、携帯が鳴った。

慌てて台所に戻ると、テーブルに置いたままだったバッグから携帯を取りだす。

母の久美子からだ。咲希は一瞬躊躇してから、電話に出た。

「……ママ？」

『あんた今、どこにいるの？』

まるで何気ない会話のように、耳に入ってきた久美子の声は朗らかだ。咲希は小さくため息をつくと、

「言ったでしょ。おばあちゃんちよ」

『お金はもらった？』

祖母の遺した金のことだとわかって、眉間に皺が寄った。咲希が家を出てから二週間、連絡をまったくよこさなかったくせに、最初に言うことがそれか。

「もらってないわよ。そんなにおばあちゃんのお金が欲しいのなら、ママがここに住めばいいじゃないの」

最初にここへ来た日、辰男から家の鍵を受け取った時に、祖母の財産の話にもなった。辰男は当然、咲希が遺言状のとおりに家を受け継ぐために上原に移って来たと決めてかかっているようで、こちらが金を受け取れば本当にそういうことになってしまう。だから曖昧に返答を避けたまま、今に至っていた。

「家のこともお金のことも、辰男さんがちゃんと管理してくれてるの。おばあちゃんの四十九日だって、弁護士さんとのやりとりだって、本当ならママがやらなきゃいけないのに、全部やってもらったんでしょ。せめてお礼くらい言ったの？」

『お礼って何よ』

久美子の声がすっと冷めた。

『どうせみんなでグルになって、お金を騙し取ろうとしているんだわ』

「みんなって誰のこと」

『姉さんたちよ。親戚の連中と手を組んで、私に嫌がらせをしてきたの』

「ママにはお姉さんなんていないでしょ。一体、その人たちがどこにいるって言うのよ。お葬式にだっていなかったじゃない」

『あんたがわかっていないだけよ。おばあちゃんには、何人も娘がいたの。でもみんな、出来が悪いから里子に出されちゃったのよ。それで仕方がないから、私がよそからその家にもらわれてきたの。私には巫女の力があるから。お金だって本当の親が私のために用意したものを、おばあちゃんが私から取り上げて、自分のものにしてただけ』

「なんなのそれ。なんで巫女なのよ」

『姉さんたちは自分たちにない力を持っている私をやっかんで、それで事あるごとに私を苛めて』

「いい加減にして」

心底、うんざりだ。もちろんすべて妄想なのだ。

母の世界は常に他人の悪意で満ちている。他人のささいな言葉は自分への誹謗であり、善意や親切はすべて下心あってのこと——それを被害妄想と言うのだろう。悪意に晒されている自分を正当化するために、架空の人物や記憶を生み出して、その妄想が本当のことだと信じ込む。どこまでも自分に都合のいい話をつくりあげるせいで、当然ながら辻褄は全然あっていない。

いっそ妄想だけを日々垂れ流してくれれば、心を病んでいるの一言で片付けることもできるだろう。気の毒だと思うこともできる。母の抱える闇が怖いと思うのは、母が平然と日常の生活を送っていることだ。同じマンションの住人や知り合いとはそれなりに愛想良く言葉を交わすし、家事はとどこおりなくこなし、今日はどこのスーパーで安売りがあったとか、昨日テレビで観たドラマが面白かったとか、少し太ったからダイエットをしようかしらなどと、笑いながら言う。

その次の瞬間に、憎々しげな口調で、悪意のある人物やありもしない出来事を話し出すのだ。

母の中で妄想と現実はどうやって整合がとれているのだろう。咲希には見当もつかない。ただ、そんなことができてしまう人間は異常だと思う。だから怖い。

——まあ、祖父が妻子を捨てて蒸発したというのは、事実だ。

そうわかったのは、祖父のことを告げた時の母の表情に、妄想での悪意とはあきらかに違う怒りと嫌悪があったから。咲希にも理解できる感情であったからだ。

(わざわざ子供に言う話じゃないと思うけどね)

「あのね、ママ。どうして私が家を出てここに来たか、わかってる?」

電話のむこうから、きょとんとした声が返った。

『どうして? お金が欲しかったからじゃないの?』

咲希は肺の中の空気をすべて吐ききるほど、大きく息をついた。

「何言ってるのよ。大げんかになって、私が家を飛びだしたこと、忘れたの?」

『そんなこと、あった? おぼえてない』

この二週間で、母はまた都合良く自分の記憶を塗り替えたらしい。

「佐々木(ささき)さんのことで、勤め先にまで電話して。そのせいで私は仕事を辞めたのよ。ママのせいで……!」

ああ、とふいに思いついたように久美子は応じた。

『あの男ね。あの男も姉さんたちの手先よ。私にはわかるの』

咲希は歯を食いしばった。

「ママは、頭がおかしいわよ。こっちまでおかしくなりそう」

久美子は聞こえよがしにため息をついた。

『あんたのために言っているのに。親心のわからない子ねえ』

咲希は怒りで目が眩みそうになった。携帯を握る手が震えた。

「私、この家に住むから。そっちにはもう戻らないからね」

久美子の返事を待たずに、通話を切る。そのまましゃがみ込み、心の中で思いつくかぎりの言葉で母を罵倒した。

どん、どん。

ふたたび、鈍い音が響いた。家の中の、どこかの壁を叩くような音だった。

○

「家の中で音がするって、どういうこと？」

縁側に腰かけて咲希の出した茶を飲みながら、初美はふくよかな顔をしかめた。彼女は畑を越えたところにある隣家の住人で、昨年まで他県で暮らしていたが、本人いわく「今はめでたく離婚が成立して、実家に戻ってきた」らしい。三十過ぎで幾つか年上ではあるが、近所に年齢の近い女性がいるというのが、咲希には心強かった。

初美のほうも、咲希がこちらに来てから何かと気にかけて、たびたび顔を見せてくれる。今日もクッキーを焼いたと言って訪ねて来てくれた。人付き合いの上手いほうではない咲希でも、初美のさばけた物言いのおかげで、気安く会話をすることができる。こんなふうに縁側で誰かと茶を飲みながら世間話をするのは、都会にはない醍醐味だろうと咲希は思っていた。

「家の中で、壁を叩くような音がするの。廊下の壁みたいなんだけど」

最初にその音を聞いたのは、三日前。それから一日に二、三度は聞いたと思う。

困ったことがあったら何でも相談してと言われていたので、咲希はクッキーをつまみながら、迷わず初美に打ち明けた。

「それだけじゃなくて、天井からも」

「どんどん、て？」

「ううん。そっちはまだ一度聞いただけなんだけど」

昨夜のことだ。いつもなら深い眠りに落ちているはずの時間に、なぜかふと目がさめた。枕元の携帯の画面で確認すると、二時を少し過ぎたところだった。

咲希が寝室にしているのは台所の隣にある四畳半で、北側にカーテンを引いた窓、足もとの一面には押し入れの襖。家具といえば祖母の私物が残る古い箪笥のみで、咲希の服は長押にハンガーで吊してある。

室内は電灯の豆電球が灯るだけの薄闇だ。寝返りを打ち、掛け布団を顎まで引っぱり上げてもう一度眠りに戻ろうとした、その時――。

ぎしっと天井が鳴った。

咲希ははっとして、仰向けになって上を見た。

ぎしっ。ふたたび音が響いた。最初の音から位置が動いている。少し間を置いて、ぎしり、と、また。

咲希は布団の中で息を詰めた。

(家が古いから……)

確か、家鳴りというのだったか。温度差で木材が収縮して軋む音をたてると聞いたことがある。古い木造家屋ならなおさら、あちこちが軋んだところで不思議はない。そうでなければこんな──天井で誰かが歩き回っているような音がするわけがない。

音はそれきり途絶えて、室内はしんと静まり返った。なんとなくほっと息をついて、咲希は強張った肩の力を抜いた。

どんっ。

そのとたん、またも廊下で音がした。深夜に響くそれは昼間よりもずっと大きく、壁を叩くというより、拳で殴りつけたかのようだった。

「……そのまま朝まで寝付けなくて。おかげですっかり寝不足」

咲希は苦笑して言った。昼間の明るい陽射しの下でこんな話をしていると、なんだか間の抜けたことのように思えてくる。

「それ、もしかしたら屋根裏にイタチかアライグマでも棲みついているんじゃない?」

初美は顔をしかめた。

「壁の隙間に入り込んで暴れているのかも。もしそうなら早く駆除しないと、あいつらは糞尿をまき散らすから板が腐って大変なことになるわよ」

「そうなの？」

なるほど動物が入り込んだ可能性もあるわけか。それなら壁から音が聞こえるのも納得がいく。

(古い家って、本当にいろいろあるわね)

ため息をついてから、でもと咲希は首をかしげた。ぎしり、というあの音。重いものが踏みしめるような。イタチやアライグマがあんな音をたてるだろうか。

「もっと大きな動物かも」

「じゃあ、猿かしら」

「猿？　この辺りにいるの？」

いるわよ、と初美は笑った。

「山から下りてきて畑を荒らすし、本当に家の中に入ってきたりもするからね。――一度、専門の業者に見てもらったら？　なんなら、うちに出入りしている工務店に連絡を入れておくけど。川向こうの店だけど、古い家の修繕も慣れているみたいだし、信頼できるわよ」

「うん。ありがとう」

そうしてもらえると助かると、咲希はほっとしてうなずいた。

初美は湯呑みを置いて、立ち上がった。

「さ、そろそろ戻らなくっちゃ。あまり長く家をあけていると、うちの婆さんがいい顔しないのよ。出戻りのくせにふらふら出歩くなって。恥ずかしいだの、世間体が悪いだの」

ふんと高らかに鼻を鳴らして、言う。

「出戻りって、自分で言うぶんにはいいけど、他から言われると腹が立つのよね。こっちはやっとDV男と縁が切れてほっとしてるってのに。あげくに、弟がそのうち家を継ぐために戻ってくるはずだから、それまでには再婚して出て行けだってさ。まったく年寄りが、いつまでも偉そうな顔してないでとっととくたばれってのよ」

咲希はちょっと目を見張った。「婆さん」の言い様もあんまりだと思うが、たった今までさばさばと朗らかにしゃべっていた初美の、別人のように憎々しげな悪態に驚いた。

そのうちわかると思うけどと、初美は咲希に肩を竦めて見せた。

「ここってそういう土地柄よ」

「そういうって……」

「男尊女卑っていうの？　女は黙って男の言うことに従ってりゃいいって、いまだにそんなことを平気で口にする連中がいるのよ。特に爺婆の世代はどうしようもないわ。女は嫁いで男を産んでやっと一人前なんですって」

馬鹿みたいと初美は吐き捨てると、すとんとまた縁側に腰を下ろした。おそらく、離婚して実家に戻ったことに加えて、前夫との間に子供ができなかったことでも日々嫌味を言われているのだろう。

だとしたら、二十代も後半になって結婚もしていない自分は陰で何を言われているやらと、咲希は苦笑した。

「昔はどこも少なからずそういう風潮だったんでしょうけど、三ッ原はことさら女性蔑視がひどかったの。中でも嫁の立場が一番弱くて、扱いも相当酷かったそうよ。牛や馬のほうがまだ大切にされていたって」

初美は顔をしかめた。

「夫はもちろん、舅や姑に何をされても嫁は文句を言えなかったんですって」

酷い話ねと相づちを打つと、初美は咲希のほうに身を乗りだした。

「ねえ。浄光寺の入り口あたりに、わりと大きな五輪塔があるでしょ。知ってた？」

浄光寺は上原と中原の大半の家を檀家にする寺で、咲希の祖母の墓もそこにある。こちらに来てすぐに墓参りをしたのだが、その時に境内の隅に柵に囲われた石塔があるのを見ていたので、咲希はうなずいた。

「五輪塔って言うんだ？　屋根瓦みたいな石が乗せてあるやつ」

「そうそう。あれね、供養塔よ。――嫁ぎ先で殺された女たちの」

え、と咲希は声をあげた。

「殺された？　どうして」

「いろいろよ。婚家の仕打ちに耐えかねて逃げだそうとしたとか、誤って家畜を死なせてしまったとか、よその土地の男と駆け落ちしようとして捕まったとか。戦前までそういう話はあったみたい」

「そんな」

「殺され方も酷くて、皆の前で首を括られたり、棒で叩きのめされたり。公開処刑よね。そのくせ駆け落ちした男のほうにはお咎めはなかったっていうから、呆れる。女ばかり責められて」

凄惨な話に、咲希は言葉を失う。

「そんなことを子供の頃から何度も聞かされるんだから、たまったもんじゃないわよ……って、あ、ごめん」

初美は咲希の表情に気づいて、ばつの悪い顔をした。

「気分の悪い話をして、ごめんね。どうしてこんな話になったんだっけ。……そうだ、うちの婆さんが煩いってことからだった。うわあ、本当にもう帰らなくちゃ」

お茶をごちそうさまと、いつもの快活な口調に戻って、初美は立ち上がった。

「じゃあ、工務店には連絡しておくから。なるべく早くって言っておくわ」


本当に初美が急かしてくれたらしく、翌日の朝に工務店から連絡があり、午後には工具を持った業者がやって来た。

「屋根裏と壁の中に、何か棲みついているんじゃないかというお話でしたね」

業者はいかにも現場のたたき上げといったふうの年配の男性で、受け取った名刺には生田と名前があった。

「まず屋根裏を見せていただいてもいいですか」

当然のように階段の場所を訊かれて、咲希は困惑した。

「階段はありません」

生田は逆に驚いた顔をした。

「昔は屋根裏を物置にすることが多かったので、平屋でも階段はあると思うんですが」

「でも、本当にないんです」

家のどこにも、階段などない。そもそも階段で屋根裏に上がれるなら、業者を呼ぶより先に自分で見に行っている。

「先に壁のほうを調べてもらえますか」

音がするのは廊下の納戸の板戸と洗面所の引き戸の間の壁だと、すでに見当はついていた。咲希がそこまで案内すると、壁を隅々まで調べてから、生田は今度は怪訝そうな表情になった。失礼しますと断ってから納戸を覗き込み、次いで洗面所の戸を開ける。壁まで戻って、ノックするように軽く叩いた。

「ここは、もともとは壁じゃないですね」

えっと咲希は目を見張る。

「間尺があわないんですよ。ほら、これだとこっちの納戸と洗面所の間に、この厚みの壁があることになってしまう」

言われてみて、咲希も気づいた。壁の幅は一メートルほど、隣り合っているはずの納戸と洗面所が、その厚みの壁によって隔てられているということだ。確かに不自然な気がした。

「この向こうに空間があるみたいだな。音でわかりますよ」

「あの……つまり、どういうことですか」

呑み込めずに咲希が訊ねると、おそらくと生田は前置きして、

「ここに階段があるんだと思いますよ。入り口の戸を外して、壁にして塞いだんじゃないかなあ」

「どうして、そんなことを？」

さあそれはと生田は苦笑した。

「屋根裏に何か入り込んでいるなら、そいつらが階段を伝って下りてきて、この壁にぶつかって音をたてているんじゃないでしょうかね」

「じゃあ、屋根裏に上がるのはもう無理かしら」

そんなことはないと、生田は肩をすくめた。

「壁を壊すのは簡単ですよ。そうしろとこちらから勧めるわけにはいかないけどね。どうします？」

どうするかと訊かれても、その場で決断できることではない。生田もそれはわかっていたようで、何かあったらまた連絡をくださいと言って、引き揚げて行った。

家の中の壁を壊すというのは――たとえもともと壁ではない場所だとしても――ずいぶん大事のように思える。久美子には「ここに住む」と言い放ったものの、怒りにまかせてのことで、本心からの言葉ではもちろんなかった。だから他人の家に傷をつけるようで、気がひける。

それに壁を取っ払って屋根裏の害獣駆除をおこなうとなると、費用の問題がある。今のところ勤めていた時にコツコツと蓄えていた金とささやかな退職金で凌いでいるが、早いところ仕事を見つけなければ、いずれ生活が追いつめられるのは目に見えていた。懐具合を気にする身としては、予定外の出費は頭が痛い。

とはいえ、このまま屋根裏を放置しておけば、ここにいる間ずっとぎしぎしだのどんどんだのという音に悩まされ続けることになるのだろう。

家の管理をまかせていたのだからと辰男に電話をしてみたが、階段が塞がれていることを初めて知ったらしく、驚いていた。そのうえで、「その家はもう咲希ちゃんのものも同然なのだから好きにしていい」と言われて、咲希はいっそう頭を抱える羽目になった。

——どうして階段を塞いだのだろう。

辰男も知らなかったということは、屋根裏を閉ざしたのはずいぶん昔のことではないか。祖母は知っていたのだろうか。久美子は。

十畳間の卓袱台に頬杖をついてあれこれ考え込んでいる間に、気づけば縁側には夕闇がせまり、家の隅々が暗く翳りはじめていた。

咲希は立ち上がって電灯をつけた。縁側の雨戸を閉てながら、ふと、もうこのまま家に住んでしまおうか、と思った。

（おばあちゃんのお金を受け取って……）

腹を括って自分の家にしてしまえば、ここに来てからずっと感じてきたよそよそしい居心地の悪さも消えるだろう。祖母の遺した金があれば、この先の生活も少しは余裕をもって考えることができる。

（住みやすいようにリフォームしたっていいんだし）

その手始めに、害獣駆除だ。それから祖母の残した私物を処分して、自分好みの家具を置く。布団の上げ下ろしが面倒だから、寝間の四畳半にはベッドを入れてもいいかもしれない。庭の花壇には何の花を植えようか。そうだ、自転車も必要だ。

（仕事はどうしよう）

三ッ原で働き口があるとは思えない。ならば川向こうの町で探して、就職は無理でもパートやアルバイトならきっと見つかるだろう――。

ふわふわとそんなことを考えた後、反動のように不安が押し寄せた。

ここに住む？　本気で？――もし祖母の金を受け取ったら、この家に、この土地に、死ぬまで縛られることになるのではないか。

（……ママに訊いてみる？）

階段の壁のことを知っていたかどうか。その壁を壊してしまってかまわないか。だってそもそもこの家は、久美子が受け継ぐはずのものだったのだから。

携帯を握って逡巡（しゅんじゅん）していると、手の中で着信音が鳴った。ぎょっとして相手を確認すると、当の久美子だ。反射的に、電話に出た。

『ちょっと気になることがあるんだけど』

とたんに咲希は後悔した。母の口調は刺々しい。いやというほど聞き覚えのある、妄想を語る時のそれだ。

『あんたね、本当はそこで男と暮らしてるんじゃないの？』

思わず「はあ？」と声が出た。

「何言ってるの？　そんなわけないでしょ」

『だっておかしいじゃない。男と一緒になりたくて、うちを出て行ったんでしょ？　あの佐々木とかいう男とその家にいるんでしょ。だから、帰ってこないんだわ』

泣きたくなった。母の中で、今度はどんな都合のいい話ができあがっているのだろう。

「佐々木さんとはそんな関係じゃないわよ。つきあっていたとしても、もう終わったの。ママは自分が何をしたか、覚えてないの？」

佐々木直也は職場の同僚だった。実のところ、半年ほど交際していた。直也は何も言わなかったが、咲希のほうはそろそろ結婚を意識し始めていた。

咲希がここへ来る、一ヶ月ほど前のことだ。その日は朝から微熱があって体調が悪かった。なのに無理をして出社した上に、直也に誘われて会社帰りに一緒に食事に行った。

案の定、途中で酒を飲んだら気分が悪くなった。悪寒と吐き気がして食事どころではなくなり、直也がタクシーで家まで送ってくれた。ほとんど担ぎ込まれるようにして家に入り、咲希はそのまま自分のベッドに倒れ込んだ。

翌日から熱を出して丸二日会社を休んだが、その間、直也からは一度も連絡がなかった。出社

して真っ先に迷惑をかけたことを謝りに行くと、彼は何とも言えない表情で、

——もう二度と娘には近づくなってさ。ものすごい剣幕で怒鳴られたよ。

娘に何をした、わざとこんなことをしたのだろう、誰に命令されてやったのか——と、玄関で久美子にわけのわからない罵倒をされたと聞いて、咲希は青ざめた。

そればかりではない。久美子は職場の上司にも電話をして、佐々木という男が娘を騙して酷い目にあわせたと騒いだのだ。

その話は、職場にあっという間に広まった。

——上司に呼び出されて、いろいろ訊かれたよ。評価にも響くし、いい迷惑だ。

——君の母親は、頭がおかしいんじゃないのか。

すべて終わりだと思った。同じ職場で直也と顔をあわせることが辛く、他の社員たちの好奇の目に晒されることも耐え難くて、咲希は逃げるように会社に辞表を出した。

『本当に親心がわかってないのね。母親なんだから、娘を心配するのは当然でしょう』

何が親心だ。そんなものは愛情でも何でもない。この女は、被害妄想の上に、「娘を心配する母親の自分」が好きなだけだ。

同じことは前にもあった。中学で初めてボーイフレンドができた時。高校で仲良くなった友人と旅行に行く計画をたてた時。ボーイフレンドの件では母はわざわざ学校まで来て、担任の先生に相手の男子生徒についての苦情を並べ立てた。旅行の件では、「高校生の女の子だけで旅行に行かせて、何かあったらどうするのか」と友人の親に電話をしてくってかかった。

そんなことがあるたびに、咲希の周囲からは人がいなくなった。——だから気をつけていたのに。直也との交際を、久美子には気づかれないよう隠し続けていたのに。

「ママとは何を話したって無駄ね。もう切るわよ」

あらそう、と揶揄(やゆ)するような声が返った。

『その家ねえ、お化けがでるわよ』

咲希はかっとして、通話を切った。

電灯に白々と照らされた畳の間は、とたんに音が消えて静まり返った。咲希は携帯を握りしめたまま、唇を噛んでその場に立ち尽くしていた。

ここへ来たのは、母から逃げるためだった。久美子の妄想に振り回され、自分の人生を食い荒らされるのはもうたくさんだと思った。

直也と結婚できたら、逃げ場が得られると思ったのに。今の咲希には、この家しかない。他に、母から逃げられる場所など、どこにもなかった。


その夜は鬱々(うつうつ)としながら布団に潜り込み、ようやくうとうとし始めた時にまた、天井が軋むように鳴った。

ぎしり、ぎしぎし、と、一昨日に聞いた時にはまだ密(ひそ)やかだったそれが、今夜は何体もの生き物が遠慮なく歩き回っているかのように重なって響いた。合間に、例の壁がどん、どんと音をたてる。

咲希は頭まで掛け布団を被って、耳を塞いだ。――無理だ、と思った。こんなのはとても我慢できない。

音は一時間ほどで止んだが、咲希はそのまままんじりともせずに朝を迎え、工務店が開く時間を待ちかまえて生田に連絡を入れた。

○

生田は若い従業員を一人連れてやって来た。手際よく床や周囲の壁を養生シートで覆い、くだんの壁を取り払う作業にかかった。

咲希は邪魔にならないように台所で待っていたが、思っていたよりも短い時間で、終わりましたと生田が呼びに来た。

早いですねと驚いてみせると、生田は首に巻いたタオルで顔の埃を拭いながら、「いやあ」と笑った。

「土壁なんで、ぶち抜くだけならそんなにかかりませんよ。ただ、壁の向こうに横木が何本も、やたらに頑丈に打ちつけてあったもので、そいつを外すのがちょっと手間だったかな。……なんだってわざわざ、そんなことをしたんだか」

壁がなくなってしまうと、その場所はまるで廊下に黒々と出現した洞のようであった。おそるおそる覗き込んで、ああやっぱり階段だったんだと、今さらのように咲希は感慨を覚えた。

座敷の襖を開け放っても、廊下の隅々は薄暗い。仄かに浮かび上がって見える階段の踏み板も、数えられるのは三段目までで、それより上は漆黒に沈んでいる。

若い従業員に瓦礫とシートを片付けるように指示して、生田は懐中電灯を手に、階段を上がって行った。

下で待っている咲希の耳に、屋根裏を歩く彼の足音が届く。みしり、みしりと、床を踏みしめる音は、夜半に聞いたそれと同じだった。

「光を入れるのに、小窓を開けていいですか」

ややあって、上から生田の声が聞こえた。小窓に打ちつけられた板を剝がしていいかと聞かれて、お願いしますと咲希は仰向いて返事をした。

窓が開いて陽が入ったらしく、階段の上部の闇が、うっすらと透けた。かすかに空気が動いたのも感じる。あらためて見るとかなり急勾配の階段で、幅も狭い。両脇は土壁で、触れるとざらりと細かい破片がこぼれ落ちた。

「何かいますか？」

動物にどれくらい荒らされているかが気になったが、生田は応じる代わりに階段の上から顔を出した。

「ちょっと上がってきてもらえますか。ああ、急なので足もとに気をつけて。それと埃が積もってますんで――おいシゲ、その人にスリッパを渡してくれ」

シゲと呼ばれた従業員が差し出したスリッパを履いて、咲希は階段を這うようにして屋根裏に上った。

　そこは思っていた以上に広い空間だった。板を剝がしたという小窓から白い光が入って、ぼんやりとではあるが、物のかたちを浮かび上がらせている。上方は屋根の裏側となる斜面。複雑に入り組む、太い梁(はり)や柱。かつては本当に物置として使っていたのか、足もとはしっかりとした板張りの床になっていた。

「それで、見ていただきたかったのはですね。――まあ早い話が、何が入り込んだんだか現状ではわからなかったってことです」

　傍らに立った咲希に、生田は肩をすくめて見せた。

「わからない？」

「ざっと調べましたが、そもそも荒らされた形跡がない。糞も落ちてないですし」

「そんな……だって歩き回る音がしたり、壁を叩く音だって」

　何もいないはずがないのだ。咲希はあらためて屋根裏を見回した。

　その床を、生田は懐中電灯で照らした。光の輪を遠く近く動かしながら、

「ほら、足跡がひとつもないんですよ」

　床には埃が積もっていて、場所によっては白く粉を撒(ま)いたようにも見える。生田が言うとおり、そこに何かが歩き回った痕跡(こんせき)はなかった。少なくとも、生田が踏んだ跡以外、屋根裏の床に動物の足跡とおぼしきものは見あたらない。

「でも確かに……昨夜だって」

咲希は生田から懐中電灯を借りて、四畳半の真上と見当をつけたあたりを照らしてみた。埃が白く光るだけで、そこにはやはり何の跡もない。

じゃあ何の音だったのだろうと、咲希は呆然として思った。やっぱり家鳴り？　真夜中に聞いた音に怯えて、勝手に足音だと思い込んだだけ？

うろうろと電灯の光をさまよわせていると、奥に観音開きの戸があることに気づいた。小窓からの光が届かず、それまで闇に沈んでいた場所である。

（あんなところに？）

「おい、ぐずぐずするな！　いつになったら要領ってもんを覚えるんだ！」

生田の怒鳴り声が階段のほうから聞こえた。下で作業をしている若者に何か指示をしているのだが、相手がどうも手間取っているらしい。

一度そちらを振り返ってから、咲希は懐中電灯を手に奥へと足を進めた。何のための戸なのか、確かめたかった。

「なんだ……」

近くに寄ってみると、ただの作り付けの物入れの扉だとわかって、咲希は苦笑した。当たり前だが、どこかへ通じるドアではない。

（こんなところにドアがあったら、壁の外へ出ちゃうものね）

懐中電灯を床に置いて扉を手前に開くと、ふわりと中の埃が舞った。物入れの内部は思ったよりも奥行きがあって、棚板で上下に区切られている。

その棚の上部に、一抱えもある白い塊が置かれていた。

咲希は懐中電灯を取り上げて、それを照らしてみた。塊は、白い布で覆われた何かだ。

ちょっと躊躇ってから、おそるおそる布をつまんでめくってみた。

「これって……？」

布の下からあらわれたのは、木で精巧に組み立てられた神社の本殿の、ミニチュアみたいなものだった。首をかしげてから、咲希はあっと思った。

（もしかして、神棚の？）

咲希の暮らしには無縁のものであったが、神棚を見る機会くらいはある。どこでも高い場所に設置した棚の上にこれと同じようなお社があって、榊や酒や、他にも細々とお供えがしてあったはずだ。そう思って棚の隅にも光をあてると、御神酒入れや小皿などの神具がひとまとめに寄せられて、埃をかぶっていた。

なぜ神棚がこんなところにと、咲希は顔をしかめた。古いものらしく、社は全体が泥をなすりつけたように黒ずんで、よく見れば虫食いの跡などもある。

——まるで棄ててあるみたいだ。

どうしました、と生田の声がした。下から持って来たらしい別の電灯でこちらを照らしながら、咲希の傍まで来ておやと呟いた。

「こういうことは、たまにあるんですよ。古い家だと、神棚や仏壇をそのままにして住人が引っ越してしまったりしてね。物置にガラクタと一緒に放り込まれているのを見たこともあるなあ。

神様のお住まいなんだから、本当はきちんとご供養するべきなんだが」

「でもここには、半年前まで祖母が住んでいたんです」

「処分するのをお忘れだったんじゃないでしょうかね。あるいは、ご存知なかったのかも。いつから屋根裏に人が入っていないのかはわかりませんが、ずいぶん昔のものみたいだし」

咲希はもとのように社に布を被せると、物入れの扉を閉めた。

「こういうのは、どうしたらいいでしょう？」

「供養というのなら、神社に持って行ってお焚き上げしてもらえばいいと思いますよ」

マンション暮らしでは考えられなかったことばかりだわと、咲希は手についた埃を払いながら、ため息をついた。


その後もう一度、生田は念入りに屋根裏を調べて回ったが、動物が入り込んだ形跡はやはり見つからなかった。

「申し訳ないが、うちではこれ以上はちょっと……。害獣駆除を専門にしている業者を手配して、もっと詳しく調べてもらうことはできますが」

どのみち今日はもう無理だと言われて、咲希はうなずくしかなかった。

生田は屋根裏で見つけた古い板戸に取っ手をつけて、壁があった場所に扉として設置してくれた。おかげで、風呂場や洗面所へ行くたびに洞のように開いた階段の前を通り過ぎずにすむのは、ありがたかった。

「せっかく来ていただいたのに、すみません」

咲希が言うと、何もなければそれに越したことはないからと生田は鷹揚に笑い、壁を取り払った工賃だけを受け取って帰って行った。

○

「これ、うちの畑で穫れた野菜なんだけど、よかったら」

初美が袋いっぱいの青菜を持って訪ねて来たのは、その二日後のことだった。咲希が礼を言って受け取ると、縁側に腰を下ろして、人差し指で上を示す仕草をした。

「どうだった？」

「それが……」

咲希が先日の経緯を説明すると、初美は壁を壊すくだりで「えっ」という顔をし、最後にため息をついた。

「結局、何もいなかったってこと？」

「専門の業者さんに調べてもらわないと、まだはっきりはしないんだけど」

「なんか、ごめんね。私がよけいなことを言ったせいで、逆に大事になっちゃったみたい」

申し訳なさそうに言われて、そんなことはないと咲希は慌てて首を振った。

「音が気になっていたのは本当だから、生田さんに来てもらったのは助かったわ」

「それで、業者さんは呼ぶの？」

「もしまだ何かいる感じだったら、お願いするかも」

ただ、屋根裏に入った日以来——と言ってもまだ二日だが、ともかく家の中は静かだった。夜に天井がぎしぎしと鳴ることはなくなり、壁の代わりに取りつけられた板戸が内側から叩かれることもなかった。

動物がいたとしたら、人間の気配に驚いて逃げだしたのだろうか。——それとも、本当に最初から屋根裏には何もいなかった？

実際には足跡も荒らされた様子もないのだから、「何かがいる」というほうが、無理があるのだろう。けれども、何度自分にそう言い聞かせても、咲希の中では腑（ふ）に落ちない思いが膨らむ。

「だけど階段を壁で塞いだって、どうしてだろ。……あ、もしかして、何かすごいお宝でも隠してあったとか？」

おどけたように初美に言われて、お宝どころかと咲希は苦笑した。

「古い神棚のお社が、物入れの中にあっただけ」

「何それ。屋根裏に神様をお祀（まつ）りしてあるの？」

咲希は「うん」とも「ううん」とも、自分でもどっちつかずの返答をした。

「……初美さんは、オシラサマって知ってる？」

「オシラサマ？　東北の？」

やっぱりそう思うよねと、咲希は呟いた。有名なのは、岩手の遠野（とおの）のオシラサマだろう。

「そうじゃなくて、三ッ原にもオシラサマがいたらしいの」

その話は、辰男から聞いたことだ。

二日前、生田が帰った後すぐに咲希は彼に電話をして、屋根裏の作業について報告してから、物入れにあった社のことを訊いてみた。

電話の向こうで辰男は束の間、考え込むように沈黙してから、ああと声を返した。

『ひょっとするとそれは、オシラサマじゃないかな』

辰男によれば、かつて三ッ原――というより、もっぱら上原の集落の人間が、ある特別なお社のことをそう呼んでいたという。

『昔は、女性は家族の世話や野良仕事のために、家を離れることが難しかったんだ。それで持ち運びのできる小さなお社を造って、集落の家々が順番にそれを置いて祀っていたと聞いたことがあるな。お社のほうから家に来てくれれば、女性たちがわざわざお宮へ詣でなくてもすむということだったらしい』

普通の神棚とは違うのだろうか。そう思って訊いてみると、

『女性のためのお社だから男は拝んじゃいけないとか、祀る場所も女性が寝起きする部屋に限られるとか、しきたりがいろいろあったんじゃなかったかな。確かひとつの家で一年間オシラサマを祀ったら、次の順番の家に持って行くのだったたか……』

子供の時にうちの年寄りから聞いたきりだから、あまり詳しくは知らないんだと、辰男は曖昧

に言った。その頃にはとうにオシラサマを祀る風習はなくなっていたから、と。

『だから、もしかするとオシラサマを最後に祀ったのがその家だったのかも知れない。次の家に渡さないまま置いてあって、そのうち忘れられてしまったんじゃないかと思うよ』

長い間皆が拝んできたありがたい神様だから、その家に落ち着いた後はきっと家の守り神様になってくれただろうねと、辰男は電話口の向こうで笑って言った。


「……知らなかった。上原にそんな風習があったなんて」

初美はへえと感心してから、でも嫌な感じねと眉を顰めた。

「そう？」

「だって結局は、女を家に縛りつけて外にも出さないように、持ち回りのお社を祀ったってことでしょう？」

ふんと鼻を鳴らしてから、初美は襖ごしの廊下に目をやった。

「ね、私も屋根裏を見せてもらっていい？」

「いいけど、汚れるわよ。埃がすごいから」

平気平気と手を振って、初美は縁側に上がった。

「じゃあその間に、お茶を淹れなおすね。これ、冷めちゃってるから」

いそいそと階段へ向かう初美を横目に、咲希は急須を手に台所へ向かった。出がらしを捨てて、戸棚にある茶葉の缶に手を伸ばした――その時だった。

悲鳴とともに、がたんっ、だんっ、と廊下に音が響いた。

「初美さん？」

驚いて廊下に飛びだすと、どうやら階段から転げ落ちたらしい初美が、壁に背中を押しつけた恰好で座り込んでいた。

大丈夫かと訊こうとして、初美の表情を見た咲希は言葉を呑んだ。目の前の階段、その薄闇の一点を凝視し、両目を限界まで見開いたままで初美は凍りついている。

どうしたのとおそるおそる声をかけると、ようやく我に返ったように、初美はのろのろと視線をこちらに向けた。と、次の瞬間、弾かれたように立ち上がり、階段の扉の取っ手を摑んで叩きつけるようにそれを閉ざした。

「な、何でもないの。階段を上ろうとして、うっかり足を踏み外しちゃって」

「大丈夫？　怪我してない？」

「うん、大丈夫」

初美は、咲希から目を逸らせるようにして縁側へ向かうと、そのまま履いてきたサンダルをつっかけた。

「ごめん、今日はもう帰るね。急用を思い出したから」

「え……」

咲希も慌てて縁側に出ると、沓脱石に脱ぎっぱなしにしてあったスニーカーに爪先だけ引っかけて、初美を引き留めた。

「ねえ、本当にどうしたの？」

「だから、何でもないってば！」

声を跳ね上げてから、取り繕うように初美はぎこちない笑みを見せた。束の間、何かを迷うように唇だけ動かす。すぐに首を振ると、蚊の鳴くような声で囁いた。

「……気をつけてね」

何をと聞き返す間もない。初美が踵を返して逃げるように足早に去っていくのを、咲希はぽかんとして見送った。


夜、咲希は眠りの中でその音を聞いた。

キィと階段の扉がかすかに軋んで開いた。軋むはずがないのにと、夢うつつに咲希は思った。新しい金具で取りつけてもらったばかりなのだから。

みしっと、廊下の床が鳴った。みし、みしと、それは納戸の前を通り過ぎ、咲希のいる寝間に近づいてくる。

みし。入り口の襖の前で、止まった。

こと、と今度は襖が音をたてた。ことこと、ことことと、何かが襖を小刻みに揺らしている。音は次第に大きくなり、やがてがたんと大きく揺れたと思うと、襖はすっと横に数センチ動いた。

寝間にはかろうじて豆電球の乏しい明かりがあるが、隙間から覗く廊下は真っ暗だ。

その闇の中から、白いものが突きだされた。襖縁の上をまさぐるように、伸びたり縮んだり、折れ曲がったりと蠢いている。

　横になったままぼんやりとその光景を眺めていて、ふいに咲希は気づいた。

　何匹もの芋虫のように動いているそれは、人の指だ。

（入ってくる）

　咲希は思った。あの指が縁を摑んで、隙間を広げたら。襖を引き開けたら。廊下にいる何かが、誰かが、部屋に入ってくる……。

　木でできた襖縁の上を這っていた指が、くっと力をこめたように動きを止めた。

　がたん。

　——襖が、ゆっくりと開いた。


　悲鳴を上げて、咲希は飛び起きた。

　心臓の鼓動が、がんがんと頭に響くようだ。布団に上半身を起こした恰好で、荒い息を吐きながら、咲希はあたりを見回した。

「……夢？」

　カーテン越しにも、外がすでに明るいことがわかる。携帯で時間を確認すると、いつも起きる時刻をとうに過ぎていた。

　咲希は襖に目をやった。寝る前に見た時のまま、ぴたりと閉じている。

（ひどい夢）

思い出してもぞっとする。なんとか気持ちを落ち着かせて、咲希は立ち上がった。悪夢を見たせいか、身体が重い。のろのろとカーテンを開け、寝間着を着替えて、部屋を出た。

廊下の奥の洗面所へ向かおうとして、思わず足が止まった。階段の扉が、わずかに開いていた。昨夜はちゃんと閉まっていたのに。

とたんに脳裏をよぎった悪夢の光景を、咲希は頭を振って打ち消した。手を伸ばして扉を閉めると、その前を通り過ぎた。

身支度を調えて部屋に戻る。畳にのべられたままの布団を見て、ため息をついた。いつもなら起きてすぐに押し入れに仕舞うのに、今朝は何もかもが億劫(おっくう)だ。

それでもどうにか手を動かして、敷き布団と掛け布団を重ねて持ち上げた。押し入れの上段へよいしょと押し込んだが、うまく入らない。奥で何かがつっかえてでもいるみたいに。

もともとこの四畳半の押し入れには、咲希が今使っているものの他にも何組かの布団が収まっている。幼い頃、久美子に連れられてここへ来た時も、この押し入れから布団を引っぱり出して、十畳間に敷いて寝た記憶があった。

(何か引っかかっているのかしら)

抱えていた布団をいったん足もとに下ろして、押し入れの奥へ腕を突っ込んでみる。中に積み重なった布団や備品の間を手で探っていると、ひやりとしたものが触れた。

何だろう、と思った瞬間。——ぎゅっと手を摑まれた。

「ひっ」

手の甲から手首にかけて食い込んだ冷たい指の感触に、咲希の全身が粟立った。とっさにそれを振り払い、押し入れから腕を引き抜いて飛び退いた。勢いあまって反対側の箪笥に背中をぶつけたが、痛みを感じるどころではない。

（何？　なんで？）

押し入れを凝視したまま、咲希は後ろ手で入り口の襖を探った。今にも布団を押し分けて何かが顔を出すのではと思うと、目を逸らすことができない。襖の引き手を探り当て、背中を向けたまま開け放つと、廊下に転がり出た。

縁側から飛び降り、素足のまま裏の菜園まで逃れて、ようやく息をついた。とたん、冷や汗が全身にどっと噴き出した。

おそるおそる掴まれた手を見ると、赤黒く五本の指の痕がついている。

――猿だ。

咲希は唇を噛んだ。壁がなくなったから、屋根裏から出てきたに違いない。そうして、あの押し入れに忍び込んだ……。

「なによ。やっぱりいるんじゃないの」

驚愕と恐怖が、腹立たしさに変わる。足は泥だらけだし、箪笥に打ちつけた肩が今になって鈍く痛んだ。咲希はおのれを奮い立たせると、玄関に回った。上がり口に置いてあった雑巾で足を拭い、ついでに祖母が使っていた箒を手に取って、寝間へ向かった。

四畳半はしんとしていた。押し入れの戸は開いたまま、何かが這い出た様子もない。

「出てきなさいよ！」

咲希は箒を脇に立てかけ、押し入れの中身を掴んで引きずり出した。上段を空にすると、畳に積み上がった布団類を足で押しのけて、下段を覗き込む。そこに仕舞われていた物も手当たり次第に外へ放りだした。

そうして、空っぽになった押し入れを見つめて、大きく息を吐いた。

押し入れの中には、何もいなかった。


すぐに工務店に連絡をして、電話に出た事務の女性に生田への取り次ぎを頼んだ。

「害獣駆除を、急ぎでお願いします。先日来ていただいた時には見つからなかったけど、屋根裏にいるのは間違いないんです」

だが、相手は咲希の名前を聞いたとたんに、息を呑んだように黙り込んだ。

「もしもし？」

『……申し訳ありません。生田は今、入院しておりまして』

困惑した声で言われて、咲希はえっと目を見開いた。

聞けば車の運転を誤って、民家の塀に突っ込んだのだという。事故を起こしたのはこの家に来た日。――その帰り道で。

幸い生田も、同乗していたシゲというあの若い従業員も命は助かった。だが重傷を負った生田が仕事に復帰するまでには、かなり日数がかかるだろうとのことだ。

「あの、それでは他の方を手配していただくことは出来ませんか。本当に困っていて」

申し訳ありませんと繰り返した女性の声は、何かに怯んでいるように聞こえた。若い声ではない。もしかすると生田の身内だろうかと、咲希はふと思った。

『うちは大きな店ではないので、他の者も今は手一杯なものですから』

「専門の業者さんの話をされていましたので、そちらを紹介していただくだけでもいいんです」

ふうと弱々しく息を吐く音につづいて、きっぱりとした声が返った。

『すみませんが、お宅様の仕事はもうお受け出来ません』

咲希が唖然としている間に、先方は『失礼します』と言って通話を切った。


何が何やらわからず、咲希は途方に暮れて初美の携帯に電話をした。生田が入院したと告げると、初美は『ええっ』と言ったきり言葉もないようだった。

「それが、うちから帰る途中で事故を起こしたらしいの。そのせいか、もう一度来て欲しいと言ったら、電話に出た女の人にうちの仕事はもう受けないって断られてしまって」

『ああ、それ多分、生田さんの奥さんよ。あそこはほとんど家族経営だから』

やっぱりと、咲希はため息をついた。生田のことは気の毒だと思うし、身内なら動転していても仕方がないと思う。でも、事故そのものは咲希のせいではないのに。

『工務店に連絡したってことは、何かあったの？』

「屋根裏にいたのは、やはり猿だったのよ。それが部屋にまで入ってくるようになって、困っているの。駆除してもらわないと」

『猿……？　姿を見たの？』

「見てないけど、いるわよ。さっきも押し入れに隠れていたやつに、手を摑まれた」

初美は押し黙ってから、『わかった』と低く呟くように応じた。

『生田さんとはつきあいが長いから、私からも奥さんに電話してみる。面会できるようなら、病院にお見舞いにも行きたいし』

通話を切ると、どっと疲れた気がした。まだ午前中だというのに頭が重くて怠い。そういえば朝ご飯もまだだったと思い、咲希は台所に向かった。

廊下に出たとたん、ぎくりと足が止まった。

――階段の扉がまた、半分ほど開いていた。

咲希はとっさに駆け寄って、扉を閉めた。留め具が緩いのだろうか。どうせならもっとちゃんと取りつけてくれればいいのにと恨めしく思いながら、台所から椅子を運んでストッパー代わりに扉の前に置いた。廊下の行き来には邪魔になるが、これで簡単に開きはしないはずだ。

その日は何をする気力もないまま、ぼうっと午後を過ごし、食事は簡単にすませて早々に床についた。さすがに四畳半で寝る気にはなれないので、十畳間に布団を敷き、襖はすべて閉め切った。電灯も明々とつけたまま、それでようやく少し安心できて、咲希は眠りに落ちた。

初美から連絡が来たのは、翌日の午後であった。咲希はいつものように縁側に腰を下ろして、携帯を耳にあてた。

『今、病院の駐車場にいるの。家だと婆さんが聞き耳をたてているから。ここならまわりに人がいないし』

生田に会ってきたと、初美は言った。包帯に包まれた姿は痛々しかったが、本人は意識もしっかりしているし短い時間なら話も出来たとのことだった。

それでねと、初美は電話の向こうでちょっと口ごもってから、

『生田さんが言うには、階段はもう一度、塞いだほうがいいって』

どういうことかと咲希は困惑した。

『やってはいけないことだった、あの壁は取り払っちゃいけなかったんだって言ってた』

「……今になってそんなことを言われても。第一、屋根裏には猿が入り込んでいるのよ。階段を使えなかったら、追っ払うこともできないじゃない」

初美は沈黙した。言葉を発することを、躊躇っているかのように。

「初美さん？」

『あのね』ようやく聞こえた声は、低く沈んでいた。『その家の階段て、後ろ側はどうなってい

るの？』

階段の後ろ？　考えたこともなかった。

「両側が壁だからわからないけど、何もないいんじゃない？　傾斜が急だから、たいしたスペースもないだろうし」

『うん、そうだよね。それで、その階段、古いせいで蹴込みが隙間だらけでしょ』

「蹴込み？」

訊き返すと、踏み板の間に縦に入っている板のことだという。この家の階段のそれは、裏に細長い板を何枚も並べて打ちつけただけのものらしく、初美の言うとおりひび割れたり撓んだりして、あちこちに隙間が空いていた。

でもそれが何、と咲希はわずかに眉を顰めた。初美は何の話をしているのだろう？

『言わないほうがいいかと思って黙ってたんだけど。一昨日、私、階段から落ちたでしょ。その時に……見たの』

「何を？」

『隙間から、誰かがこっちを見てた』

咲希はきょとんとした。それこそ初美が何を言っているのか、わからなかった。

『片方の目だけ見えたの。裏側から、こっちを覗くみたいに。私のことを、じっと見てた。――ねえ、でも、一体誰がそんなところにいるっていうの？』

「……どこかに外から出入り出来るような穴があるのかも」

咲希は考え込みながら言った。

「だから、そこにもきっと猿が入り込んでいたんだわ」

『そんなわけないでしょ！　猿のわけない、最初から、猿なんてその家にはいないの！』

初美の声が悲鳴みたいに跳ね上がった。

『あれは人間の目よ！』

なぜかぼんやりと、声が煩いとしか咲希は思わなかった。今までぼそぼそとしゃべっていたくせに、いきなり金切り声をあげたりして。この人は、何を言っているのだろう。

（猿なんていない……？）

『本当に気がついていないの？　生田さんも言ってたわ。古い家の修繕を頼まれて、でもたまに、絶対に近づいちゃいけない場所があるって。今回はそれだった、だからもう二度とあの家には行きたくないって』

「生田さんが？」

『話してくれたの。事故にあった時のこと』

この家の作業を終えた帰路、川を越える手前だった。突然、車の屋根がゴンと重い音をたてた。何かがぶつかったような音だったという。

『下原って、川に近いあたりは道沿いに家屋が並んでいるでしょ。こっちみたいに畑ばかりじゃなくて。どこかの家から何か投げつけられたのかと思って、車を止めたらしいわ』

確認のために生田が車を降りようとした時、ふっと車内が暗く翳った。何かが車窓の光を遮ったのだ。同時に、助手席のシゲが目を見開いて凄まじい悲鳴を上げた。

――車の前後左右すべての窓に、びっしりと女の顔が張りついていた。

どれほどの数かもわからない。突然あらわれた女たちは重なりあうようにして、表情のない顔をガラスに押しつけ、瞬きもせぬ目で車内を覗いていた。

その後のことを、生田はよく覚えていないらしい。おそらく恐慌状態で車を発進させて、そのまま民家に突っ込んだのだろう。

壁を壊したせいだ。――生田は病院のベッドで、そう繰り返したという。壊したから、屋根裏にいたものがついてきたのだと。

『その家、おかしいわよ。地元の私が言うのも変だけど、絶対に何かあるのよ。事情を知っている人間が、あなたに何も伝えなかっただけで。高子さんや辰男さんは、本当に何も言ってなかったの⁉』

携帯を握ったまま、咲希は呆然としていた。頭の芯が炙られてでもいるみたいに、ちりちりと痛む。

ああそうか、と思った。

(猿なんて、いなかったんだ)

足もとから、ぞわりと寒気が這い上がってきた。

どうして気づかなかったのだろう。――いや、気づかないふりが出来たのだろう。

屋根裏の足音。なのに動物が入り込んだ痕跡はない。押し入れには隙間なく物が詰め込まれていて、何かが隠れる場所などなかった。

生田の事故。階段を凝視していた初美の表情。階段を壁で塞いだのは、そうしなければならない理由があったから。

思い返せば、何もかもがたったひとつのことを示していたのだ。

（オシラサマ）

いつの間にか、初美との通話は切れていた。いつ切ったのか、意識にない。

電話をかけなおそうとして、やめた。

――事情を知っている人間が、あなたに何も伝えなかっただけ。

咲希は携帯を見つめたまま、そっと息を吐く。何かを知っていそうな人間など、一人しか思い浮かばなかった。


電話に出た久美子の声は、例によって世間話でもしているみたいに朗らかだった。

「訊きたいことがあるの」

『何よ』

「ママは、オシラサマという神様のことは知っていた？　昔この地域の家で、順番にお社を祀っていたって聞いたんだけど」

『知ってるわよ』

あっさりと久美子は言った。

『一年に一度、大晦日の夜に社の引き渡しをする決まりになっていて、その年にオシラサマを祀った家の女が次の家の女に、社に白い布を掛けて渡すの。その時にけして言葉を交わしてはいけないし、その姿を他の人に見られてもいけなかったんですって。もしそれを守らないと、怖ろしいことが起こると言われていたのよ』

「怖ろしいこと?」

『オシラサマは祟るのよ。他にもいろいろ決まり事があって、それを守らないと人死にが出たり家が絶えたりするって言われていてね。どこの家も自分たちの番が回ってきた一年間は、祟りにあわないように、そりゃもう必死でお祀りしていたみたい』

　祟りという言葉に、咲希は背筋が寒くなった。

「どうしてそんな怖い神様を祀ったりしたの?」

　それはね、とやはり何でもない事のように久美子は応じた。

『オシラサマは、最初の頃は普通の社だったの。でもねえ、ほら、社を拝むのはどこの家でも女たちだったわけだから。昔はそのあたりは貧しい農村で、若いお嫁さんなんて本当に酷い扱いをされていて』

　それは初美も言っていたことだ。

『そりゃ、恨みにだって思うわよ。だから――』

だから。女たちは、社に手を合わせて願った。

　――オシラサマ、お願いです。

――助けてください。この境遇から私を救ってください。

社を祀る家に人目を忍んで足を運び、女たちは涙ながらにみずからが受けた仕打ちと辛い境遇を訴えて神に縋った。

――殺してください。

――夫を殺して。舅を殺して。姑を殺して。

日々理不尽に虐げられていた女たちの、それは呪詛だ。

呪いを宿すモノは魔となる。ならば長い年月、女たちの悲嘆と恨みの拠り所となり、呪いの言霊を吸い上げ続けてきた社は、それ自体が呪いを発動する魔となったとて不思議はないのだ。

『祟るものだってわかったら、今度は祟られないようにするしかないじゃない。何をしたって自分だけは災いを免れたいって思うものでしょ。それでオシラサマの機嫌を損ねないように、相変わらず家から家へぐるぐる回して、社を祀り続けたのよ。一年間、ひたすら神様の機嫌を取って、祟りを受けないように決まり事は全部守って、次の家に引き渡すってことを延々とね』

そうなってなお、集落での女たちの待遇は変わらず、むしろ祟り神を生み出す存在として疎まれた。社を祀る家の女以外はオシラサマを拝むことを禁じられ、それを守らなければ罰を受けた。祀る家でも、姑が呪われることを怖れて嫁を責め殺すことさえあったという。――かつて自分が、同じように夫や義親を呪ったがゆえに。

語る久美子の声が淀みなく明るくて、咲希はそれが心底怖ろしかった。

「……ママはその話を誰から聞いたの？　おばあちゃん？」

『違うわよ。姉さんたちから』

姉などいないという言葉を、咲希はぐっと呑み込んだ。

「ママのお姉さんたちは、里子に出されたんじゃなかった？」

『そんなこと言ったかしら。――姉さんたちなら、ずっと家にいるわ。今もいるでしょ』

今もいる。咲希は天井を見上げた。その先の、屋根裏を。

以前のように、久美子の言葉を妄想だと決めつけることはもう出来なかった。

教えて、と咲希は掠(かす)れた声で言った。

「なぜオシラサマが、この家にあるの？」

『籤(くじ)を引いたからよ』

「……籤？」

『明治だったか大正になったぐらいだったかしら。オシラサマをこれ以上持ち回りで祀るのは無理だって話になったの。ただでさえ生活が楽じゃないのに、オシラサマを迎えると儀式やらお供えやらでお金がかかって、どこの家も借金までしないといけなくなって』

その頃すでに人々は、オシラサマを祀ることに疲弊していた。金銭の負担だけでなく、祟り神に怯え続けることにも疲れ切っていた。

『だから、オシラサマを一箇所だけで祀ることになって、どこの家にするかを籤で決めたんですって。早い話が、選ばれた家にオシラサマを押しつけたってことね』

「それが……この家だったの？」

『ええ、そう。まあ、オシラサマを祀る特別な家という扱いだから、代償に土地やら金の援助は受けたみたいだけど』

「でもちゃんと祀ってなんていないじゃない！」咲希は声を強めた。「屋根裏に……どうして、あんな……」

『なあに、あんた、屋根裏に入ったの？』

だって、と咲希は自分でも言い訳じみた返事をした。

「壁を壊したの。……天井から足音が聞こえて、気になったから」

はあ、と何の意味かわからないため息が電話の向こうから聞こえた。

『おばあちゃんのお母さんの代に、上原でたてつづけに不幸があって、それがオシラサマの祟りだって騒ぎになったことがあったのよ。祀り方が悪いんじゃないかって責められて、慌ててよそから行者を連れて来て、見てもらったらしいわ』

――これはもう駄目だ。どれほど丁重に祀ろうと、この社に宿ったものは、人の恨みや辛みに触れれば、この先もっと怖ろしい禍を引き起こす。

――誰の目にも手にも届かぬところに置いて、その入り口を閉ざしてしまいなさい。そうしてこの家の者はいかなる時も、その場所を見張って守ること。

行者はオシラサマの社を一目見て、厳しい顔でそう告げたという。

ああ、と咲希は絞りだすように息を吐いた。

だから屋根裏か。だから階段の入り口を壁で塞いだのか。

だからこの家には、誰かが必ず見張り番として住んでいなければならないのか。――辰男が執拗に咲希に祖母の金を渡そうとしたのは、少なくともそのことだけは親族間で申し送りがあったからに違いない。

「どうしてもっと早く教えてくれなかったの」

母も祖母も、あの壁のことを知っていた。

咲希だって知っていれば、壁を壊したりしなかった。屋根裏に入ったりしなかった。

『あんたが勝手にうちを飛びだして、その家に住むって言いだしたんじゃないの。説明する暇なんてなかったわ』

久美子は露骨にムッとした声を返した。

「電話で話す機会は幾らでもあったはずよ。言わなかったってことは、もしかしたらママは自分の身代わりに、私にこの家を継がせたかったんじゃないの⁉」

勢いにまかせて口にしてから、咲希はハッとした。

それは、本当のことではないか。久美子ならばやりかねない。もし本心で娘を案じていたならば、何がなんでも咲希をここから連れ戻し、この家から遠ざけようとしたはずだ。

『あんたは昔から、すぐにそうやって私を悪者にして』

「ママ……」

『私がそうしろって言ったわけじゃない、あんたが自分でそこに住むことにしたんでしょ？　だったら、余計なことを言って嫌な思いはさせたくなかったのよ。まさか、壁を壊すなんて思わなかったしね』

「なに、それ」

『おばあちゃんは私に家を継がせる気はなかったわ。遺言状にだって、きっとそう書いてあったはず。親戚連中は、それを知ってて黙ってるんでしょうけど』

久美子の声音が、少しずつ棘を含みはじめる。

『私が姉さんたちによからぬことをするとでも思っていたんでしょうね。――苛められていたのは私のほうなのに。持ち物を隠されたり、襖や戸が開かなくなって部屋に閉じこめられたり。首を絞められたことだってあった。指の痕がしばらく消えなくて、みっともないったら』

咲希は自分の手に目をやった。昨日押し入れで摑まれた手の甲には、まだくっきりと赤黒い痕が残っている。

『本当は姉さんたちは、いつでも下に降りてくることくらいは出来たのよ。だけどさっき言った行者の力が効いていたらしくて、屋根裏の入り口を壁で封印されているかぎり、姉さんたちには何の力もなかった。せいぜい、家の中で私にちょっかいをかけるくらいで』

「お姉さんたちは、どうしてママを苛めたの？」

『私が素直に姉さんたちの言うことを聞かなかったからでしょうね。社を屋根裏から出して燃やせって、うるさくて』

「燃やす？　社を？」

『閉じこめられたままだと苦しいとか辛いとか、そんなことを言っていたわね。社がなくなれば解き放たれて自由になれるって。でも、それこそ壁のせいで私は屋根裏には入れなかったし、姉さんたちのことが嫌いだったから、無視したの。それで嫌がらせをしてきたのよ』

　この家で起こった怪異を嫌がらせと呼び、怪異を起こす相手を姉さんと呼ぶ。そうしなければ、正気を保つことは出来なかった。——いや、それはもう、正気ではないのか。

　自分がここへ来てから起こった出来事を、すべて猿の仕業にすり替えようとしたことを思い出し、咲希は暗澹（あんたん）たる気分になった。

　いや、自分はもっと悪い。

　すでに禁忌を犯した。オシラサマの封印を解いてしまった。

　では、これからどうなる？　何が起こる？

　——祟りが。

「どうしよう……」

『仕方のない子ねえ。だから最初から勝手なことをしなければいいのに』

　ふいに、久美子の口調が優しくなった。娘を愛する母親のそれだ。

『いいわ。社はもう燃やしてしまいましょ。姉さんたちもそうして欲しがってるんだから』

「そんなことをしていいの？」

『だってもういらないでしょ、そんな社。いつまでも置いていたって、いいことなんてないんだし』

　あんたは私の娘なんだから、素直にママの言うことを聞きなさい——と、久美子はいっそう優しげに言って、笑った。

咲希は懐中電灯を手に、屋根裏に上がった。膝(ひざ)が震えて、何度も階段から落ちそうになったが、堪(こら)えた。

自分が恐怖におののいているのか、異様に高揚しているのか、咲希自身もわからない。

小窓から射し込む光は夕刻の色で、ほとんど明かりの役には立たなかった。小さな電灯の光を頼りに奥の物入れに駆け寄り、震える手で白い布のかかった社を抱え出すと、咲希はそれを前庭に運んだ。

——これはお焚き上げだ。オシラサマを供養するための。

裏庭に野ざらしになっていたスコップを持ってきて、地面に丸く浅い穴を掘る。地面で物を燃やすやり方は、ネットで確認した。

納戸にあった段ボールや古新聞を細くちぎって、サラダ油を染み込ませ、穴に敷いた。社をその上に置き、さらに新聞と段ボールをかぶせる。薪(まき)などないから、その辺で集めた小枝も穴に放り込んだ。

うまく火をつけられるかどうか不安だったが、マッチを擦って近づけると、嘘のように簡単に炎が立ち上がった。火が赤い舌のように社を舐(な)めて呑み込み、ぱちぱちと爆(は)ぜて燃えさかる。それをしばし見つめて、咲希はそっと手をあわせた。

黒い煙が立ちのぼり、青く暮れ始めた空に広がっていった。炎によって解き放たれた哀しい女たちの魂も、この煙に運ばれて、天に昇っていくのだろうか。

……解き放たれて？

ふと、咲希は違和感をおぼえた。

(待って)

行者の言葉は、何だった？

――この社に宿ったものは、人の恨みや辛みに触れれば、この先もっと怖ろしい禍を引き起こす。

母から逃げるためにここへ来た。けれども今こうして、母に言われるままに社を燃やしているように、本当は逃げることなど出来ないのだと、どこかでわかっていた。

その鬱屈を抱えて――屋根裏に入ったあの日、咲希は社に手を触れたのだ。

直後に生田は事故を起こした。その時点で、女たちは家の外に出現していた。

(まさか)

オシラサマの祟りは、禍はすでに、始まっていた……？

ふふ。

小さな笑い声を聞いた気がして、咲希はぎくりと身体を強張らせた。

その瞬間、炎が大量の煙を吐き出した。ねっとりと感じられるほどに濃く、黒々とした煙が渦を巻きながら、空を目指す。霧散することなく、空を汚していく。

空気に異臭が混じった。魚の腑が腐ったような凄まじい臭気は、止め処なく湧き上がる黒い煙の臭いだ。

ふふ。ふふふ。ふふ。

――助けてください。この境遇から私を救ってください。

――夫を殺して。舅を殺して。姑を殺して。

声が重なる。幾つも。咲希の背後から。

――私を解き放って。自由にして。

――あいつらを殺して。殺して。殺して。殺して。

咲希は家に背を向けて立っている。がくがくと震えながら、どうしても背後を振り返ることが出来なかった。

ふいに家の中に明かりが灯(とも)り、縁側越しの光が咲希の足もとの地面を白く切り取った。その中に、人の影が生まれた。ひとつ、ふたつ、みっつ……数え切れぬほどの人影が、足もとで揺れている。

炎が噴き上げる、かつて虐げられた女たちの怨念(おんねん)が、呪詛が、風にのって黒々と大気を巡る。

夜空の闇に紛れて、拡散していく。

上原から三ッ原全体を覆い、やがては川向こうへ。

祟りという名の禍は、どこまでいつまで広がっていくか。

その先で何が起こるのか。

咲希には、わからなかった。

福澤徹三

◎

会社奇譚

福澤徹三（ふくざわ てつぞう）◉

1962年福岡県生まれ。デザイナー、コピーライター、専門学校講師を経て作家活動に入る。2008年『すじぼり』で第10回大藪春彦賞を受賞。ホラー、怪談実話、クライムノベル、警察小説など幅広いジャンルで執筆。『真夜中の金魚』『怪談熱』『怪談歳時記　12か月の悪夢』『怪談実話 黒い百物語』「アンデッド」シリーズ、「忌談」シリーズ、『いわくつき 日本怪奇物件』、『怖い話』、『群青の魚』、『東京難民』、『しにんあそび』、『白日の鴉』『死に金』、「侠飯」シリーズなど著書多数。

このたび「会社系怪談」をテーマに「自分がもっとも怖いと思う怪談」を書けというお題をいただいた。はじめは完全な創作を考えており、資料をとり寄せて冒頭を書きはじめていた。平凡なサラリーマンが職場で左遷され、追いだし部屋で怪異に遭遇するが、周囲からは精神を病んだとみなされて――といった陰鬱（いんうつ）なストーリーである。けれども、これが「自分がもっとも怖いと思う」かとあらためて考えたら、キーボードを打つ手が止まった。

これはちがう。

想像力が枯渇したせいか、自分の頭でこねくりまわした話を読んでも怖いと思えない。わたしがもっとも怖いと思い、なおかつ「会社系怪談」の条件を満たすのは、やはり実体験である。会社勤めを離れて三十年以上経つが、自分が働いていた職場で見聞きした怪異は、老耄（ろうもう）したいまもはっきり記憶に残っている。

とはいえそれらは怪談実話や小説として何度か活字にしたから、読者によっては既読の印象を持たれるだろうし、焼きなおしの誹（そし）りをまぬがれない。しかし自分の体験以上に切実なものはなく、もう一度だけ過去を振りかえるということでご寛恕（かんじょ）を願う。

わたしは小学校低学年からテストで〇点をとるような札つきの劣等生だった。

高校を卒業延期になって四月に卒業すると訪問販売の営業をしたり、パチンコで喰ったり、その場しのぎの生活を送り、はたちのときにある観光会社に就職した。観光会社といっても旅行業界ではなく、クラブやスナックといった風俗店を経営する会社である。

社長は在日二世のKさんという男で、ほかにポーカー賭博ができるゲーム喫茶や本番ありのピンクサロン、高利の金融も経営していた。わたしが勤めていたのはスナックに毛が生えたようなクラブで、女の子は十人ほどいた。先輩のチーフは暴走族あがりのシンナー中毒、上司であるマネージャーは地元で最強最悪と呼ばれた高校の元番長で無類のケンカ好きだった。

当時は暴力団の抗争が絶えず、わたしの勤務先があるビルの前で対立組織の銃撃戦があり、双方の組長が死亡した。いまでは考えられないが、戦闘服の組員が徒党を組んで商店街を闊歩していた。そんな時代とあって、店の客も暴力団組員がすくなくなかったが、浮き沈みの烈しい稼業のせいか、彼らはみな験を担ぐ。

「運ちゅうのは怖いよ。いっぺんツキが離れてしもたら、なにやってもうまくいかんごとなる。そういう奴とつきおうたら、こっちまで運が落ちるけ、関わったらいけん」

だいぶ前に組織の事情で姿を消した組長はそういった。

観光会社に就職してから何か月か経って、暴走族あがりの先輩は店の女の子に手をつけてクビになり、わたしはチーフに昇格した。それからしばらくしてマネージャーも姿をくらまし、わたしが店を仕切るようになったが役職はそのままで、給料はあがらなかった。

その店ではこれといって怪異はなかったが、一度だけ妙なことがあった。東京から帰省していた高校時代の同級生のWくんが店に入ってくると、

「とうとう見てしもうた」

ひきつった顔でいった。

Wくんはきょう心霊スポットで有名なI峠へ、女の子とドライブにいったという。当時は現在封鎖されている旧道に入れたので、そこへ車を乗り入れて肝試しをする若者が多かった。

Wくんも旧道に入ったが、ヘッドライトを消すとトンネルのむこうに白い車が見える。さっきまで車はなかったと思って、ヘッドライトをつけたら車はない。驚いてヘッドライトを消したりつけたりしていると、白い車から水玉模様のシャツを着たヤンキーふうの男がおりてきて、空中をすべるように近づいてきた。

このへんは二〇一六年に公開されたホラー映画『ライト／オフ』で、照明を消すとあらわれる幽霊によく似ている。この映画のもとになったのは、ユーチューブなどの動画サイトで一億五千万回以上再生された短い動画だが、あるいは実話に着想を得たのかもしれない。

ともあれWくんは猛スピードでバックしてトンネルを離れ、いったん自宅へ帰ったが、怖くてたまらず呑みにきたといった。Wくんはウイスキーのロックをがぶがぶ呑み、トイレにいくとすぐにもどってきて険しい表情で店内を見まわした。

「いま誰が入っとる？」

トイレのドアが開かないという。

わたしがトイレを見にいくとノックしても返事はないが、ドアには鍵がかかっている。なかから水を流す音がしたので、客か女の子が入っているのだろうと思った。けれども店内を確認すると席をはずしている者はいない。わたしがそれを伝えると、Wくんは嘆息した。

「連れてきてしもたやないか」

トイレのドアはしばらくして開いたが、なかにはむろん誰もおらず、開かなくなった原因もわからなかった。ちなみにべつのスナックでも、トイレのドアが開かなくなったことがある。そのときは友人と遊び半分でカセットテープに録音した、ホラー映画のテーマ曲を店内で流したあとだった。

I峠での体験と関係あるのかどうか、Wくんは東京へもどってまもなく脳の三分の一を失う事故に遭い、父親が経営する会社が倒産するという不運に見舞われた。


わたしは店の売上げの管理や売掛帳の記帳で、昼間は事務所に足を運んだ。

事務所では社長のKさんがデスクでふんぞりかえっていて、

「なし売上げがこんなに悪いんか」

鋭い眼をむけてくるので軀がすくむ。

Kさんは気性が烈しく、ツケが溜まった客をゴルフクラブで殴ったり、金を持って逃げた社員を倉庫に吊るしたり、自分を襲撃した連中を半殺しにして過剰防衛で逮捕されたりしたが、超自然的な現象を信じていた。Kさんはわたしがそういう方面に興味があるのを知って、こんなことをいった。

「夜、鏡と蠟燭持って風呂場にいくんや。そんで電気消して裸になって浴槽に入ったら、蠟燭に火ィつけて鏡をじーっと見よってみ。ご先祖さまの顔が鏡に映るけん」

ほんとやぞ、とKさんは念を押した。

なぜ風呂場なのか、なぜ裸になるのか。そういう行為自体が怖いので試したことはない。が、後年になってアメリカの医師で心理学者であるレイモンド・ムーディ博士の「リユニオンズ　死者との再会」を読むと、故人と再会する方法として「鏡視」が紹介されていた。

「鏡視」は古代ギリシャ人が故人と交信をするのに用いた託宣所――サイコマンテウムの技法を再現したもので、高い確率で死者に会えるという。その方法を簡単にいうと、薄暗い部屋で鏡を見つめるだけだから、Kさんがいったことはでまかせではなく昔からの伝承かもしれない。


ある日、Kさんはしかめっ面で、山口県にあるピンクサロンを閉めるといった。わたしはその店にいったことはないが、流行っていると聞いていた。なぜ閉めるのか訊いたら、幽霊がでるという。

すべてのはじまりは客のクレームだった。

当時ピンクサロンの店内は、ふつうの接客をするボックス席、いかがわしいサービスがある奥のボックス席とにわかれていた。奥のボックス席は、おたがいの顔がやっと見えるくらいに照明を暗くしている。客は女の子が気にいったら追加料金を払い、男性従業員に案内されて奥のボックス席に移動する。そこで待っていると、いかがわしいサービスの準備をした女の子がくるという流れだった。

ある夜、奥のボックス席へ案内された客がひきかえしてきて、

「もう女の子おるやん。あの子誰なん？」

従業員が確認すると誰もいなかったが、おなじことが何度もあり、男子トイレに女がいたという客もいた。そのうち女の子たちも、奥のボックス席やトイレで知らない女を見たといいだした。そんな噂がしだいに広まり、怖がって店を辞める女の子もでてきた。

その店の店長から相談を受けたKさんは、気のせいだろうと相手にしなかったが、幽霊の噂はおさまらず、店の売上げも落ちていく。Kさんはしぶしぶ神社の宮司に頼んで、お祓いをしてもらった。ところがそれが逆効果だったらしく、怪異はいっそう頻繁になった。

店内の照明が明滅する。誰も触れていないグラスやボトルがたがた振動する。客は怖がって帰るし、女の子は早退したいと泣く。

そんなある夜、はたちくらいの女の子が営業中に突然昏倒した。男性従業員があわてて抱き起こすと、女の子は男のようなしわがれた声で、

「おまえたちの連れてくる神さんには、ぜったい負けん」

と叫んで暴れだした。女の子は小柄なのに男性従業員たちが押さえつけても、ものすごい力で撥ね飛ばす。彼女はふたたび昏倒して病院に運ばれたが、それ以来精神に異常をきたしたという。

さすがのKさんも困惑して、京都にある寺の高僧にお祓いを依頼した。高僧は海外へ出張中だったので、その弟子が代理として店にきた。

弟子の僧侶（そうりょ）は店内をひと目見るなり、かぶりを振って、

「これは、とてもわたしの手には負えません」

僧侶によれば、白い着物姿の女と子どもたちが宙に浮かんで、店内をぐるぐるまわっているのが見える。こんなものがいる店はうまくすると大繁盛するが、ひとつまちがえたら、どうにもならなくなるという。

ピンクサロンがあるのはテナントビルの二階である。Kさんは僧侶にいわれて、テナントビルがある場所に以前なにがあったか調べてみた。するとそこは昭和のはじめごろまで、大きな遊郭だったと判明した。その遊郭の楼主は女癖が悪く、ひとりの遊女を孕（はら）ませたあげく、日本刀で斬り殺すという事件を起こしており、それが原因で遊郭は潰（つぶ）れた。

最近は開店前の朝礼——風俗店だから時刻は夜だが、店長が話をはじめると決まって女子トイレから青白い光があらわれて、店内をふわふわ飛びまわる。店長と主任は、とっくに見慣れているから驚かない。けれども女の子たちは怖がるし、店も潰れかけている。ふたりは腹立ちまぎれにバットを振りまわして、青白い光を追いかけているといった。

Kさんから以上の話を聞いたあと、ピンクサロンの店長と主任がわたしがいる店へ呑みにきた。いままでの出来事や青白い光について訊くと、ふたりは口をそろえて、ほんとうだといった。

「ぼくら世間で怖いもんないけど、あれは気持悪いですわ」

ピンクサロンがオープンしたてのころ、旅の僧侶がひょっこり入ってきて、

「この店は繁盛するでしょうなあ」

店内を見まわしながら、そういったという。

後日わたしはKさんに命じられて、ほかの社員たちとともにトラックに乗ってピンクサロンの解体にいった。テナントビルを退去するには、内装を壊して原状回復しなければならないからだ。

「おまえは幽霊みたいなもんが好きなんやろ。あそこいったら、ぜったい見れるで」

Kさんはそういったから怖い反面、期待もあった。

細い路地に面したテナントビルは古めかしい外観で、やけに陰気だった。わたしたちは薄暗い店内に入り、けばけばしい装飾や黒く塗られたベニヤ板の壁を次々に壊していった。風営法違反の営業をしても外に明かりがもれないよう窓をふさいだ段ボール紙をはずすと、まばゆい陽光が射し、無数の埃(ほこり)が舞っていた。怪異はなにも起きなかった。

その後、ピンクサロンの店長と主任は行方不明になった。詳細はわからないが、社員が急に姿を消すのは日常茶飯事だったので個人的な事情の可能性が高い。わたしは後任のマネージャーと気があわなかったのと、安月給に嫌気がさして退社した。それから何年か経って、Kさんは経営するクラブで発砲事件があったのをきっかけに水商売から手をひいた。

グーグルストリートビューで検索すると、そのテナントビルはわたしが解体にいった当時と、さして変わらぬ姿でいまも残っている。

観光会社を辞めて数年後、わたしはアンティークや輸入雑貨をあつかう会社に入った。

従業員が十人に満たない零細企業で、入社当時から経営は切羽つまっていた。約束手形の支払い期日がきても、当座預金の残高は決まって足りない。社長は高利貸しから金を借り、自転車で銀行へ走っていく。

「これがほんとの自転車操業だよ」

と社長は苦笑した。

一日でも支払いを遅らせたいのか、社長は十万円ぽっきりの給料を小切手でくれる。現金化するまで呑みにもいけないから給料日でもうれしくない。

わたしの勤務先はファッションビルの一階にある輸入雑貨店で、おもにアンティークドールやアクセサリーを販売していた。ジュモーやブリュやエデンベベといった十九世紀のビスクドールは高額で、一体が数百万円から一千万円もするが、意外によく売れる。わたしが見た限り、それを買うのは決まって年配の女性だった。彼女たちは、アンティークドールを決して人形とは呼ばず「この子」という。

自転車操業の会社としては上得意だから、彼女たちが店にくると社長は急いで駆けつけて、揉み手をせんばかりの接客をした。アンティークドールは精巧で美しいが、十九世紀からの長い年月を経てきたせいか、どことなく不気味でもある。

ペーパーウェイトグラスアイと呼ばれる眼は濡れたように光っているし、磁器製のなめらかな肌はぬくもりを感じさせる。髪に人毛が使われている場合も多かったので、よけいになまなましい。髪の持ち主はとうに世を去っているのに、人形だけがここにある。夜、ひとりで店番をしていると、棚にならんだ人形たちの視線が怖くなることもあった。

が、その店でいちばん印象に残っているのは、わたしが倉庫で見つけた和物の人形である。着物姿の人形は髪がぼさぼさに乱れ、胡粉と呼ばれる顔料が無惨に剝がれ落ちていた。おまけに顔の形がいびつで、白眼の部分が血走ったように赤みがかっていたから、ほとんど化けものだった。

わたしが人形を店に持っていくと、社長は首をかしげて、

「いつ仕入れたんだろう。捨てるのももったいないから、修理にだしといて」

人形専門の修理をする工房が京都にある。こんな人形が修理できるのかと思いつつ、そこへ送った。しばらくしてもどってきた人形は、髪の乱れはなおり顔の胡粉もきれいになっていた。社長は人形に十五万だか二十万だかの値をつけて店の棚に置いた。が、白眼は赤みがかったままだし、顔の形はいびつだから、売りものになるとは思えなかった。

それからまもないある日、わたしはひとりで店番をしていた。

客がいなくて退屈していると、中高生くらいの女の子とその母親らしい女性が店に入ってきた。女の子はどういうわけか、あの人形にまっすぐ歩み寄り、高い声をあげた。

「ああ――これ、これ」

母親らしい女性は財布をだし、おいくら、と訊いた。

わたしは高額な商品が売れたことに興奮し、客の気が変わらないうちにと急いで人形を包装した。奇妙に思ったのは、ふたりが帰ったあとだった。

どう考えても中高生が欲しがる人形ではないのに、女の子はなんの迷いもなくその前へいった。いくら裕福な家庭にせよ、母親がなにもいわずに財布をだしたのも不可解である。いま考えると、あのふたりは、まるで長年探していたものを見つけたような雰囲気だった。

わたしは輸入雑貨の会社を辞めたあと、また水商売にもどって失敗し、逃げるように上京した。東京では高校時代の同級生の部屋に居候し、チラシ配りや雀荘の店長や日雇いの肉体労働など、日銭を稼げる仕事で糊口をしのいだ。

劣悪な現場仕事で体調を崩して地元に帰ると、小規模なデザイン事務所にもぐりこみ、グラフィックデザイナー兼コピーライターとして勤務した。広告業界の経験は皆無だが、どうにか勤まったのは、もともとそういう方面に興味があったからだろう。

広告業界の常として仕事はハードで、一日二日の徹夜はあたりまえだし残業代もつかないが、クリエイティブな仕事に就けただけで満足だった。

その会社で外注していたカメラマンに、Ｄさんという男性がいた。

あるとき山口県にあるホテルで、ふぐ料理のパンフレットを作ることになった。その際ホテル側は、表紙に関門海峡にかかる関門橋の写真を使いたいというので、Ｄさんに撮影を依頼した。

当時はデジカメなどないから、カメラマンが撮った写真はポジフィルムであがってくる。ポジフィルムはデザイナーがチェックして気にいったものを使うため、たくさんあるのがふつうだが、送られてきたポジフィルムはなぜか数がすくない。Ｄさんにわけを訊いたら、

「すみません。ほんとはもっと撮ったんですけど、ほかのは波間に変な顔がいっぱい写ってたから捨てました。いまあるので使えなかったら、また撮りますから――」

そのときのDさんの口調はまったく事務的で、怖がっても不思議がってもいなかった。関門海峡といえば、平家が滅亡した壇(だん)ノ浦(うら)の戦いで有名だが、関門橋からの飛びおり自殺も多い。

Dさんは過去にも似たようなことがあったらしく、

「せっかく撮ったのに、使いものにならなくて困ります」

とこぼしたが、そんな写真が撮れることよりも、彼の淡々とした態度のほうが怖かった。

デザイン事務所に勤めてしばらくすると、バブル崩壊によっておもだったクライアントからの注文が軒並み途絶えた。あわてた社長は、広告代理店や印刷会社を通じて仕事を受けるようになった。

クライアントから直接仕事を受けるのとちがってマージンをひかれているので制作費は安く、数をこなさねばやっていけない。けれども社長はデザインにこだわる性格なので、個人商店のチラシ一枚であっても時間をかける。事務を担当している社長の妻君は、反対に売上げ至上主義とあって、わたしたち社員は板ばさみになった。

「やりなおし。こんなレイアウトじゃだめ」

社長がそういうかと思えば、妻君はヒステリーを起こして、

「細かいこと気にしないで、ちゃっちゃっとやりなさいよ。ぜんぜん売上げがないんだから」

やがて給料の遅配が多くなり、妻君と衝突したのを機に退職した。

わたしはそのあと、某企業の子会社だった広告代理店に転職した。

ここは親会社の注文を受けるのがおもだから、デザイン事務所とは一転して仕事は楽だった。しばらくはのんびりしていたが、楽なぶんスキルが身につかないことに焦りが湧いた。そんなとき、新規にオープンするSという大型百貨店の工事がはじまった。

建設予定地は駅前で、わたしの実家はすぐ近くにある。Sは国内に二十八店舗、海外にも多数の店舗を持ち、最盛期にはグループの売上高が一兆二千億円に達し、百貨店業界の頂点に立った。

Sがその場所への出店を公表したのは一九六九年だったが、立ち退(の)きの交渉が進まないのと地元商店街などの反対もあり、計画は大幅に延期されていた。

わたしは当時実家に住んでいなかったが、昔から見慣れた場所が変わっていくのが興味深く、近くを通りかかるたび工事の進み具合を眺めた。建設予定地には長い歴史を持つ寺や神社、飲食店や民家などがあったが、すでに立ち退きは終わり建物は撤去されている。

しとしとと小雨の降る午後だった。

広大な工事現場のそばを歩いていたら、不可解なものが眼にとまった。立ち入りを制限する虎柄のロープのむこうに、いくつもの穴が掘ってある。穴は基礎工事にしては浅く、やたらと数が多い。ロープから身を乗りだして穴を覗(のぞ)くと、そこにあったのは頭蓋骨(ずがいこつ)から全身まで原形をとどめた人骨だった。いわば白骨屍体(したい)だけに驚いていたら、ほかの穴にもすべて同様の人骨がある。

駅前とあって人通りは多いのに、みな無関心で通りすぎていく。すこしして市の教育委員会の立て札があるのに気づいた。それには、ここで出土した人骨は江戸時代初期のものと推定されるといったことが書いてあった。江戸時代は桶型の座棺が主流で、坐った状態の遺体を納める。人骨はどれも両手で膝を抱えるような姿勢だから、ここは墓地だったとおぼしい。木製の座棺は、長い年月のあいだに朽ちはてたのだろう。立ち退いた寺には墓地があったが、人骨のある穴は寺の敷地にとどまらず、飲食店や民家があったところまで続いている。

いつだったか、ある老人は駅前のそばにある繁華街について、こういった。

「あのへんは昔、ぜんぶ墓やった。墓土に酒がしみるけ、水商売が繁盛する」

あれは、まんざら嘘ではなかったらしい。

人骨のある穴はその後も数が増えていき、しばらくそのままになっていた。やがて発掘調査が終わり、人骨も穴もなくなって本格的な工事がおこなわれた。一説には出土した人骨は数が多すぎるので、べつの場所に埋葬できぬまま工事に踏みきったという。そんな噂が流れたせいか、工事中に作業員の死亡事故が相次いだとも聞いたが、真偽不明である。

本稿を書くにあたって市で発掘に携わっているTさんに話を訊くと、出土した人骨は千五百体におよぶという。人骨を納めてあったのは木製の座棺だけでなく、素焼きの土器を用いた甕棺も少数あった。あとからネットで調べたところ、甕棺は北部九州に特有の埋葬法で弥生時代中期のものが多いが、伝染病による死者は近代になっても甕棺で埋葬したらしい。

立ち退いた寺は室町時代に創建され、一六〇八年にS百貨店の場所へ移転した。おなじく立ち退いた神社は一六三七年に建てられている。人骨は寺の敷地以外からも出土しているので、それ以前に埋葬されたのだろう。

工事が進み巨大なビルが輪郭をあらわしたころ、S百貨店がグラフィックデザイナーとコピーライターを募集していた。またしても転職を考えていたわたしは、求人に応募した。面接の感触はかんばしくなかったが、なぜか採用された。

S百貨店がオープンしたのは、いまから三十年前の十月だった。芸能人の司会で華やかなセレモニーがおこなわれ、地上十四階地下三階という九州最大級の百貨店の誕生に十六万人の客が押し寄せた。

わたしは販売促進部で、新聞広告、折込みチラシ、ポスター、中吊り広告、テレビCMなどの制作を担当した。流通業界の広告は多忙だと聞いてはいたが、忙しさは想像以上だった。早朝から午前二時ごろまで働いて、いったん外で食事をとると、また職場にもどって明け方まで作業を続ける。へとへとになって自宅に帰り、二、三時間眠ったら、もう出勤時刻が迫っている。

オープンからまもなく、神戸(こうべ)店で広告を担当していたYさんという係長が応援にきた。Y係長ははじめて店内に足を踏み入れたとたん、

「なんや、ここッ」

胸のなかで叫んだという。

Y係長は応援にきたばかりなのに、早く神戸へ帰りたいとこぼしていた。その理由は多忙なせいではなく、異様な気配を感じるからだといった。この土地から出土した人骨の話をすると、彼

は頭を抱えて、あちゃあ、といった。

「おおかた、そんなことやろうと思うたんや」

ちょうどそのころ、同僚のカメラマンのEさんが奇妙な体験をした。販売促進部には妙な不文律があって、店内のポスターを毎週貼り替えるのは、わたしたち広告の担当者だった。

「おまえらが作ったんやから、おまえらが替えるんや」

というのが部長の論理だった。けれども広大な店内にはポスターを掲示する場所が山ほどあるから、すくない人数でそれらを貼り替えるのは重労働だった。

ある夜の閉店後、ふたりの同僚がポスターを貼り替えにいったが、いつまで経ってももどってこない。まだ携帯電話は普及していないので連絡がつかず、Eさんが捜しにいくと、非常口のドアのむこうから笑い声がする。ここにいたのかと思ってドアを開けたら、誰もいなかったという。

販売促進部があるのは百貨店のビルの八階だったが、フロア内の整理がつかないので、オープンからすこし経つと、近くのオフィスビルが広告と装飾の仕事場になった。

そのオフィスビルは特にいわくはなかったが、同僚の何人かがハンガーにかけてある撮影用の衣類が深夜に動いたといった。またある夜、大阪の印刷会社から出向できているKくんとわたしが外出からもどってくると、宅配便ふうの服を着た男がエレベーターに乗るのが見えた。ところがエレベーターの前で上りのボタンを押したら、すぐに扉が開いた。Kくんとわたしは顔を見あわせて、

「いま、まちがいなく誰か乗ったよね」

「ええ、乗りましたわ」

翌日からふたりとも熱をだして寝こんだが、過労で幻覚を見たのかもしれない。

本来の職場である販売促進部の整理がついて、オフィスビルから百貨店のビルへ引っ越すとき、スチール製の大きなキャビネットをどかしたら、天井に黄ばんだ和紙が貼ってあった。

和紙には毛筆で「雲」と書かれている。なんの意味なのか当時はわからなかったが、どうやらそこには神棚があったらしい。ビルのなかだと最上階以外は上の階があるから、神棚の上を人間が行き来することになる。神の上に人間が立つのは不敬にあたるので、この上には空しかありませんという意味で「雲」や「天」と書いた紙を貼る。仏壇の場合も同様の紙を貼ることがあり、これが「雲切（くもきり）」と呼ばれる風習なのを、のちに知った。

また神社の場合、屋根は空に、柱は土地に接していなければ効験を発揮できないとされている。事実、屋上に神社があるビルは、土を詰めたパイプを地面につないでいることが多く、銀座（ぎんざ）あたりの百貨店でもそうしていると聞いた。S百貨店のビルの屋上にも、立ち退いた神社の大きな社殿があるが、土を詰めたパイプの有無はわからなかった。

百貨店のビルに移ってから、わたしたちの仕事はますます多忙になった。

本来の業務に加えて売場や催事の応援にも駆りだされるから、休日出勤はあたりまえで、残業が二百時間を超える月も珍しくない。自宅には服を着替えに帰るだけ、という状態が続いた。疲労に耐えかねて午前一時や二時に帰ろうものなら、早退したように白い眼で見られる。

なぜそんなに忙しいかといえば、ただでさえ納期がないのに、店のトップである店長がいったんオッケーをだした広告物をしょっちゅう訂正するからである。

「おい、この折込み、モデルの写真替えられへんか」

「このキャッチコピーは『お買得品が目白押し！』のほうがええな」

店長が思いつきでそんなことをいいだすたび、全員が徹夜になる。店長は「念校」と呼ばれる最終段階の校正刷りに至っても、平気で全面改稿を命じるので、どんどん仕事が溜まっていく。

店長はまだ四十代後半と若く、とにかく会議が好きだった。部課長たちを役員会議室に集めては徹夜で会議をするが、そのあいだは休憩もなく、食事は地階の食料品売場から廃棄予定の弁当やパンを持ってこさせる。そうした会議の結果、結論をだすのは常に店長だから、話しあった意味がない。

「なんか大きなことでも成し遂げたなら、一日くらい休みたいと思うかもしれんが、それ以外で仕事を休みたがる奴の神経がわからん」

店長はあるとき、真顔でそういったらしい。実際に彼はほとんど休まず、深夜まで職場に残っているから部課長たちはおろか、わたしたち広告担当者も帰れない。それでもしばらくは残業代がつき、タクシーチケットももらえたから、なんとか辛抱できた。

オープンから一年ほど経って、地元住民のあいだでS百貨店に幽霊がでると噂になった。タウン誌にも特集記事が掲載されたから、わたしはあちこちで、あれはほんとうなのかと訊かれた。幽霊がでるといわれているのは、おもに地下二階と三階の駐車場である。大量の人骨が埋まっていた場所だけに、さもありなんという気もしたが、従業員の立場でうかつなことはいえない。

店側はむろんそうした噂を否定し、競合店の厭がらせだという者もいた。しかし上層部はなにかを感じていたふしがあり、ある時期から従業員用エレベーターの前に盛り塩が置かれるようになった。扉の両脇にひとつずつ、三角錐に固めた塩を盛った小皿がある。誰がこんなものを置いているのか、上司たちに訊いた限りでは秘書室らしい。

S百貨店の秘書室といえば、店長のためにあるような部署だから、彼の指示なのか。店長は自分専用のエレベーターを使うので、従業員用エレベーターにはめったに乗らない。

結局、盛り塩を置いた理由はわからなかった。深夜になると従業員用エレベーターがひとりでに動くとか、無人のフロアで侵入者を検知する警報器が鳴ったとか、トイレの個室でひとの気配を感じたとか、十階の医務室は体調を崩した客で混みあっているとか、いろいろな噂を聞いたが、仕事が忙しすぎて怖がる余裕はなかった。

「幽霊がおるなら、仕事手伝うてほしいわ」

わたしたちは口々に、そんな愚痴をこぼした。

多くの社員が夜を徹して働いたおかげか、幽霊の噂が広まっても店の売上げは好調だった。にもかかわらず残業代は大幅にカットされ、タクシーチケットも支給されなくなった。強引な出店と放漫経営が祟って、Sグループ全体の業績が大きく傾いたからである。いまならブラック企業として問題になっただろうが、当時はコンプライアンスを無視した経営がまかり通っていた。

Sグループはもともとワンマン体制で、中興の祖であるM会長は神のごとく崇められていた。

組合は完全な御用組合だったから、逆らう者は誰もいない。

　経費節減のため、午後九時になると全館の空調がいっせいに止まる。窓は安全上の理由ではめ殺しだから換気はできない。館内の気温は高いので寒い季節はいいとしても、夏場は地獄だった。じっとりとよどんだ空気はサウナのように蒸し暑く、なにもしなくても消耗する。

　オープンから二年目には昇給がストップし、賞与も激減した。賞与がわずか〇・五か月という金額になると、従順な社員たちもさすがに不満の声をあげた。

　退職金を払うのが惜しいからか、会社はそんな状況に陥っても希望退職者を募らず、御用組合が発行する機関紙は「会長の大英断！」「会長のもとで心機一転！」といった見出しとともに、M会長をほめたたえた。

　労働組合委員長のFは一課長でありながら、M会長の後押しで絶大な権力を持っていた。のちに週刊誌にすっぱ抜かれたところでは、Fは超の字がつく高級ホテルが常宿で、銀座や赤坂のクラブで毎晩のように豪遊し、役員人事にも口をはさんだ。Fが組合委員長に就任したとき、

「おまえは組合委員長だから役職は課長のままだが、日本一のサラリーマンにしてやる」

　M会長はそういったという。

　Sグループの経営が危機に瀕しても、M会長は三億とも四億ともいわれる年収を得ていた。一方、わたしたち下っぱの社員は精神的にも肉体的にも疲弊していった。人事部の壁には、いつも系列店の社員の訃報が貼ってある。中高年だけでなく、二十代や三十代の社員もいた。

　入社以来、元日しか休んだことがないと豪語していた課長は脳梗塞で倒れ、新人を大量採用し

ていたバブル期にトコロテン式に昇進したせいで無能だと陰口を叩かれていた課長は、精神を病んで失踪した。新人の女性社員が過労で吐血しても残業を続け、父親が怒鳴りこんできたこともある。

わたしは不規則な生活と慢性的な睡眠不足が祟ってぶくぶく肥りだし、健康診断ではほとんどの項目に要加療、要再検査の文字がならんでいた。当時はまだ三十代前半だったのに、還暦をすぎたいまよりも体調がすぐれなかった。クライアント側がそんな調子だから、外注先である印刷会社の担当者は青息吐息で、いつも憔悴しきっていた。

「ぜったい納期にまにあいません。もう無理です」

そう嘆きながらも、わたしの上司たちから、さらなる無理を押しつけられる。

わたしのような中途入社組は会社の将来を悲観したが、生え抜きの社員は経営がいくら悪化しようと倒産はないと信じていた。Sグループのメインバンクは M会長が以前勤務していたK、金融債で人気を博したCであり、M会長は政府与党との太いパイプがあるといわれていたから、上司たちはこういった。

「うちが潰れるときは、日本経済が崩壊するときさ」

わたしたちが担当する広告は、予算を削られたせいで金のかかるものが作れなくなった。以前は折込みチラシを作るのに、東京や大阪から外国人モデルを呼んで撮影していた。とっくにそんな経費はないからギャラの安い日本人モデルにしようとすると、店長がダメをだす。

「こんなダサいモデルじゃあかんで。外国人を使え、外国人を」

いまはもう公言しても誰にも迷惑がかからないと思うので記すが、店長はある催事のイメージビジュアルに、アメリカの大手企業の広告に使われていた女性モデルの写真を使うよう命じた。盗用が露見したら巨額の損害賠償を請求されると拒んでも、

「ちょっと加工したら、わからへんやろ。うまいことやっとけ」

平気な顔でいう店長に狂気を感じた。

たかが美女の顔を使ったイメージビジュアルである。どれだけ集客効果があるのかわからないのに、莫大なリスクを負ってまで執着するのは正気を失っているとしか思えない。しかし部課長たちは、こわばった顔で急きたてる。

「店長がやれていうてはんのや。やるしかないやないか」

盗用はばれなかった。怪談めかしていうわけではないが、当時の狂騒を思いだすと、誰もがなにかにとり憑かれていたような気がする。

わたしは退職を決意した。入社から四年近くが経っていた。

Sグループが経営破綻したのは、オープンから七年目の二〇〇〇年七月だった。負債総額は一兆八千七百億円にのぼり、わたしが勤務していた店を含め半数以上の店舗が閉鎖された。

M会長はその前年に会長を辞任していたが、倒産直前に会長名で秘書室にFAXが送られてきた。それには屋上の神社を正しく祀るようにと指示があり、神饌と呼ばれる供物の捧げかたが細かく記されていたという。M会長の意図はさだかでないが、従業員用エレベーターに盛り塩を供

えていたのも秘書室だけに、なにかあるのかと勘ぐってしまう。

　経営破綻をきっかけに、幹部社員でも知らなかった事実が明るみにでた。Ｓグループの各店には会長専用の「皇居」と呼ばれる隠し部屋があり、店舗によっては専用エレベーターや浴室まで備えていた。それらの部屋はＭ会長がいつ立ち寄ってもいいように、常に細部まで磨きあげられていたというが、国内だけで二十八店舗もあるから数年に一度も使われなかったとおぼしい。

　なかでもＮ県の「皇居」は、贅をつくした絢爛豪華な内装がメディアの批判を浴びた。一九八八年、その店の建設予定地で三万五千点におよぶ奈良時代の木簡が出土し、そこが天武天皇の孫で非業の死を遂げた人物の住居跡だと判明した。

　当時の王家の生活を伝える貴重な資料だけに、多くの研究者や地元住民は遺構の保存を訴えたが、Ｍ会長は工事を強行、翌年に店をオープンした。建物は遺構の上に建設したので、百貨店なのに地階がないという珍しい構造だった。

　Ｓグループが経営破綻したとき、その店も閉鎖され、地元住民のあいだでは遺構を壊した祟りだと噂になった。二〇〇三年、Ｓの店舗を再利用して大手スーパーが開業したが、二〇一七年に閉店し、このときも祟りの噂が再燃したという。

　わたしが勤務していた店も建設中に大量の人骨が出土したし、幽霊の噂もあったので、やはり祟りだという声があった。また閉店の前年には、女性が屋上から飛びおり自殺している。

　二〇〇一年、Ｍ会長は倒産前に個人資産を隠したとして、八十九歳の高齢にもかかわらず強制執行妨害容疑で逮捕され、二〇〇六年に有罪判決が確定した。労働組合委員長のＦは、在職中に国政選挙への出馬を画策していたが、まもなく失脚し逮捕されたと聞いた。

　わたしが勤務していた店の店長は、べつの小規模な店に移ったが、若くして逝った。M会長ほどではないにしろ、あれほど権勢をふるった店長があっけなく亡くなるのに人生のはかなさを感じた。店長に限らず、わたしが見知っていた部課長や係長も不遇な最期を遂げた人物がすくなくない。

　S百貨店があったビルは後継店が決まらず、閉店から一年以上経って、長い歴史を持つ地元百貨店が移転し、規模を縮小して営業を再開した。しかし売上げはまったく伸びず、わずか九か月で廃業し、地上十四階地下三階の巨大なビルはふたたびシャッターをおろした。

　いま地上十四階地下三階と書いたが、ひとづてに聞いたところでは実は地下四階があり、そこに水槽があるらしい。どんな水槽なのか、なんのためにあるのか、まったくわからない。ただ各店に隠し部屋を作るような会社だけに、実在しても不思議はない。

　地元百貨店の閉店から、また一年以上経って、こんどは新宿に本店を持つ老舗百貨店Iが後継店に決まった。当時のIは斜陽といわれる百貨店業界にあって売上げは好調で、唯一残った地元百貨店との関係も良好だった。

　二〇〇四年、Iは店内をリニューアルして華々しくオープンした。わたしはそのころ専門学校の講師をしながら小説を書き、何冊かの本を上梓していた。わたしはSの元社員だし怪談実話も手がけていたから、しばしば知人に意見を求められた。

「こんどはどうやろか。また潰れたりせん？」

「たぶん、うまくいくやろ。販売力がちがうもん」

販売力だけでなく、ホスピタリティでも定評のあるIなら大丈夫だろうと思った。ところがIの売上げは、初年度から伸び悩んだ。同時に幽霊の噂が蘇り、ネットでも話題になった。幽霊がでたといわれているのは、以前とおなじく地下二階と三階の駐車場で、掲示板の書きこみには鎧武者や着物姿の女などが目撃されたとあった。どちらも江戸時代初期の人骨が出土したことからの発想に思えて、さほどリアリティは感じられない。けれども、そうした予備知識のない人物から、あの店に入ったら具合が悪くなった、といわれたことは何度かある。

Iは営業不振を挽回できぬまま地元百貨店に持ち株を譲渡し、二〇〇八年に撤退した。あとを引き継いだ地元百貨店は、子会社に店を運営させた。競合店がなくなって商圏を独占できるから売上げは伸びると予想されたが、初年度をピークに売上げは減少し、二〇一九年に閉店を余儀なくされた。この場所で百貨店が店を閉めるのは、実に四回目である。その前年には、二回目の飛びおり自殺が起きた。


現在、S百貨店があったビルは複合型商業施設になっている。その名称をキーワードにネットで調べると、幽霊に関する書きこみはほとんどない。いまも地元で暮らすわたしとしては噂を蒸しかえすつもりは毛頭なく、このまま沈静化するのを願っている。ならば怪談など書くなといわれそうだが、それがわたしの生業だし、聞こえのいいことばかり書くのは事実に反する。

あの土地から出土したおびただしい人骨が、かつてどんな生活を営んでいたのかわからないように、その上に建てられた巨大なビルでなにがあったのかも、忘却されつつある。やがてはビルも取り壊されて跡地になにかが建ち、ひとびとの生活が繰りかえされる。

人骨が埋まっていた土地に巨大なビルを建てたから怪異が起こるというのはわかりやすいが、そこに因果関係を求めるのは非科学的である。Sグループが経営破綻したのは放漫経営が原因だし、後継店が失敗したのも、ネット通販の影響に加えて顧客の高齢化や人口の減少があるだろう。

つまり四つの百貨店が閉店したのは、ただの偶然である。

けれども運不運がかたよるように、偶然は連鎖する。これまでわたしが「会社」で見聞した怪異（と呼べないものもあるが）を書き連ねてきたが、会社に入るのも辞めるのも偶然に左右される。人間は自分で思っているほど恣意的な選択はできない。たまたま通りかかった横断歩道の信号が赤だったから避けられた災難もあるし、その逆もしかり。どれほど健康を気遣っても病に罹り、どれほど安心安全を心がけても事件事故に遭う。すべては、ちょっとした偶然の積み重ねである。原因と結果に因果関係がなく、誰にも説明できない現象を偶然と呼ぶ。

わたしはその偶然が怖い。

三津田信三

◎

何も無い家

三津田信三（みつだ しんぞう）◎

奈良県出身。編集者をへて、2001年『ホラー作家の棲む家』でデビュー。ホラーとミステリを融合させた独特の作風で人気を得る。10年『水魑の如き沈むもの』で第10回本格ミステリ大賞を受賞。作品に『十三の呪』にはじまる「死相学探偵」シリーズ、『厭魅の如き憑くもの』はじまる「刀城言耶」シリーズ、映画化もされ話題を呼んだ『のぞきめ』、『禍家』『凶宅』『魔邸』からなる〈家三部作〉、『怪談のテープ起こし』『赫衣の闇』『そこに無い家に呼ばれる』『逢魔宿り』『みみそぎ』『歩く亡者 怪民研に於ける記録と推理』などがある。

間取り図

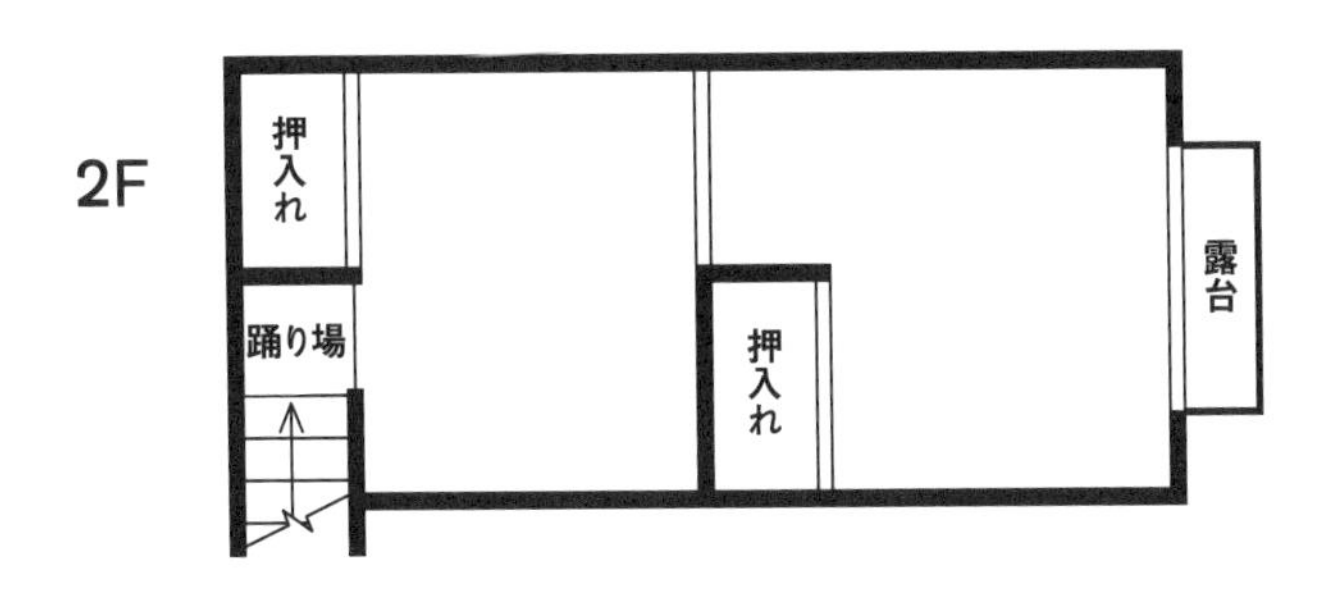
2F
押入れ
踊り場
押入れ
露台

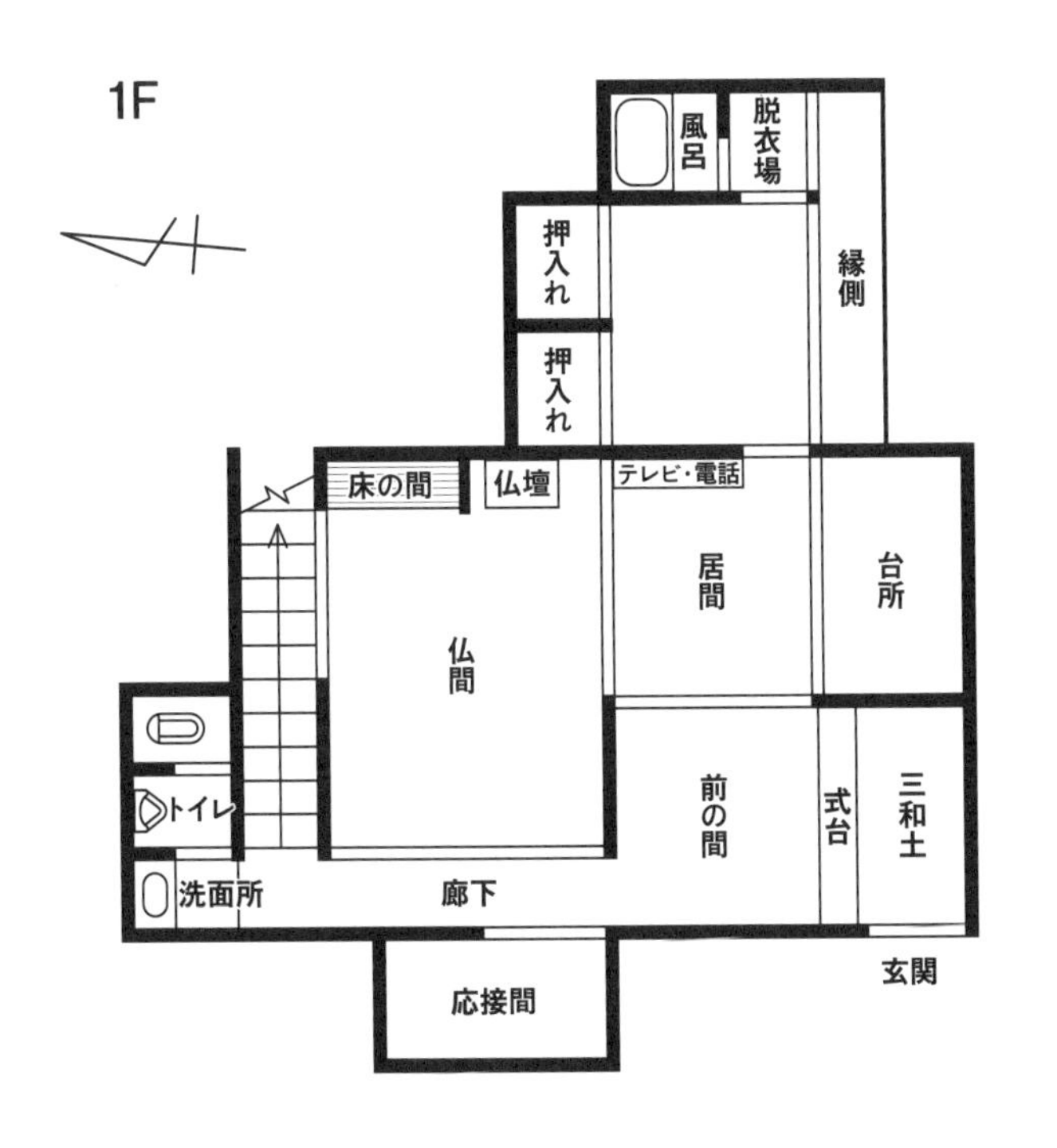
1F
風呂
脱衣場
押入れ
押入れ
縁側
床の間
仏壇
テレビ・電話
居間
台所
仏間
トイレ
前の間
式台
三和土
洗面所
廊下
応接間
玄関

僕が作家になってから企画したアンソロジーに『怪異十三』（二〇一八／原書房）がある。同書は古今東西の怪奇短篇の中から、僕自身が「怖い」と思った十二の作品を選んで編んだ。十三作目には拙作を入れた。それに対して本書『七人怪談』は「まえがき」に記したように、全七作が書き下ろしになっている。ちなみに『江戸・東京　歴史ミステリーを歩く』（二〇一一／ＰＨＰ文庫）は、僕が編集者時代に企画編集した本の文庫化のため、ここには含めない。

という書き出しを認めはじめたところで、そう言えば未だに腑に落ちないアンソロジーの収録依頼が数年前にあったことを思い出した。念のために確かめると、その依頼状が届いたのは二〇一九年の七月だった。

某編者が「〜に生み出された名作佳作」という基準で日本人作家の怪奇短篇を選んで編む企画だと、同書を刊行する予定の某社の担当編集者の依頼状には書かれていた。僕は拙作が選ばれたことを素直に喜んだが、それも「百物語憑け」のタイトルを目にするまでだった。

拙作の愛読者ならご存じかもしれないが、あれは今はなき季刊誌「幻想文学」に書いた掌編に過ぎない。とても「〜に生み出された名作佳作」ではないだろう。このとき僕が懸念したのは、同書で拙作をはじめて読んだ方に「三津田信三の怪奇短篇の代表作がこれか」と思われることだった。企画書に記された同書のタイトルに鑑みても、そう読者が捉えることはまず間違いない。故に以上の理由を編集者に伝えて、同書への収録を丁重にお断りした。

するると編集者からメールが届いた。この件を編者に確認したところ「できれば各巻に実話系の短篇を一話ずつ収録したい」意向があって、それで「百物語憑け」を選んだというのだ。

この返答がまた納得できなかった。拙作のノンシリーズの怪奇短篇は、ほぼ「実話系」の体裁を取っている。そして同書の「～に生み出された」という基準には、拙作の全怪奇短篇が含まれる。その中からあの掌編をわざわざ選んだ理由が、依然として何も分からない。

ただし編集者のメールには「～を代表する怪奇短篇を、という主旨に（「百物語憑け」が）当て嵌まらないということであれば、今回の収録は諦めます。（中略）また改めて別の作品を、とお願いすることになると思いますので、どうかよろしくお願いします」とあったので、さらに理由を尋ねることは止めた。大人しく次の連絡を待つことにした。

ところが何の音沙汰もないまま、いつの間にか某アンソロジーは完結していた。結局は掲載されなかったのか……と苦笑したものの、あの掌編が拙作を「代表する怪奇短篇」だと、はじめての読者に思われるよりは良いと考えることにした。

この腑に落ちない出来事と同じように、ひょっとすると読者は以下の体験談に目を通しはじめて、いったい何の話を読まされているのだ……と戸惑うかもしれない。一見テーマには合っているようだけど本当にそうなのか……と疑問に感じるかもしれない。

でも、そのまま読み進めてもらえれば、追々それも分かってくるはずである。

以下の「私」とは体験者自身を指す。この人物が何処の誰なのか、本人に関する情報は何一つ明かせない。提供しても問題なさそうなのは、体験者が作家だということくらいか。ただし僕が扱う分野とは何の関係もないので、その点は承知しておいて欲しい。

なお通常、本人から話を聞いて執筆する場合、大抵は三人称で記して再構成することが多い。しかし今回は「彼」の語りがあまりにも生々しかったので、それを少しでも伝えられればと考えて一人称にした。ちなみに「私」の実家の間取り図は、本人の談に基づいて当方で描いている。

それと以下に登場する人名は、すべて仮名にしてある。

体験内容と間取り図に誤っている箇所がある場合の全責任は、もちろん僕にある。それは明記しておきたい。

*

私が故郷(ふるさと)の某駅に降り立ったのは、晩秋のとある金曜の夕間暮れだった。小中学校時代に同級生だった瑞口(みずぐち)との待ち合わせが十七時で、それまで三十分以上もあったので、しばらく気の向くまま駅前のアーケード街をぶらついた。

地方によってはシャッター通りと化した商店街に出会(でくわ)すことも珍しくなくなったが、我が地元は観光地のためか、空き店舗など一軒も見当たらない。瑞口と落ち合うのも、この通り沿いの喫茶店である。私が実家にいた頃には恐らくなかったと思うので、きっと新しくできた店だろう。アーケード街の賑わいは昔と変わらず、何十年も続いている土産物屋もあったが、その一方で新旧の店の入れ替わりも意外と見受けられた。正に時の流れである。

喫茶店には十七時前に入り、少し迷ったが珈琲を注文する。喉が渇いたので本当はビールを頼みたかったが、親しき仲にも礼儀ありだと考えて止めた。いかに仲が良かったとはいえ、もう三十数年も前のことになる。しかも彼は、ここ数年の同窓会には一度も来ていない。さすがに顔を赤くして出迎えるのは拙いだろう。

瑞口とは小中学校のとき頻繁に遊んで、高校が違っても付き合いは続いた。だが私が関東の大学に進学すると、少しずつ疎遠になり出した。それが一気に加速したのは、互いが社会人になってからである。私が関東で就職したことも大きかったと思う。

小中学校の同窓会は高校と大学のときに、それぞれ一回ずつあった切りで、社会人になってからは皆無だったと記憶している。だから五十歳を迎える年の春に、実家から転送された小学校の同窓会の通知を見て、どうして今頃と最初は驚いた。しかし自身の年齢に鑑み、すぐに「なるほど」と納得した。人生そのものを振り返るのはまだ早いが、少し立ち止まって後ろを向く分には、ちょうど良い頃合いかもしれない。そういう年齢になっていた。

この同窓会が切っ掛けとなり、翌年も翌々年も秋の終わりに小学校の同窓生が集まった。ただ残念なことに、そこに瑞口の姿はなかった。元学級委員だった幹事の大月に訊くと、卒業名簿に載っている実家に同窓会の知らせを送ったところ、「あて所に尋ねあたりません」で戻ってきたという。そういう者は、もちろん他に何人もいた。そこで返信のあった人に、宛先不明者の情報を広く求めた。お陰で現住所が判明して、同窓会に出席できた者もいる。だが生憎まったく行方が掴めない者も少なからずおり、瑞口も同じらしい。

「お前が知らないなんて、むしろ意外だったな」

当時の二人の仲を覚えていたのか、大月にはそう言われた。

「でも、そのうち分かるかもしれないわよ」

すると横から児玉が口を挟んだ。彼女は幹事の補佐をしており、同級生捜しの手伝いもしたという。そのとき自分たちのクラスだけでなく、他の組の人たちにも連絡を取ったらしい。地元で暮らしている者の強みだろう。

「それで引っ越し先が判明した人もいたから、いずれ瑞口君の情報も入るかも」

私は旧友との再会を夢見て、その場で出席者全員に名刺を配っておいた。名刺には今の住所だけでなく、固定の電話とファックスの番号、パソコンのメールアドレスも記してある。

ここで蒔いた種がようやく芽を出したのは、四度目の同窓会が予定された日の一週間前で、実家の片付けを行なうかどうか、かなり私が迷っている頃だった。つまり同窓会に託けて、実家の整理をやろうかと考えたのだが、いざとなると踏ん切りが中々つかない。

そんなとき瑞口から電話があった。嬉しい驚きを覚えつつ、正直やや戸惑いもした。彼に連絡をつけたかったのは本当だったが、いざ声を聞くと少し狼狽える。なにせ三十数年振りなのだから、これは無理もないだろう。

しかし、そういう不安は数十秒で吹き飛んだ。同窓会でも感じたが、子供時代の友達という存在は、なぜこうも簡単に時を超えられるのか。互いの近況を軽く話し合っただけで、もう我々は昔の関係に戻っていた。しかも私は、いきなり三十余年にも及ぶ個人的な話題に触れることに、まったく何の躊躇(ためら)いもなかった。

思えば瑞口には当時から、我が家のあれこれを赤裸々に話していた。

子供だったからと考えるのは、些(いささ)か浅はかだろう。むしろ隠そうとするのが普通ではないか。子供ならではの見栄(みえ)が、そうさせてしまう。でも彼は違った。あそこまで心を許せる人物が、その後の人生で現れなかったことからも、やはり彼は特別だったのだと分かる。

この電話で瑞口は、イギリスのゴーストハンターとして有名なハリー・プライスは、一九三六年三月十日にBBCラジオで幽霊屋敷から初の生放送を行ない、また同じイギリス人で「最後のゴースト・ストーリー作家」と呼ばれたH・R・ウェイクフィールドは、正に「ゴースト・ハント」というタイトルで、リポーターが幽霊屋敷から実況中継をする体裁の短篇を書いた、という如何(いか)にも彼らしい知識を披露した。

今なら小型カメラによるネットのライブ中継が、これに当たる。生配信に不安があるなら、いったん録画として残したうえで、それを編集しても良い。機材の一切は彼が持っており、その後の作業もお手の物だと言われた。

常識では考えられない提案を瑞口が突然してきたのも、二人の関係が復活した証拠だろう。通常なら私は激怒するか、呆(あき)れて物が言えなくなるか、いずれにせよ相手の酷(ひど)い非常識を前にして、そのまま電話を切ったに違いない。

無論そうはならなかった。

このときの電話で決めたのは、落ち合う日時と場所だけである。同窓会が土曜の十八時からだったので、その前日に二人で私の実家に泊まり込むことにした。

ところが、瑞口は十七時半になっても現れない。念のために店の隅々まで見渡したが、やはりいない。何か急用でもできたのか。それなら仕方ないが、私は大いに困った。迂闊（うかつ）にも彼の連絡先は聞いていない。子供のとき友達とする遊びの約束は、いつも口約束だけだった。あとから何らかの方法で――例えば電話で――確認するなど絶対にしない。そんな当時の感覚のまま待ち合わせを決めた所為（せい）か、うっかりしていた。

これで私が携帯電話を持っていたら、また違っていただろう。彼の携帯の番号を恐らく尋ねたのではないか。しかし私は所有していない。仕事柄ほとんど外出しないうえ、パソコンのメールさえあれば特に不自由もないので、ここまで普及している携帯には背を向けていた。同窓会の幹事とのやり取りも、すべてパソコンのメールである。よって幹事の電話番号もパソコンを開かないと分からない。旧友たちからもらった名刺も、すべて置いてきてしまった。

実家で卒業生名簿を見れば、誰かに連絡はつけられるか。

そう考えた私は喫茶店を出た。こちらの実家の場所を瑞口は知っているため、あとから訪ねてくる可能性もある。また彼が卒業生名簿を持っていれば、私の実家の電話番号も分かるだろう。このまま喫茶店で待ち続けるよりも、さっさと実家に行った方がきっと良い。

駅前でパンやカップ麺、また飲み物を買って鞄に詰める。駅から実家までの道程で、コンビニのあった記憶がまったくない。荷物にはなるが後悔しないためにも、ここで調達しておく。賑やかな南の大きなアーケード街から離れ、駅前の交差点を挟んで北に延びるこぢんまりした商店街に入ると、急に人通りが少なくなる。振り返って確かめることで、その対比が鮮明に感じられるのが興味深い。少し歩いていくとコンビニが一軒あって、早計だったかと悔やんだが、この商店街を通り過ぎると店舗が一切なくなった。

広大な敷地を持つ某国立大学に沿って坂道を下り、いったん谷底のような地点に達してから、昔ながらの面影が残る町並みを今度は上がる。駅の南北に位置する商業地区の変化に比べると、この辺りの風景は子供の頃とほとんど変わっていない気がする。

瑞口によると家の盛衰に関する民俗的説明を、小松和彦は『異人論』に於いて四つのタイプに分けて解説しているという。この場合の民俗的説明とは、神秘的な力を指すらしい。

Aタイプは民俗社会の内部に原因を求め、それを忌避または差別しない場合である。一例として東北地方の座敷童が挙げられる。座敷童は一つの家から別の家へと移動して回る神と考えられており、これが居る間は家が栄えるものの、去られてしまうと没落する。

Bタイプも民俗社会の内部に原因を求めるものの、それが他の家から忌避または差別される場合である。一例として憑物信仰が挙げられる。特定の動物霊を祀ることで、その家は資産を増やす。もっとも該当する家が得る富は、民俗社会の外部から齎されるわけではなく内部から調達される。故に他家が覚える忌避感が頗る強く、問題の家は差別を受ける。しかし何世代も富貴が続くことはなく、やがて没落してしまう。

Cタイプは民俗社会の外部に原因を求め、それを忌避または差別しない場合である。一例として特定の神霊に対する信仰が挙げられる。その信心のお陰で富を授けられるが、一時の繁栄に驕り高ぶって神霊を蔑ろにしたがために没落させられる。貧乏人がある出来事から金持ちになるが、また元に戻る昔話などの多くは、ほとんどこのタイプである。

Dタイプも民俗社会の外部に原因を求めるものの、その家は忌避または差別される場合である。一例として異人殺しが挙げられる。大金を持った旅人を泊めたときに、本人を殺めて富を強奪したが故に家が繁栄する。だが旅人の祟りによって、やがて家は没落してしまう。六部殺しとも言われる。六部とは自らが写経した法華経を笈に入れて背負い、それを全国の六十六箇所の霊場に納めるため諸国を巡礼していた行脚僧のことである。

瑞口の説明は面白かったが、正直あまりピンと来なかった。

その家が建っている土地の因果など、もっと他に求めるべき原因もあるのではないか。その家に何らかの問題を持つ人物が住み続けたことで溜まった悪い澱のようなものが、やがて住人に障り出すといった現象も考えられるのではないか。家と土地が邪な意思を持ってしまう場合も、実際に有り得るのではなかろうか。

道が平坦になったところで某川に架かる橋を渡ると、先程の某国立大学に匹敵する敷地を持つ古刹が北側に見えてくる。こんもりと盛り上がった丘の平らな頂全体に、寺院の建物と墓地がある。本来なら常に門戸を開いておいて、誰でも差別なく受け入れるのが寺なのだが、ここは昔から違った。確かに門は開け放たれたままで、いつでも潜(くぐ)ることはできた。しかし、この場所まで足を伸ばした観光客が物見遊山で入ろうものなら、かなり冷たい扱いを受ける。寺に用事のない者には、とにかく手厳しい。よって子供が境内で遊ぶことなど絶対にできなかった。

私は小学生の頃、この古刹によく瑞口と忍び込んだ。だが大抵は寺の者に見つかって怒鳴られたうえに、すぐさま追い出された。さすがに暴力は振るわれなかったが、ほとんど叩(たた)き出されるのに近い感じはあった。私が長じてから無神論者になったのは、このときの体験が少なからず影響しているとは考えられまいか。

某寺院の西側には幅の狭い川が流れ、さらに西には低い土手が南北に延びており、それ沿いに痩(や)せ細った土道が走っている。一種の抜け道になっているため、昔は実家と駅との行き来に使っていた。問題は道幅が狭く、小石の混じった土道で、おまけに街灯が途中に一つしかないことだった。そのため夕間暮れ以降は、子供と若い女性はあまり通らなかったのではないか。

もう日は暮れ掛けていた。しかも某寺院の上空にだけ、なぜか黒々とした雲が渦を巻くように広がっている。そのため土道の辺りが他に比べると早くも薄暗い。子供の頃の私なら間違いなく足を踏み入れるのを躊躇っただろう。

ところが今は妙な懐かしさから問題の細道を選んだ。足を踏み入れた途端、土の感触を靴の裏に覚える。ふと昔の記憶が甦(よみがえ)りそうになる。この土道を通っていた頃の出来事が、次々と脳裏を過(よぎ)り出し掛けて慌てた。

小川と低い土手と薄暗い土道は、北へ真っ直ぐ延びたあと大きく左に曲っている。その角を折れた少し先に、ぽつんと古びた街灯が一つある。すでに明かりは点(とも)っていたが、あまりにも薄暗く感じられてならない。いくら何でも当時とは電灯の明るさが違うはずなのに、依然として昔のままのように感じられる。それでも街灯の真下だけが、辛うじて安全な場所に映っていた。そこ以外は魔所のように思えてしまう。

だからと言って街灯の下で立ち止まることはしない。一旦(いったん)ここで足を止めてしまえば、本当に動けなくなるかもしれない。そんな懼(おそ)れを覚えた所為で、とにかく私は歩き続けた。唯一の灯台とも言える薄暗い明かりの下を通り過ぎても、ひたすら痩せ細った土道を進んでいった。

この暗夜行路にも似た道行きが、まるで記憶のトンネルを潜るかのようで、どうにも心がざわつく。土道を抜けて出た所は、まさか過去なのではないか。そんな妄想に忽(たちま)ち囚(とら)われるほど厭(いや)な予感がしてならない。

土道の先に舗装路が見えてきた。もうすぐ暗夜行路が終わる。咄嗟(とっさ)に立ち止まり、ゆっくりと後ろを振り返る。この道を引き返すことで明るい未来が開けるとは、当たり前だが思えない。

過去に戻るなど有り得ないと否定しつつも正直やや怯(おび)えながら舗装路に出ると、半ばは記憶にあって半ばは見慣れぬ風景に出迎えられた。要は家屋の建て替えによって、昔とは異なる眺めになっている場所もある一方で、当時と変わらぬ所も恐らく残っているためだろう。

ほっと安堵(あんど)しながら北へ進むと、やがて舗装路は坂道になる。その右手には昔、市営の母子寮があった。今はフェンスに囲まれた空き地と化している。一面が雑草で覆われており、フェンスさえなければ元から自然の野原だったように見えるかもしれない。

坂道を上り切る手前の右手に田吉家があり、その北隣が実家だった。坂下から見上げたところ、古刹の上空に渦巻いていた陰鬱な暗雲が、いつしか我が家の上にまで広がっている。今にも降り出しそうな気配があるのに、ここに来て俄に足取りが重くなる。決して坂の所為ではない。行く手に待っているあの家が原因に違いない。

ゆっくりと坂道を上がる。何度も立ち止まって後ろを向く。今なら引き返せると思うからか。駅前まで戻ってビジネスホテルに泊まることを考える。明日は同窓会がはじまるまで、観光客に成り切れば良い。生まれ育った故郷とはいえ、今なら新鮮な眼差しで名所旧跡を巡れるだろう。そして関東に帰ったあとで、その手の業者に家内の整理を頼む。同じように実家の後始末をしている人は、きっと多いはずである。

あれこれ思案しているうちに、いつの間にか実家の前に立っていた。田吉家には今、独り暮らしの老人がいるだけらしい。我が家の北隣は何年も前に家屋が取り壊されて、その後は更地になっていた。しかし買い手がつかないのか、未だに新しい家は建っていない。

この坂は左右に幅の狭い水路を持っており、故に何処の家にも橋が架かっている。実家にも無骨な石橋があって、その上に立つと水路を覆うように大きく出っ張った部屋が、ぬっと左手から突き出しているのが実感できる。元は前庭だった場所を潰して、あとから建て増しした応接間である。前庭がかなり狭かったので、部屋の半分は水路の上に食み出してしまった。そのため家屋全体のバランスが著しく狂ったのは間違いない。家の前面が顔だとすれば、差し詰め応接間は余計な瘤というところか。

この歪過(いびつ)ぎる瘤に、まず出迎えられた気分になる。石橋に佇(たたず)む元住人を凝(じ)っと眺めている。そういう気配が濃厚にある。

敢(あ)えて家全体に目をやることなく、すっかり錆(さ)び付いた緑色の門の大きな差し込み錠を、きぃきぃきぃと酷い物音を立てながら開ける。昔から少しも変わっていない。元通りに閉めようとして、瑞口のために鍵(かぎ)は開けておき、門だけを閉じておく。門の内側は大小の石の丸みが残る石畳の階段で、右斜め上へと続いている。五、六段ほど上った所で、西に面した玄関前に立つ。

……花束はない。

お供えをさせてもらったと、今は田吉家を出ている同家の人から電話で聞いた。しかし日数が経っているため、近所の誰かが片づけたのかもしれない。

玄関戸の右横には、奥へと延びる薄暗い路地がある。実家と田吉家の間に空いた隙間に過ぎないのに、まるで二つの家が一旦べったりと融合したあとで、その真ん中からぐわーんと細長く口を開けたかのようである。これほど変梃(へんてこ)な感覚は、もちろん子供の頃にはなかった。今は両家の両隣が空き地と更地になっている所為で、こんな妄想に囚われるのだろうか。

日が暮れる前に、家の裏を目にしておくか。

そう思いながらも迷う自分がいる。行かずに済むのなら、それに越したことはない。ただ実家の前に立った瞬間、これが最後かもしれない……という予感を抱いた。恐らく当たっているのではないか。だとしたら一目だけでも見ておくべきだろう。

玄関先に鞄を置いてから、まだ少し躊躇いつつも路地に入る。

途端に視界が翳(かげ)った。右手は田吉家の窓のない壁で、左手は実家の台所になる。頭上には細長い空しか見えず、心なしか息苦しさを覚える。すぐにも勝手口に差し掛かるが、もちろん台所に明かりはなく、かなり薄暗い。いや仮に台所の電灯が点っていても、昔から昼なお暗い場所だった。しかも隣家との間には狭いながらも深い溝があるため、この路地を通るときは妙に緊張した。子供なら普通に落ちてしまう幅があったからだろう。いつまでも慣れることがなかった。という感覚が不意に甦って、両足が震え出しそうになる。

しばらく我慢して進むと、ほんの僅(わず)かだけ明るさが増して、路地の幅もやや広まる。左側に実家の縁側が現れて、その分だけ家屋が引っ込むからだ。ただし縁側が面する部屋には決して目を向けない。自然体を装って無視する。

路地の突き当たりは石垣で、直角に左へ折れる。角は脱衣場と風呂(ふろ)場になっており、そこまで縁側は延びている。あとから風呂場を付け足したため、こういう作りになった。入浴のたびに縁側へ出る必要があって、寒さの厳しい冬場は難儀した覚えがある。

角を曲がると同時に物凄(ものすご)い圧迫感に襲われる。右側の石垣と左側の風呂場の間は、路地の出入り口に匹敵するくらい狭い。

風呂場を通り過ぎると物置があって、その先に石段が見える。それを上がった先の左手に細長く広がるのが裏庭の一段目になる。無秩序に繁茂した雑草に半ば埋もれるようにして、そこに池があった。かつては鯉が何匹も泳いでいたが、今はどんよりと緑色に濁った水が溜まっているだけで、生き物の姿は見当たらない。手前に生い茂った雑草からは厚かましいまでの自然の生命力を覚えるのに、目の前の池には死臭が漂っている。生命の営みが何ら感じられない。にも拘らず暗い濃緑の水面下で、得体の知れぬ何かが蠢いている気がするのはどうしてか。

池の水深は知れている。とはいえ洗面器に張られた水でも、充分に人は溺れ死ぬ。ここの池にも同じことが言えた。

石段を上がった地点まで戻ると、さらに石段がある。そこを上ると南北に細長い裏庭の二段目に出る。右手には六畳一間の離れが建っている。すでに屋根は陥没しており、どう見ても住める状態ではない。その離れの前には、半ば朽ちた柿の木があった。石段の左手には大きな李の木と、人工的に作られた石清水が見える。石清水は細い滝となって下の池に降り注ぐ仕掛けなのだが、疾っくに元栓が閉められているのか一滴の水さえ流れておらず、完全に乾き切っている。

昔から李の木は枝振りが見事でどっしりとしており、以前は手製の鞦韆がぶら下がっていた。もちろん今は取り払われている。李に比べると柿の木は貧弱な印象があったのに、いざ吊り下がるとなると別なのかもしれない。

瑞口の受け売りになるが、柿の薪を火葬に使う地方は多かったという。そのため忌まれたらしい。「柿の木から落ちると死ぬ」とも言われた。つまり吊り下がるには、これほど相応しい木もなかったわけだ。

裏庭の二段目の東側は急な斜面で、中途半端に耕された段々畑になっていたが、すっかり荒れ果てている。屋根の落ちた離れと一緒に眺めると、住人が立ち去った村落の一部のように見えなくもない。

斜面の上は某古刹の敷地になる。もっとも実家と寺院の土地の境界線を巡って、かつて揉(も)めたことがあると聞く。登記簿謄本で確かめようにも曖昧(あいまい)だったというから、当時は結構いい加減だったのだろう。この斜面から白骨の一部が出たことがあり、丘の下までが寺の土地だと向こうは主張したが、その訴えは認められなかった。実家の裏庭から墓石が見上げられた眺めも、私が子供の頃には森に変わっていた。それでも移せていない骨壺(こつつぼ)が、きっと多く残っていたに違いない。古刹が建つ丘の下に住む人たちは、この事実に厭でも気づいていたのではないか。その手の忌まわしい何らかの体験を、一部の人たちは不本意ながらしていたのではないか。

えっちらおっちら斜面を登ると、目の前に古刹の森が広がる。辛うじて立てる幅を残して寺院の柵(さく)が左右に延びている。子供のとき一周を試みたが、半分ほど歩いたところで野犬に出会して諦めた。当時は野良犬が普通にいたものである。

しばし柵の左右と奥に目を向けたあと、斜面の上に立って実家を見下ろす。池の北端から下りている階段が目に入り、その先に家屋の北側を通る路地があったことを思い出す。そこは南の路地よりも陰々滅々とした雰囲気に満ちており、いつも湿気(しけ)ている印象しかない。表の道路に面した板戸は常に内側から施錠されていたので、子供の頃でも数えるほどしか足を踏み入れていないはずである。今も行く気は更々ない。

いつしか暗雲が実家の上空だけに下降して、この辺り一帯を覆い出していた。そんな現象など有り得ないのに、今夜中に家屋が押し潰されそうな不安を覚える。

ぽつぽつと小雨が降りはじめた。斜面を覚束(おぼつか)ない足取りで下りている間に、ぱらぱらへと降りが変わり出して、小走りで路地に入ったときには、ばらばらばらっと大粒の雨になっていた。

急いで玄関前に戻って鍵を開け、鞄を忘れずに家へ入る。

すると雨が突然、ぴたっと止んだ。私を裏庭から追い立てて、そのまま自然に家の中へと導くためだけに、恰も降ったかのように。

確かに躊躇わなかった。

もしも雨が降らずに、普通に裏庭から歩いて戻っていた場合、私は本当に家へ入っただろうか。路地に足を踏み入れる以上に、恐らく迷ったのではないか。その結果、踵を返していた可能性もある。大いに有り得る。

なぜなら……と理由を考え掛けて、思わず息を止めていた。最早そんなことをしても手遅れなのに。だったら最初からマスクをするべきだろう。

すぐに苦しくなって呼吸したが、屋内に籠る黴臭い空気を嗅いだくらいで、何の異臭も鼻につかない。特殊清掃業者を頼んだお陰だろう。高い料金を払っただけはある。残暑の厳しい時期だったことを考えると、そのまま放置もでき兼ねた。やはり依頼して良かったのだ。

しかしながら空気が妙に重い。しかも淀んでいた。どんよりした質感を持ちつつ、みっしりと家屋内に満ちている。どっぷりと浸かったような不快感を覚える。

玄関戸を潜った先は三和土で、目の前に靴箱がある。その上には硝子ケースに入った日本人形、木製の五重塔、何も生けられていない花瓶が並んでいる。どれも埃に塗れており、とても玄関先を飾っているとは言えない。

そもそも三和土には透明なゴミ袋がいくつも放置されており、来客を迎えられる状態ではなかった。一瞬「ゴミ屋敷」という言葉が脳裏を過るが、幸いにも生ゴミの袋は見当たらない。中身は全部ビールの空き缶だった。

左手には式台があり、そこに鞄を置いてから靴を脱いで上がると前の間になる。この空間が子供の頃は、何とも不思議で仕方なかった。狭い畳敷きの部屋には小さな台と、その上に鳥籠（とりかご）が置いてあるだけで他には何もない。玄関先で客に応対する場合、相手は式台に腰掛けて、家人は前の間に座る。それだけの用途しかない。居間と廊下を結ぶ役目はあるが、ならば部屋というよりも通路に近くはないか。それなのに畳が敷かれて座敷然としている。どっちつかずさが子供心に、どうも異様に思えたらしい。

昔は鳥籠しかなかった前の間に、今は複数の段ボールが雑多に積み上げられている。薄暗い中で目を近づけて見ると、どうやら通販の食料品らしい。レトルトパックや乾麺が目立つことから、ほとんど料理はしていなかったと分かる。

段ボールから目を離したところで、ぎょっとした。

かつて目白や駒鳥や十姉妹（じゅうしまつ）を飼っていた大きな鳥籠が、今では空っぽの状態で放置されているはずだった。それなのに籠の中に、何かいた。黒くて細長い得体の知れぬものが、確かに暗がりの檻（おり）の中に立っている。

びくびくしながらも確かめようとして、いつの間にか外が暗くなっていることに気づく。電灯の紐（ひも）を手探りで引っ張るも、まったく明かりが点（つ）かない。もう一度、さらにもう一度と試みると、小さな豆球だけが点った。とても乏しい光量ながら、影の正体が分かって驚いた。

阿弥陀如来の立像。

本来は祀って敬うべきはずの存在が、なぜか鳥籠の中に入れられている。これほど場違いという言葉が当て嵌まる例もそうない。とにかく違和感に満ちていた。いや、そんな表現ではとても済ませられない禁忌の状態が、罰当たりにも目の前にあった。

如来像が嗤ってる。

仏像の神秘的な微笑みに邪さを感じたことなど、これまで一度もない。それ故にかなり厭な気持ちになる。ただの錯覚に過ぎないと分かっているのに、どうにも心がざわつく。

さっと視線を逸らせたあと、どっちに行くべきか迷う。

前の間の左斜め前方には間仕切り用の暖簾が下がっており、そこを潜ると板敷きの廊下へ出る。廊下を進むと左手に応接間の引き戸が、右手に仏間の襖が、突き当たりにトイレが、その手前の右手に二階へ上がる木製の階段が、それぞれ現れる。

前の間の右手の襖を開けた先は居間で、右に台所の硝子戸が、左に仏間の襖が見える。そして奥には居間からの見た目は襖ながらも、反対側から見返すと板戸になる戸襖があった。その先は、路地に入ったときに目を逸らせて通り過ぎた縁側沿いの部屋に当たる。

私が暖簾を潜ろうとしたとき、ずうっと微かな物音が背後で聞こえた。

如来像が動いた。

というイメージが浮かんだものの、もちろん気の所為だろう。無視して廊下へ出る。途端に真っ暗闇になって何も見えない。階段の下に明かりのスイッチがあったことは、よく覚えている。しかし、こちら側はどうだったか。反対にもないと不便だと思いつつ、左側の壁を手探りしているとスイッチに触れたので押す。

ぱちぱちっと瞬いたのち明かりが点る。非常に薄暗い。そう言えば昔から廊下と階段の電灯は、ちっとも明るくなかった。部屋とは違って通過する場所だったからか。それにしても尋常ではない薄暗さではないか。

途中で右手の襖を開けるが、仏間の中は真っ暗である。ここだけ屋内でも窓がないため、本当に真の闇が蟠っている。正面に床の間と仏壇があるはずなのに少しも見えない。

いいや違う。座敷の真ん中に蒲団が敷かれていた。こんもりと盛り上がっている。何かが蒲団の中で蠢いて……。

……見えるわけがない。

幻視だと自分に言い聞かせて、静かに襖を閉める。

反対側の引き戸を開けると、外の街灯によって朧に室内が浮かび上がっている。元からあったソファとテーブルの応接セット以外に、もう使わなくなった健康器具や石油ストーブなどが雑多に詰め込まれており、ほぼ物置と化していた。とても応接ができる状態ではない。それらの物の他で何よりも目立つのは、壁に飾られた何幅もの書画だった。名のある僧侶の手によるものらしいが、生憎そちら方面の知識に乏しいため、まったく価値など分からない。仮に承知していたとしても、絶対に持ち出す心算はない。この家屋内にあるものは、そのまま朽ちるに任せるべきだろう。

骨董怪談が書けるかも。

瑞口ならそう言うかもしれないが、その手の話は拙作が得意とするところではない。

廊下を突き当たりまで進み、トイレの戸を開ける。ひんやりと肌に感じる寒々とした空気と、つんと鼻をつく微かな臭気に、途端に見舞われる。目の前に洗面台、左手に鏡がある。洗面台の向こう側は、裏庭の斜面から見下ろした、もう一つの路地になる。鏡の反対側に戸があって、その先は小用と大用のトイレである。両者の間も戸で仕切られているが、どちらも必要に迫られるまで入る気はしない。

洗面台の明かりを点けて、水道水が出ることを確かめてから手を洗う。鏡の下に吊るされたタオルで拭きそうになり、慌てて引っ込める。

その間にも肌寒さが増していく。

すでに晩秋とはいえ、どちらかと言えば蒸し暑く感じる日だった。でもトイレに入ってから急に冷えた。にも拘らず湿気も感じるのは変ではないか。ぞくっとするのに、じめっともしている。そんな矛盾がこの空間にはある。

鏡を見そうになって、はっと下を向く。

もう少しで鏡越しにとはいえ、後ろを目にするところだった。自分の迂闊さを呪う。あと屋内にある鏡は、確か一階奥の部屋の鏡台だけか。二階の柱にも掛かっていなかったか。いずれにしても充分に注意しなければならない。

洗面所を出ながら明かりを消したあと、すぐに階段の上を点そうとして、ふっと二階が暗くなった気がした。たった今まで点っていた電灯が、まるで不意に消されたかのように。

……そんなわけがない。

と己に言い聞かせて、階段の明かりを点ける。だが廊下と同様に、やはり薄暗い。しかも階段の勾配は、かなり急だった。そのため両手で踏み段を摑みつつ、ほとんど這い上がるような姿勢になる。目の前に次々と現れる木製の踏み段は、乏し過ぎる明かりの下でも鈍く黒光りしている。それを摑むのが、なぜか厭になってくる。

段上には狭い板間の踊り場があって、右手に下半分が磨り硝子の障子が見える。それを開けて八畳間に入る。電灯の紐に手を伸ばすが、ここも豆球しか点らない。室内には机と椅子、簞笥、本棚などが置かれている。押入れの板戸も見える。だが最も目についたのは、掛け蒲団や毛布、タオルケットや敷き蒲団といった寝具が、出しっ放しで積まれている眺めだった。かといって万年床とは違う。ただ押入れから出して、そのまま仕舞っていない感じである。

窓から表の坂道を見やると、しとしと雨が降っている。そう認めた途端、急に雨音が耳につき出した。これまで聞こえていなかったのか。だとしたら変ではないか。それとも屋内に入って以降、それが耳に届かないほど緊張しているのか。

実家の前の坂道は街灯の明かりが物寂しく光っているだけで、まったく誰も歩いていない。車通りは元から少なく、夜ともなると静かなものである。向かいには昔からのご近所さんが並んでいるが、更地になっている所もちらほらあることに、遅蒔きながら気づく。昔々は「狸山」と呼ばれるくらい淋しい場所だったが、それが宅地開発により住宅地になった。しかし今また「山」に戻ろうとしている。そうなると今度は「魂抜き山」とでも噂されるのか。

反対側の窓から裏庭に目をやると、全体が真っ暗闇に沈んでいた。もちろん何も見えず、当然ながら誰もいないはずなのに、こっちを何かが凝っと見詰めている気がしてならない。ひょっとして池の中からか。または柿の木の中途からか。あるいは真っ正面の斜面の上か。

……ただの妄想に過ぎない。

磨り硝子の嵌まった引き戸を開けて、奥の部屋に入る。ここも八畳間ながら元は屋根裏部屋だった。かなり太い梁が天井に渡っていた記憶がある。子供のとき何度か入ったが、いつも長居はできなかった。あまりの薄暗さと得体の知れぬ荷物の多さに、他の部屋とは違う異質さを覚えた所為だろう。それ以上に太い梁が何とも怖かった。どうしてだったのか。私が聞かされていない出来事が、ずっと昔に元の屋根裏部屋で起きていたのか。

この部屋も豆電球しか点かない。机と椅子、蒲団のない炬燵机、本棚、押入れの襖が見える。ここには寝具の代わりに、数多くの衣類が散らかっていた。その中には下着も見える。再び「ゴミ屋敷」という言葉が浮かぶものの、それとは微妙に異なる気もする。三和土のビール缶は確かにゴミだったが、寝具と衣類は違うからだろうか。

表に面する窓から再び外を覗いたものの、裏庭は止めておく。その代わり南の窓を開けて、あとから加えた露台へ出る。大人が横になれない程度の床面積しかなく、蒲団を干すくらいしか用途のない代物である。真下は田吉家との間を通る例の路地になる。今は真っ暗で何も見えないが、そこを見下ろしているうちに、ふと厭な感覚が脳裏を過った。

私が路地に入ったとき、この露台から何かが下を覗いていた……。

そんな光景がまざまざと見える気がする。あのとき頭上を見やっていたら、いったい私は何を目にする羽目になったのか。

屋根の庇から落ちたらしい雨粒が、首筋に入ってぞくっとする。

この部屋で寝る心算だったのに、その予定が揺らぐ。でも一階はどの部屋であれ無理だ。となると二階の手前の部屋しかない。しかし、あの部屋は裏庭に面した窓の位置が、こちらよりも随分と低い。裏の斜面の上から覗かれている気分になるのではないか。こちらの方が新しい分まだ増しかもしれない。元が屋根裏部屋だったことを考えれば、そんなに大差はないか。いずれにしても二階の部屋のどちらかで、今夜は寝る必要がある。

二つの豆電球を点けたまま、急勾配の階段を慎重に下りていく。つい数分前に通ってきた廊下へ戻るだけなのに、まるで隠されていた秘密の地下室に、恐る恐る足を踏み入れているような気分になる。既知の場所なのに未知の空間に覚える不安があって、やたらと足取りが重い。一段下がる毎に、とても厭な空気層に足首が浸かっていく。そんな妄想に囚われる。

かなりの時間を掛けて廊下に下り立つ。階段上の明かりは、やはり消さずにおく。廊下を前の間まで戻り、鳥籠を見ないようにして、居間へ通じる襖を開ける。そして前の間の豆電球を頼りに電灯の紐を捜して引っ張ると、ここだけ真面に明かりが点いて、ようやくほっとできる。実家に入ってはじめて覚えた、それは安堵の気持ちだったかもしれない。

部屋の真ん中には大きな座卓が置かれ、その向こうにテレビと固定電話の台が見える。左手には仏間の襖が、右手には台所の磨り硝子戸があった。前の間ほどではないが、あちこちに食料品の段ボールが放置されている。

居間の電灯が点いたために少し気が大きくなったのか、変な躊躇いを感じる前にと、仏間の襖を一気に開ける。

蒲団など敷かれていない。

がらんと何もない空間があるだけだった。ここまで目にした他の部屋に比べると、あまりにも何もなさ過ぎる。その空虚感が逆に、仏間に誰か住んでいるような錯覚を起こさせる。

電灯の紐を引っ張るも、やはり豆電球しか点かない。ふと長押の上を見回すと、先祖代々の肖像写真が私を睥睨しており、物凄く居た堪れない気分になる。

本当なら仏壇に線香を上げるところだが、もちろん何もしない。この家で神仏に祈ることの虚しさを知っているからだが、それだけではない。むしろ逆効果ではなかったのか……という考えが、大人になってから芽生えた所為もある。

明かりのお陰か、空腹を覚える。式台に置きっ放しだった鞄を持ってきて、食べ物と飲み物を取り出す。湯を沸かそうと台所に入ると、ここも明かりが点いた。ただし田吉家が隣接している所為もあって、台所は電灯が点っていても暗いイメージが昔からある。その陰気さは今でも何ら変わらない。そうと分かった途端、ここにある薬缶で湯を沸かして、それを口にすると思っただけで耐えられないと感じた。

質素な夕食を摂る前に、残った奥の部屋と風呂場を見ておくべきか。と一応は考えたものの、やっぱり止めておく。たちまち食欲が失せるかもしれない。いくら特殊清掃されて実害がなくなっているとはいえ、人間は勝手に想像してしまう生き物である。その力の嫌悪すべき影響は実家に足を踏み入れてから、もう厭というほど味わっている。さらに妄想力が強まると事前に分かっている部屋に、選りに選って飲食の前に入ることもないだろう。

私は居間に腰を下ろすと、パンを食べながらペットボトルの紅茶を飲んだ。あまりにも静かなのでテレビを点ける。だが砂嵐ばかりで、どの局も映らない。唯一ＮＨＫだけ観られたのは、さすが国営放送というべきか。

画面には目を向けずに音だけ流していると、そのうちテレビの音声とは明らかに違う異音が微かに聞こえてきた。

……たっ……たっ……たっ。

何かが滴っているのか。雨垂れかと思ったが違う。外ではなく内ではないか。居間の何処かで、または隣の仏間で、あるいは奥の部屋から……と、あちこちに耳を傾けるが分からない。それなのに異音は少しずつ高まっている気がする。

……ざりっ……ざりっ。

そこに別の異音が交ざりはじめる。まったく異なる場所から聞こえるのか。それとも同じ部屋だろうか。これも少しずつ高まっているように思えてならない。

これらの音は……。

すぐさまテレビを消すと、ぱたっと聞こえなくなった。あのまま放っておいたら、いったいどうなっていたのか。

テレビの横の固定電話が改めて目に入り、すっかり忘れていた瑞口を思い出す。しかし小学校の卒業生名簿は裏の離れにあった。屋根の落ちた離れの中で捜すのは、相当に危険だろう。それ以上に裏庭へは二度と行きたくない。

味気ない食事が済んだところで、いよいよ奥の戸襖に手を掛ける。でも開けようとすると、がたついて少ししか動かない。まるで内側から何かが戸を押さえているかのように。

掌（てのひら）が入るくらい空いた隙間の向こうは、もちろん真の闇しかない。そこを凝っと見詰めているうちに、ぎょろっと目の玉が覗きそうで気味が悪い。それとも指が出てくるだろうか。ああぁぁっという声と共に口が見えるかもしれない。

私は隙間に右目を当て、右手の指を差し入れたあと、次に口をつけて、ああぁぁっ……と声を出していた。

戸襖がスムーズに開く。背後の居間に明かりがあるだけに、奥の部屋の暗がりが強調されて何も見えない。そろそろと足を踏み入れながら進むと、いきなり畳敷きがなくなり、ビニールのような足触りになって、ぎょっとする。

急いで電灯の紐を手探りして引くと、ここも豆電球しか点かない。だが、それで充分だった。私の足元だけ一畳分の畳が外されて、代わりにビニールシートが敷かれている。もちろん特殊清掃業者の仕事だろう。

ここは他の部屋のように、繁々(しげしげ)と室内を観察する余裕がない。奥に置かれた鏡台が、ちゃんと鏡掛けで覆われていることを確かめるのが精一杯である。

右斜め奥へ進むと、路地に面した縁側に出られる大きな窓と、脱衣場に通じるアルミサッシの引き戸が現れる。風呂場はのちに増設されたため、子供のときは引き戸も脱衣場もなかった。この部屋で衣服を脱いで真っ裸のまま縁側に出て、そこを歩いて風呂場に行く必要があった。

ふと当時を回想して、少しだけ縁側を覗きたくなったが止めておく。よく考えるまでもなく別に良い思い出でも何でもない。

脱衣場に入って明かりを点け、風呂場に顔だけ出して戻ろうとして、今ここで給湯をしておくべきかと迷う。実家で風呂に浸かる気は更々なかったが、さっぱりしたい気持ちもある。この家の風呂が快適かどうかは疑問ながら、入浴によって齎される効用はあるに違いない。もっと遅くでも構わないが、できれば奥の部屋に入る回数は少ないに越したことはない。だったら今、給湯のボタンを押しておくべきだろう。

私は風呂を入れる準備をしてから、足早に居間へ戻った。だが最早やるべきことが何もない。金銭の管理は前々から私が行なっていたため、通帳や印鑑を捜す必要もなく、現金が残っているとしても知れている。応接間の書画は価値があるものの、この家に残った物に関わること自体、絶対に避けたい気持ちが強い。

何も無い家。

それが私にとっての実家だった。こうして独りだけ残ったことでも、私には何も無かった家だと分かる。少なくとも今までは……。

　どうして私は、のこのこと実家に帰ってきたのか。

　今更ながらの疑問に、ふっと怖くなる。切っ掛けは明日の同窓会と、瑞口からの電話だった。しかし前者だけなら、間違いなく駅前のホテルに泊まっただろう。いや同窓会の開始は十八時なのだから、当日入りでも間に合った。むしろ宿泊するのは明日の会のあとだろう。つまり実家を訪ねたのは、完全に瑞口の所為だと分かる。にも拘らず彼はいない。連絡のつけようもない。あとから追って来るかと思ったが、一向に現れる気配もない。

　今からでも家を出るか。

　そう考えた途端、ざあぁぁぁっと強く降り出した雨音が聞こえ出した。どうやら本格的な雨になったらしい。この降りの中を二十数分も歩いて、駅前まで戻るのは億劫過ぎる。

　電話でタクシーを呼ぼうと、受話器を上げたが発信音がしない。きっと料金の未払いで止められたに違いない。ちゃんと通信費も月々の生活費に入れてあったが、恐らく酒代に化けたのだ。大して強くもない癖に飲んで、そして呑まれた。一事が万事そうだった。その挙げ句が孤独死なのだから始末に悪い。

　ピィーという電子音に、ぎくっとする。風呂が沸いたのだと察するまで、少し怯えてしまう。鞄から着替えとタオルを取り出し、奥の部屋に入る。足早に通り過ぎて脱衣場に飛び込み、遅蒔きながら鏡の存在に気づく。なぜさっきは見逃したのか。

　慌てて鏡にタオルを掛ける。身体を洗う用の薄いタオルなので、どうにか引っ掛けられた。その前に鏡像がちらっと視界に映ったものの、今のところ大丈夫らしい。

他の部屋に比べると、まだ脱衣場と風呂場は新しく見える。明かりも煌々と点っているため、少しだけ安心感も覚える。こんな場所が実家の中で見出せるとは、まさか考えもしなかった。かといってここで寝るわけにもいかない。

湯船に浸かると、さらなる安堵感に包まれる。入浴のリラックス効果は、やっぱり侮り難い。風呂場自体があとからの増築のうえ、のちに新しくもしているので、この空間だけ実家から隔離されているように思える。それが効果的なのかもしれない。

頭と身体を洗って風呂場から出て、バスタオルで拭いたあと、Tシャツとスポーツ用のハーフパンツを着る。パジャマを持参しなかったのは、それほど寛いだ姿で寝る気には絶対にならないと予想したからだが、やはり正しかったようである。

脱衣場から出たくない。このまま朝を迎えてはどうか。そう本気で考える自分がいた。でも脱衣場は裏庭と奥の部屋に挟まれている。両方からやって来られたら、もうお終いではないか。いったい何の話だ。そんなものが現れるはずがない。そもそも何が来るというのか。

風呂場の電気だけ消して脱衣場は点けたまま、急いで奥の部屋を通り抜けて居間へ戻る。それだけなのに厭な汗をもう掻いている。

無性に珈琲が飲みたくなった。紙コップつきのインスタント珈琲は買ってある。少し迷ったもののの台所で薬缶を念入りに洗ってから湯を沸かす。普段はインスタントなど莫迦にしているが、このときは助けられた気分だった。

まだ夜も早かったが、寝る場所を決める必要がある。当初は二階の奥の部屋を考えていた。しかし豆電球のみで過ごすのは、いくら何でも厭だ。となると明かりが真面に点く居間しか選べない。ただし居間は奥の部屋と仏間、この二つに隣接している。一番安全なのは応接間なのかもしれない。でも埃が凄かった。そういう意味では、まだ居間は増しのような気がする。生活空間として最も使っていたからだろう。

私はテレビの前に積まれた数枚の座蒲団を抱えて玄関の式台まで行くと、そこで埃を叩(はた)いた。枕と敷き蒲団の代わりにするために。

居間に戻って座蒲団を敷くも、まだ寝るには早過ぎる。鞄から古本屋で買った根本茂男(ねもとしげお)『柾它希(まさたけ)家の人々』を取り出して読みはじめる。購入してから何年も放置していた作品のうえ、箱入りの大判という旅行には不向きな装丁本なのに、なぜ持ってきたのか。

読んでいるうちに眠くなる。本の内容の所為か、長距離の移動に疲れたのか、原因は不明ながら睡魔に襲われる。これは幸いかもしれない。駅前で買っておいたワインの小瓶を、珈琲用の紙コップで半分ほど飲む。それから座卓と仏間の襖に挟まれた場所で横になる。すると明かりは点けたままなのに、酔いも手伝ったのか苦労なく眠りに落ちた。

どんっ……という物音で目覚める。何かが畳の上に倒れたような音だった。飲み屋からの帰りに外で転んで頭を打ち、救急車で病院に担ぎ込まれて検査を受けるが異状はなく、一泊して翌日に帰宅したものの当日か翌日の何処かで、一階の奥の部屋で前のめりに倒れて動けなくなり、その状態のまま死亡したが誰にも気づかれずに、一週間以上が過ぎてから近所の人が不審に思い……という警察から聞いた状況が一気に脳裏を駆け巡った所為で、はっきりと目が覚める。

横になったまま耳を澄ます。何も聞こえない。けれど再び眠るのは難しい。起き上がって残りのワインを飲む。あっという間になくなる。瑞口用に買っておいた、もう一本を取り出す。二本目を半分まで飲んだところで横になり、いつの間にか寝入る。

遠くで物音が響いている。それを意識しつつも眠り続けている。そんな感覚がある。半ば覚醒していたのだろうか。無防備に寝ている場合ではないと思いつつも起きられない。つまりは寝入っていたことになる。しかし無気味な物音は、ちゃんと認めていた。だから怖かった。にも拘らず完全に目覚めないのが、もっと恐ろしい。

どんっ……という物音で目覚める。何かが畳の上に倒れたような音で。身体を強張らせながら耳を澄ます。何も聞こえない。起きて残りのワインを飲み干す。再び横になる。けれど眠れないと思っているうちに、いつしか寝入ってしまう。

どんっ……という物音で目覚める。という繰り返しを朝まで何度か体験した。

微かに聞こえた鳥の囀りで起床する。前の間まで行って窓から表を見ると、すでに夜が明けていた。それに晴れている。

もう一刻も実家にはいたくない。すぐ居間に戻って着替えようとして、座卓の上の紙コップに気づく。昨夜、珈琲とワインに一つずつ使った。でも目の前には、紙コップが三つある。一つ目の底には珈琲色の、二つ目の底にはワイン色の染みが見えた。三つ目を検めると、濃い緑色の汚れがあった。これで誰が何を飲んだのか。

急いで着替えをしつつ鞄に荷物を詰めると、あとは何もせずに玄関へ向かう。式台に腰を下ろして靴を履いていたら、もう帰るのかと言われたので振り向いた。

はっと気づくと坂道の下にいる。昨夜あれほど降ったにも拘らず濡れていない地面が目に入ったあと、反射的に振り返りそうになった。でも意思力を総動員して阻止する。もしも実家を見上げた場合、橋の上に何かが立っていて、こちらを一心に凝視しているような気がした。そんなものは見たくない。

ふらふらした足取りで駅前まで行って、二十四時間営業のネットカフェを探す。受付で何か妙なことを言われたが、頭が朦朧としており理解できない。しかし問題なく個室に入れたので、トイレで異様に長い小用をすませてから、あとは昼過ぎまで熟睡した。目が覚めると猛烈に腹が空いている。

ファミリーレストランに入ると「お二人様ですか」と訊かれる。否定して席に通されたあと、ネットカフェでも同じことがあったのではないか、と遅蒔きながら思った。

十五時まで観光地をぶらついて時間を潰してから、駅前のビジネスホテルにチェックインする。「シングルで宜しいでしょうか」と確認されたので「独りです」と返したところ、フロントはやや狼狽した表情を見せたあと「失礼しました」と謝った。

夕方まで再び寝てから、同窓会の会場に指定された店まで行く。出席者は十六人だった。幹事の大月と補佐役の児玉に瑞口のことを尋ねるが、どちらも連絡は取れていないという。他の元級友たちに訊いて回っても、知っている者は一人もいない。いったい誰が瑞口にコンタクトを取って、私に連絡するように言ったのか。結局は分からず仕舞いだった。

会計をするとき、ちょっとした騒動があった。一人分の会費が足りないと児玉が言い出した。出席者名簿では会費を払った人にはチェックが入れてあり、数えると十六人分ある。

「……変ね。名簿で確認しながらも私、無意識に人数も数えていたの。そうしたら十七人いたんだよね」

児玉は不審がったが、出席者数と会費の合計は合っている。だから問題にはならなかった。

二次会に流れたのは六人だった。でも店員が持ってきたお絞りは七つあった。三次会に行く強者もいたが、私はホテルに戻った。

翌日、新幹線の指定席で読書しようとして、本を実家に忘れてきたことに気づく。これが他の場所なら取りに戻りたいと思うだろうが、あの家では諦めるしかない。仕方なく窓際のE席で車窓の景色を眺める。

某駅で停車したあと、年配の女性が「そこ、あなたの席で間違ってないですか」と、私の横のD席に声を掛けた。誰も座っていないのに。それから女性の表情が突然、はっと変わった。ちらっと私の顔を眺めたかと思うと、そそくさと去っていった。下車する駅に着くまで、D席に座る者はいなかった。

帰宅後、ほとんど私は外食しなくなった。その代わりテイクアウトが増えた。いくら何でも難儀だなと感じていたところ、世間はコロナ禍に襲われた。外食はせずにテイクアウトしていた私の生活が、むしろ当たり前になってしまった。

それでも日々の暮らしに色々と不自由はあった。鏡一つを取ってみてもそうである。

コロナ禍が少し治まり掛けたとき、作家仲間の仙波敦央からホラーミステリ作家の三津田信三を紹介された。そこで私の体験を彼が小説として書き上げ、何らかの媒体に発表する話になった。それを第三者が読むことにより、一種の「祓い」になるかもしれないと言われ、私は承諾した。

この体験がどう纏められ、どんな発表のされ方をするのか、私は何も知らない。あの家から跟いてきたものが何処か他所へ行けば良い……。ただそう願うだけである。

あとがき

本書をお楽しみいただけたのではないか——と僭越(せんえつ)ながら思う。

書き下ろしのアンソロジーは非常に難しい。どれほど作家に対して注文をつけたとしても、どういう作品が集まるのか、結局は蓋(ふた)を開けてみないと分からないからだ。

にも拘(かかわ)らず本書は——半ば自画自賛めくが——素晴らしい作品が集まった。お一人ずつ原稿を読みながら、次第に僕は興奮していった。これは優れたアンソロジーになる。その手応えを得られたせいである。

当初は巻末で「解説」を書く予定だったが、そんなものは必要ないと気づいた。個々の作品鑑賞の邪魔になるだけだろう。そこで「あとがき」に変更して、この作家にこのテーマを依頼したのはなぜか、という企画の裏事情を記すことにした。

◉澤村伊智「サヤさん」

著者には大人気の「比嘉姉妹」シリーズがある。彼女たちが「霊能者」であることから、ストレートに「霊能者怪談」を依頼した。あまりにも芸がないと思われそうだが、僕には一つの楽しみがあった。このテーマを受けて、著者もストレートに「比嘉姉妹」シリーズの短篇を書くのか、あるいは同シリーズ以外の作品をぶつけてくるのか。

その結果は後者で、しかも単なる霊能者怪談ではない内容になっており、僕は大いにニンマリした。澤村さん、さすがですね。

◉加門七海「貝田川」

作家は「言葉」や「表現」に敏感である。よって著者は「実話系怪談」の「系」に拘(こだわ)ったわけだが、まさに僕の意図を鋭く見抜いた考察だったので感心した。

加門さんには小説家と実話怪談作家、二つの顔がある。ただし前者にも取材した怪談をネタとして使う、また後者では差し障りのある箇所を創作でカバーする――という対応が恐らく行なわれている。そのため僕は「系」の一文字を入れた。

さて本作はフィクションかノンフィクションか。その揺らぎも楽しめる。

◉名梁和泉「燃頭のいた町」

著者の『二階の王』と『マガイの子』を読んだとき、お話を楽しむ以上に僕が魅せられたのは、作品の背景に広がる異界の存在だった。僕が編集者だったら、きっと「異界系怪談」をテーマにした怪奇短篇の執筆依頼をするだろう。そんな風に思った。
　本作はもろに僕好みの内容で、叙情的風景の中に悍（おぞ）ましい怪異が跋扈（ばっこ）するだけでなく、さらに民俗学的な仕掛けも入っている。引き続き名梁さんには、ぜひ様々な異界短篇を書いていただきたいものである。

◉菊地秀行「旅の武士」

　著者は「魔界都市〈新宿〉」シリーズなどのバイオレンス＋エロティシズムの伝奇アクションで有名だが、僕が個人的に好きなのはノンシリーズの怪奇短篇と「幽剣抄（ゆうけんしょう）」シリーズである。これらは傑作揃いのうえに、「幽剣抄」シリーズは他に類を見ない時代劇ホラーになっている。
　よって菊地さんには何の迷いもなく「時代劇怪談」をお願いし

た。本作の前半に見られる不条理感が、とにかく凄い。後半で一応は理に落ちるものの、合理的な結末に至るわけではないところも嬉しい。ぜひ「幽剣抄」シリーズを再開していただきたい。

◉霜島ケイ「魔々（ママ）」

その作家の代表作よりもノンシリーズの怪奇短篇を好む傾向が、どうやら僕にはあるらしい。前の菊地秀行に続いて、「封殺鬼」シリーズで有名な霜島さんも同様である。しかも彼女の場合は、いくつかのアンソロジーで読んだ民俗学ホラー短篇がどれも面白く、同種の作品をもっと書いていただきたいと常々思っていた。そのため依頼するテーマは「民俗学怪談」にすぐ決まった。

なお本作で扱われるあるものは、僕の故郷の某県でも昔は祀られていたと、前に何かの資料で読んでいる。そのうち拙作の怪奇短篇で取り上げたいと考えていたのだが、あぁー先を越されてしまった。

◉**福澤徹三「会社奇譚」**

僕は著者の「サラリーマン怪談」とでも名づけられそうな短篇が、とにかく昔から好きだった。たいてい主人公は中年の男性会社員で、仕事でうだつが上がらないうえに、家では妻と子供から馬鹿にされており、おまけに怪異にまで遭う——という踏んだり蹴ったりのお話である。個人的にイヤミスは好みではないのに、なぜか福澤さんの作品は楽しめた。

そこで「会社系怪談」と依頼したところ、なんと実話怪談で応えて下さった。著者の怪談本はすべて読んでいるため、お馴染みの恐怖を改めて堪能したが、こうして纏(まと)められると圧巻の一言しかない。

◉三津田信三「何も無い家」

拙作には「家」をテーマにした長短篇が多く、正直もういいか——と思わないでもない。とはいえ本書で読者が僕に期待するのは、きっと「建物系怪談」ではないかと考えた。

できれば『七人怪談　第二夜』で、再びお目に掛かれれば嬉しいです。

二〇二三年四月の仏滅に

三津田信三

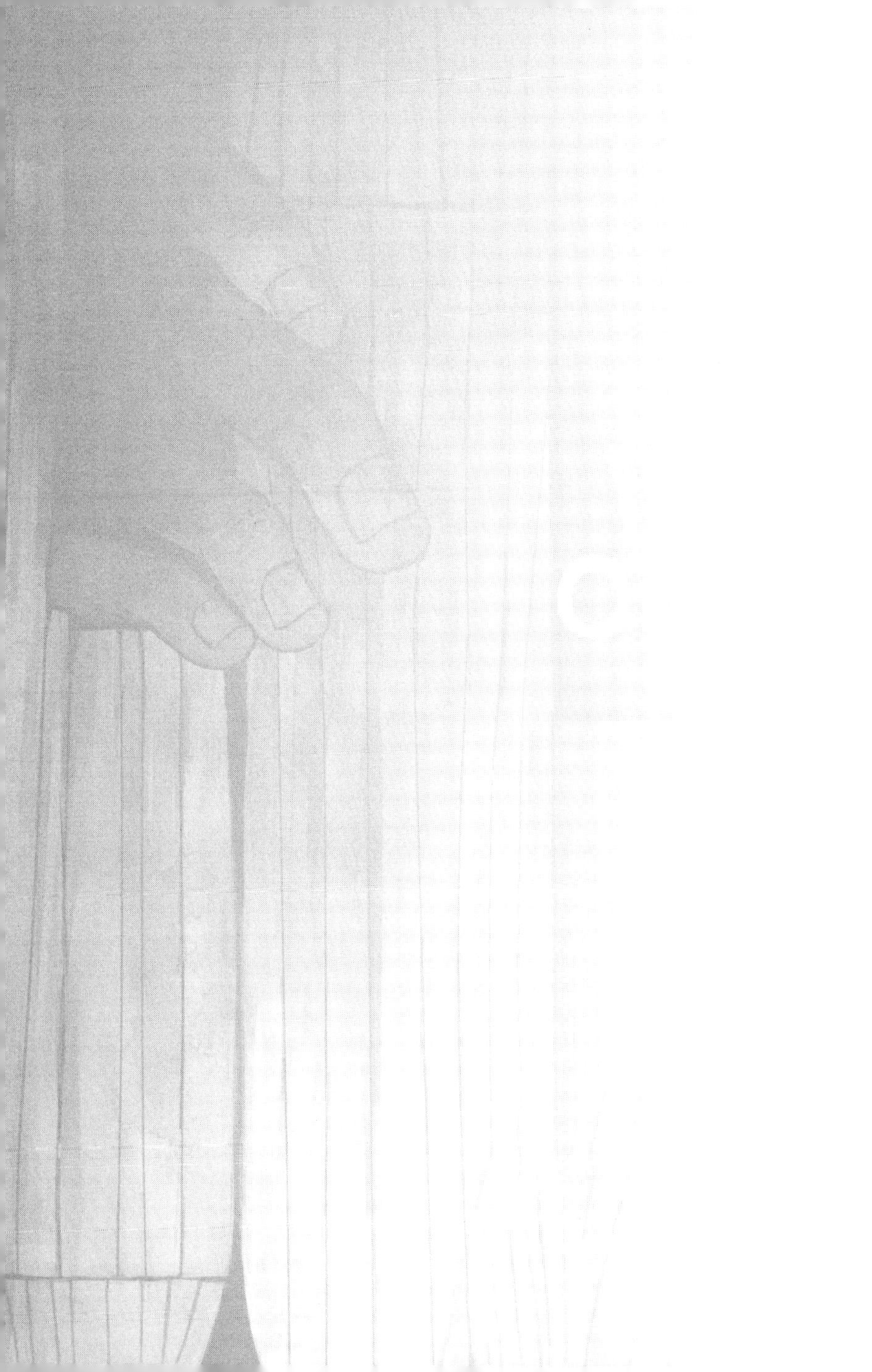

本書は書き下ろしです。

七人怪談（しちにんかいだん）

2023年 6 月21日　初版発行

編著／三津田信三（みつだしんぞう）

著者／加門七海（かもんななみ）　菊地秀行（きくちひでゆき）　澤村伊智（さわむらいち）
霜島ケイ（しもじま）　名梁和泉（なばりいずみ）　福澤徹三（ふくざわてつぞう）

発行者／山下直久

発行／株式会社KADOKAWA
〒102-8177　東京都千代田区富士見2-13-3
電話　0570-002-301（ナビダイヤル）

印刷所／旭印刷株式会社

製本所／本間製本株式会社

●お問い合わせ
https://www.kadokawa.co.jp/（「お問い合わせ」へお進みください）
※内容によっては、お答えできない場合があります。
※サポートは日本国内のみとさせていただきます。
※Japanese text only

定価はカバーに表示してあります。

ISBN 978-4-04-112763-6　C0093